Tod am Mekong
Eine Thailand Road-Story

Andreas Tietjen

Bibliografische Information der Deutschen Nationalbibliothek
Die Deutsche Nationalbibliothek verzeichnet diese Publikation
in der Deutschen Nationalbibliografie; detaillierte bibliografische
Daten sind im Internet abrufbar über:
http://dnb.d-nb.de

Impressum:

© 2015 Andreas Tietjen

Erste Auflage: © November 2005
Zweite Auflage: © April 2008
Dritte Auflage: © Januar 2015

Herstellung und Verlag:
BoD – Books on Demand, Norderstedt

ISBN 978-3-7347-5784-6

Printed in Germany

Auch als Ebook erhältlich.

www.andreas-tietjen.de

Inhaltsverzeichnis

Der Flug

Der Fahrer raste mit hoher Geschwindigkeit durch die Nacht. Die Scheinwerfer der Verfolger blendeten im Rückspiegel. Mit zusammengekniffenen Augen suchte er den Verlauf der Straße ab, immer wieder schaffte er es gerade noch, den engen Kurven zu folgen. Schweißperlen tränkten seine Augenbrauen, bis sie überliefen und sich brennend in seine Augen ergossen. Er fühlte die Geschwindigkeit immer größer werden, ihn verließ die Konzentration, und dann passierte es. Unausweichlich, lange erwartet, fast erlösend brach der schwere Wagen durch die Hecke und stampfte, sprang schüttelnd in die Dunkelheit. Es zerrte an seinem linken Arm.

Thomas riss die Augen auf und starrte in das Gesicht der hübschen jungen, asiatischen Flugbegleiterin mit dem frechen roten Basecap.

»Schnallen sie sich bitte an, wir durchfliegen ein Gebiet mit heftigen Turbulenzen!«

Thomas begriff die Situation nicht. Er wandte seinen Blick nach rechts und sah seinen Freund Nils hektisch an dessen Gurt zerren. Auch er war durch das Schütteln der Boeing 767-300 der Lauda Air aus dem Tiefschlaf gerissen worden. Langsam besann sich Thomas.

»Wo sind wir?«, fragte er Nils. Der blickte kurz nach rechts oben auf den Monitor.

»Wir fliegen gerade über Myanmar.«

»Und wie lange wird es noch dauern?«

Nils sah erneut hoch, zögerte eine Weile und antwortete dann:

»Noch circa zwei Stunden bis Bangkok. Hast du schlafen können? Ich bin total kaputt! Diese Langstreckenflüge machen mich immer wieder fix und fertig!«

»Na dann frag mich mal«, antwortete Thomas gähnend. »Ich wäre eben fast bei einem Autounfall draufgegangen!«

Das Schütteln der Maschine verstärkte sich, es schien überhaupt kein Ende zu nehmen. Im Flugzeug war eine große Unruhe zu spüren. Thomas entnahm seiner kleinen Reisetasche eine Flasche Mineralwasser und trank daraus einen kräftigen Schluck. Es schäumte in seinem Mund und er verzerrte das Gesicht beim Herunterschlucken. Jetzt war er sich wieder so weit gefasst, dass er seine Gedanken den Flug und den ganzen anstrengenden letzten Tag in Hamburg zurücklaufen lassen konnte. Ihm war flau im Magen. Und er war sich überhaupt nicht sicher, ob dies ausschließlich von den Turbulenzen her rührte, oder ob die Ereignisse zu Hause, die sich nun über mehr als ein Jahr chaotisch zugespitzt hatten, der eigentliche Grund für sein unbehagliches Gefühl waren. Die Entwicklung seiner dahinsiechenden, und schließlich zerschellten Ehe. Die Vorwürfe seiner inzwischen verselbstständigten Tochter und die Intrigen und das verhohlene Mobbing im Architekturbüro der großen, international operierenden Baufirma, wo er arbeitete.

Seine ehrgeizige Karriere hatte kurz nach dem zweiten Studium begonnen, als er gerade dabei war eine Existenz als freier Architekt zu planen. Noch bevor er die Räumlichkeiten für sein erstes eigenes Büro gemietet hatte, war ein sportlicher, älterer Herr aus einem schwarzen Porsche Cabrio gestiegen und hatte ihn von der Straße weg zu einem

8

Anstellungsgespräch entführt. Es war Jens Clausen, Chef der weit über Hamburg hinaus bekannten Architekturfirma Clausen, Bretz & Partner. Er bot Thomas, für seine von Mitarbeitern zuvor ausgespähten Fähigkeiten als noch junger Architekt, Statiker und Bauingenieur, einen Haufen Geld und ein außergewöhnlich gutes Betriebsklima.

Thomas hatte seine Zusage nie bereut. Er war an den aufregendsten Planungen der Stadt maßgeblich beteiligt, hatte unmögliche Konstruktionen, in unzähligen durcharbeiteten Nächten, in einem fast intimen Teamwork möglich gemacht. Er konnte aufgrund seiner vielfältigen Fähigkeiten zurecht das Gefühl haben, dass er und seine Firma den Turm von Babel hätten verwirklichen können.

Diese glorreiche Zeit hatte genau zwölf aufregende Jahre angedauert. Doch dann kam der jähe Absturz. Der Bauboom war dramatisch eingebrochen und immer mehr ausländische Firmen drängten mit Dumpingangeboten auf den deutschen Markt. Clausen, Bretz & Partner hatten zu hoch gepokert und verloren eine Anzahl von wichtigen Ausschreibungen. Das Gewicht in der Baubranche verlagerte sich von Genialität zu Rentabilität. Jens Clausen und Heino Bretz zerstritten sich und über Nacht wurde der ganze Laden von Assan-Bau übernommen.

Nun war diese elitäre Ideenschmiede urplötzlich zu einer kleinen Zeichenabteilung der ›Assan-Millionen-Kubikmeter-Beton AG‹ geworden und es wurde sehr bald klar, dass Thomas und dessen Kollegen glücklich sein konnten, wenn sie nicht ganz schnell neben den inzwischen Zigtausend arbeitslosen Architekten auf der Straße saßen.

Hatte seine Ehe vorher noch unzählige Zerreißproben wegen der ständigen physischen wie auch geistigen Abwesenheit des angesehenen Architekten überstanden, so zerbrach sie nach nur zwei weiteren Jahren an der Trostlosigkeit und an den Depressionen, die ihn in diesem Arbeitslager überkamen.

In der Zeit, nach Trennung von Frau und Tochter, in der unerfreuliche Vorgänge in der Firma immer wieder für Spannungen zwischen ihm und der Büroleitung sorgten, nahm er einen unscheinbaren, fleißigen Bauzeichner war. Nils machte ihn zunächst diskret auf Manipulationen von Kollegen aufmerksam, die Thomas eigene Arbeit sabotierten und die für Gerüchte und für Stimmung gegen ihn sorgten. Es ging letztendlich darum, wer bei den ständigen Veränderungen im Betrieb auf der Strecke blieb, und wer seinen Job retten konnte.

»Mir ist aufgefallen, dass du ein echter Einzelgänger in der Firma bist«, sprach Thomas seinen Kollegen an.

Nils blickte eine Weile wortlos in seinen Cappuccino. Dann hob er seinen Blick und sagte etwas unsicher:

»Ich habe nichts dagegen, ein Außenseiter zu sein! Das ist mir lieber, als mich auf das Niveau der Heuchler und Kriecher zu begeben. Ich habe bisher fast immer mein Gesicht wahren können, auch wenn ich oft Nachteile dadurch hatte. Irgendwann werden die Leute, die sich so verhalten wie die meisten unserer Kollegen, ihr Fett schon abbekommen, da bin ich mir ganz sicher! Aber wie du dich hier von denen fertigmachen lässt und dich überhaupt nicht wehrst, das kann ich nicht verstehen!«

»Ich habe nie um irgendetwas kämpfen müssen«,

erwiderte Thomas nachdenklich. »Mir ist immer alles zugefallen. Ich konnte mich bislang immer einfach darauf konzentrieren, meine Arbeit gut zumachen. Ich bin leider nicht der große Kämpfertyp!«

Die beiden Männer wurden bald zu echten Freunden. Sie trafen sich gelegentlich privat, häufig in Nils Stammkneipe, und spielten regelmäßig Badminton oder Squash zusammen.

Diese Freundschaft tat Thomas sehr gut, er wurde in vielen Dingen lockerer, nahm sich nicht mehr alles so sehr zu herzen und fand den Humor seiner Jugend teilweise wieder.

Thomas erzählte Nils von den Problemen, die er mit seiner Scheidung und dem unglücklichen Verhältnis zu seiner Tochter hatte. Er liebte seine Tochter abgöttisch, obwohl sie ihn letztlich abwies und ihm alleine die Schuld an dem Zerbrechen der Familie gab. Marike war neunzehn Jahre alt, verstand sich allerdings auch mit seiner Exfrau nicht gut.

Nils war ein angenehmer Zuhörer, der auch hin und wieder gute Ratschläge gab. Er selbst gab von seinem Privatleben hingegen nur wenig preis. Über das Thema Beziehungen hatte er nur ausweichend gesprochen, und auch von seiner Familie, die in Bonn lebte, erzählte er wenig. Eines Tages im letzten Spätsommer, das war genau zu der Zeit als Thomas erneut von Depressionen und Existenzängsten geplagt war, schlug Nils unerwartet vor, dass sein Freund sich einmal eine Auszeit gönnen, und ihn auf seiner geplanten Thailandreise begleiten sollte.

»Ich kenne mich gut aus da drüben, und du wirst dich erholen können und eine ganz neue Sichtweise bekommen. Ich zeige dir, wo es langgeht und du lässt dich einfach treiben. Keine Angst, wir werden nicht die ganzen drei Wochen lang Händchen halten!«

Das war vor knapp drei Monaten und nun wurde Thomas durch die Turbulenzen zehntausend Meter über Myanmar, dem ehemaligen Burma, geweckt. An Schlafen war bei dem Gewackel nicht zu denken. Zum Glück wurde es nach einer Stunde ruhiger, und als sie schließlich die Jalousien vor den Fenstern nach und nach aufschoben, blendete das Licht der Mittagssonne über der Grenze zwischen Thailand und Myanmar durch die Luken. Thomas war jetzt sehr aufgeregt. Er hatte viele von Nils Fotos gesehen. Er hatte sich Bücher über Thailand ausgeliehen und er hatte jede Sendung im Fernsehen zu diesem Thema angesehen. Aber er hatte nicht die geringste Vorstellung davon, wie es dort unten, 10.000 Meter unter seinen Füßen, wohl aussehen würde.

Thomas wusste nur, dass sie beide von einem Bekannten von Nils am Flughafen erwartet würden. Ea war geplant, dass sie für ein paar Tage in Bangkok in einem Mittelklasse Hotel wohnen, und dass sie dann gemeinsam auf die Insel Phuket fliegen würden, wo sie dann mal mehr, mal weniger getrennte Wege gehen wollten.

Angst vor der Fremde hatte Thomas nicht. Dafür war er in besseren Tagen zu oft dienstlich, wie auch privat, unterwegs gewesen. Er hatte nur ein wenig Bedenken, ob ihm am Strand nicht langweilig werden würde. Er hatte die letzten Jahre in ständiger Hektik und Stress verbracht. Außerdem wusste er von sich, dass er dazu neigte, in unbekannter Umgebung verklemmt zu sein. Davon hatte er Nils nie erzählt, denn es war ihm ein wenig peinlich!

12

In das Rauschen an Bord des Flugzeugs schob sich ein leises ›Ping‹, und dann wurde die bevorstehende Landung auf dem Bangkok International Airport angekündigt. Da die beiden in einer mittleren Sitzreihe saßen, konnten sie nur wenig von der Landschaft sehen. Den sich durch die schachbrettartigen Felder windenden Fluss *Maenam Chao Praya*, den schnurgeraden Highways und die bunten Dächer der Tempel. Der Landeanflug schien eine Ewigkeit zu dauern, und kurz bevor sie sanft aufsetzten, sah Thomas auf der linken Seite des Flugplatzes Golfspieler. Direkt neben der Landebahn! Unfassbar!

Die Pass- und Zollprozedur dauerte eine geschlagene Stunde. Die Passbeamten bewegten sich im Schneckentempo und verzogen nicht eine Mine, nicht einmal als Nils sie nahezu akzentfrei mit »sawadee khrab« begrüßte. Dafür waren die Zollbeamten umso lockerer. Sie scherzten miteinander und nahmen den Passagieren die Zollerklärungen ab, ohne einen Blick darauf zu werfen.

Dann folgte ein Spießrutenlauf durch eine Masse von Hotelangestellten, die den angekommenen Touristen auffordernd die Schilder ihrer Herbergen entgegenhielten. Ein Durcheinander von geschrienen Personen- und Hotelnamen, von Taxifahrern auf der Lauer nach Beute. Thomas stolperte verwirrt an der Absperrung entlang, die diese Menschenmassen trennten und Nils, der diese Szenerie bereits zur Genüge kannte, nahm ihn energisch am Ellbogen und schob ihn vor sich her nach draußen.

Eine Hitzewelle schlug ihnen entgegen. Straßenlärm von abfahrenden Taxis, Ruß blakenden Bussen, dem

gegenüberliegenden Tollway und »Täxi mistää!«-Rufe. Thomas fühlte sich wie in einer Taucher-
glocke. Er blinzelte in das grelle Licht und versuchte
sich irgendwie zu sammeln.

Von Nils Bekannten war nicht die Spur zu sehen.
Nils ließ Thomas mit dem Gepäck-Trolley an einer
Sitzbank zurück und machte sich auf die Suche.
Eine Gestalt näherte sich Thomas. Ein Weißer, mit
verfilzten, gelb gefärbten Haaren, hager, ungepflegt,
in einer schmuddeligen roten Baumwollhose und
mit einem verblichen, rosarot karierten,
langärmeligen Hemd.

»Du bist Deutscher, stimmt´s!?«, kam es zwischen
seinen braunbeigefarbenen Zähnen hervor. »Ein
Glück, dass ich hier mal einen Deutschen treffe!«
Thomas war sich zwar sicher, dass fast alle Touristen um ihn herum bei der Abfertigung deutsch
gesprochen hatten, aber er hörte dem Mann weiter
zu.

»Du, ich bin in einer total blöden Situation!« Der
Blonde setzte sich neben Thomas auf die Bank.

»Ich habe in Frankfurt eine Stewardess
kennengelernt und die hat mich überredet, mit ihr
nach Bangkok zu kommen. Sie hatte ja Frei-Tickets.
Ich bin also mit, so wie ich war, und wir haben uns
hier ein paar schöne Tage gemacht. Dann ist die
plötzlich völlig ausgetickt! Ich hab keine Ahnung,
was die mit einem Mal hatte!«
Der Punk gönnte Thomas keine Pause.

»Und dann ist die einfach abgehauen. Ich sitze in
dem Hotel, keine Kohle, kein Ticket, noch nicht
einmal das Zimmer hatte sie bezahlt!«
Er erzählte dem völlig erschöpften und
schweißtriefenden Thomas eine ungeheuerliche

Geschichte von Flucht vor dem Hotelmanager, der deutschen Botschaft, die keinen Finger für ihn rühren wollte, weil er ja kein Neckermann-Touri sei, vom Betteln um etwas zu essen und den ›Scheiß-Thai‹, die es nur auf die Kohle der Touries abgesehen hätten. Endlich kam er zur Sache: Er brauchte dringend ein paar Hundert Euro um das Hotel bezahlen, und um sich ein Ticket nach Deutschland besorgen zu können. Er kramte eine Visitenkarte aus seiner Hosentasche hervor, auf der das Logo einer bekannten Frankfurter Firma, ein Name mit Adresse und Telefonnummer, sowie die Berufsbezeichnung Chief Executive Officer stand. Er redete beschwörend auf Thomas ein und erzählte ihm vom thailändischen Knast, der ihn erwartete, wenn er weiter ohne gültiges Visum hier in Bangkok bliebe. Dann zeigte er Thomas seinen Pass mit gleichlautendem Nachnamen.

»Das hier ist die Visitenkarte von meinem Vater in Frankfurt. Er überweist dir die Kohle, noch bevor du aus dem Urlaub zurück bist.«
Thomas öffnete seine Brieftasche, um nachzusehen, wie viel Geld er überhaupt bei sich hatte. In diesem Moment trat Nils durch die Schiebetür. Er erfasste die Situation sofort und ließ sich kurz schildern, was der Mann Thomas erzählt hatte. Er zog Thomas am Arm hoch, nahm ihn etwas an die Seite und zischte:

»Sag mal spinnst du?! Siehst du nicht, was das für ein Typ ist? Das ist ein Junkie! Was meinst du, was der mit deinem Geld als Nächstes macht?!«
Von hinten näherte sich ein anderer junger Mann. Ein Asiat, relativ groß, gut gekleidet, geschmeidiger Gang und ein unsicheres Lächeln im Gesicht. Als er

näher kam, wurde sein Lächeln immer strahlender und endlich erkannte ihn auch Nils.

»Hallo, welcome!«

Der junge Mann begrüßte Nils, indem er flüchtig seinen Arm streifte. Nils stellte die beiden gegenseitig vor:

»Thomas, my friend from Germany, I told you! Chai, ich glaube, ich habe dir noch gar nicht viel von ihm erzählt!«

»Eigentlich überhaupt nichts!«, antwortete Thomas. Die beiden gaben sich die Hand und sagten sich freundlich lächelnd »Hallo!«

Chai deutete in die Richtung, aus der er gekommen war, und wollte gerade etwas sagen, als ein Polizist in einer dunkelbraunen Uniform an ihnen vorbei rannte. Er hielt sich dabei seine Mütze mit der einen und die riesige Pistole an seinem Gürtelhalfter mit der anderen Hand fest und schrie etwas auf Thai. Erschrocken sahen die Drei dem Mann hinterher und stellten fest, dass bereits ein Kollege den blonden Junkie am Unterarm gepackt, und ihm diesen knackend auf den Rücken gedreht hatte. Der Blonde schrie und wand sich, aber er wurde von den beiden Uniformierten in das Flughafengebäude gedrängt.

Der Blonde rief den drei verdutzten Männern noch zu:

»Sie werden mich umbringen! Die machen mich ganz einfach kalt!«

Dann verschwand er aus ihrem Blickfeld.

»Was war das?!«, fragte Thomas verdutzt.

Chai antwortete:

»Very bad man! Have many problem with drug! Heroin!«

Nils ergänzte:

»Hab ich dir ja gesagt! Der Typ wird bestimmt nicht von einem Hotelmanager, geschweige denn, von einer hübschen blonden Stewardess gesucht! Wie kommt der nur auf die Idee, dass normale Menschen auf solch eine Räuberpistole hereinfallen?!«

Sie schlenderten den Bürgersteig entlang und überquerten die Straße. Chai hatte einen alten weißen Toyota. Er verfrachtete das Gepäck in den Kofferraum, sie stiegen ein und fuhren los. Erst als sie auf dem Tollway waren, fingen Nils und Chai an, sich mit gedämpfter Stimme zu unterhalten. Sie sprachen überwiegend auf Thai, nur ab und zu meinte Thomas, ein paar englische Brocken herauszuhören. Da er auf dem Rücksitz sowieso akustisch etwas isoliert war, versuchte er gar nicht erst irgendetwas von dem zu verstehen, sondern betrachtete beeindruckt die an ihnen vorbeiziehende Vorstadt. Von ihrer erhabenen Position auf der Hochstraße aus, lag Bangkok wie eine riesige Malerpalette um sie herum ausgebreitet. Ein weites Häusermeer mit vereinzelten, langsam dichter stehenden Hochhäusern, die wie riesige, bizarre Urwaldbäume in den Himmel ragten. Dann plötzlich tauchten sie in eine Häuserschlucht ab. Wie im Sturzflug verließen sie die Schnellstraße und waren sofort inmitten eines Gewimmels von Autos, Motorrädern und Menschen. Die Häuserzeilen ragten steil nach oben, über ihren Köpfen waren Betonpisten der Schnellstraßen. Durch die getönten Scheiben in ihrer, durch die Klimaanlage abgekühlten Autozelle, sah Thomas eine Stadt an sich vorbei rauschen, die er wohl lange nicht verstehen würde.

Nils drehte sich zu ihm herum.

»Man liebt Bangkok oder man hasst Bangkok. Dazwischen geht nichts! Wir sind übrigens schon gleich da, wobei ›gleich‹ nur die räumliche Entfernung bedeutet, nicht die Zeitliche!«

In einer kleinen Seitenstraße hupte Chai zweimal. Ein uniformierter Mann sprang auf die Straße, hielt seinen Arm steil nach oben, blies in seine Trillerpfeife und deutete Chai dann nach links abzubiegen, direkt in die Tiefgarage des Hotels. Sie stiegen aus dem Auto und ein ohrenbetäubender Straßenlärm, gemischt mit der heißen, abgasgeschwängerten Luft schlug ihnen entgegen. Ein Hotelpage rollte einen Gepäckwagen mit verchromter Anzugstange herbei und sie gelangten mit dem Fahrstuhl in die geräumige Hotellobby. Die Eincheck-Zeremonie, eine weitere Fahrt mit dem Fahrstuhl und endlich waren sie in ihren Hotelzimmern. Da es erst früher Nachmittag war und sie sich beide gerne von dem anstrengenden Flug ausruhen wollten, verabredeten sie sich für achtzehn Uhr in der Lobby. Sie wollten anschließend gemeinsam essen gehen, später vielleicht noch einen Absacker an einer der vielen Bars dieser Stadt nehmen.
Thomas öffnete seinen Koffer, nahm ein paar Dinge heraus und ging erst einmal genüsslich duschen. Als er fertig war, legte er sich, noch in Unterwäsche gekleidet, auf das Fußende des großen Bettes. Er schloss die Augen – nur für einen ganz kurzen Moment – nur um das ganz langsame Drehen des Hotelzimmers, um seinen dröhnenden Schädel herum, anzuhalten. Verschreckt starrte er das klingelnde Telefon an. Er lag immer noch so da, fror aus Übermüdung und auch deshalb, weil die

Klimaanlage erbarmungslos arktische Luft in den Raum blies. Thomas nahm den Hörer ab. Es war bereits zwanzig nach sechs; Nils hatte bereits in der Lobby auf ihn gewartet. Schnell schlüpfte er in die bereitgelegte Kleidung und eilte mit dem Lift nach unten. Die Tür öffnete sich und ein Hotelpage lächelte ihn an. Auf der gegenüberliegenden Seite der Lobby saßen Nils und Chai in einer Sitzgruppe und unterhielten sich.

Bangkok

Die drei Männer verließen das Hotel zu Fuß, bogen aus der kleinen Nebenstraße, in der sich das Hotel befand, nach rechts in eine riesige, sechsspurige Straße ein, deren Bürgersteige von dicht gedrängten Markt- und Souvenir Ständen gesäumt waren. Es waren viele Ausländer unterwegs und es herrschte ein dichtes Gedränge in der vom Gehsteig übrig gebliebenen engen Gasse.

»Dies ist jetzt die berühmte Sukhumvit-Road«, erklärte Nils. »Hier decken sich die Touristen mit allen möglichen Souvenirs und Kleidungsstücken ein.«

Thomas blieb an einem Stand stehen und betrachtete die überwältigende Auswahl an Hemden der berühmtesten Hersteller.

»Ich habe gelesen, dass man hier supergünstig Anzüge schneidern lassen kann?«, fragte Thomas, der offensichtlich schon den ersten Anflug des gefürchteten Thailand-Kaufrausches hatte.

»Das war früher einmal so«, antwortete Nils. »Heutzutage bekommst du in Deutschland viel günstiger Konfektionsanzüge in einer deutlich besseren Qualität. Und obendrein ersparst du dir noch die nervenaufreibende Feilscherei und die endlosen Anproben, unter Zeitdruck und zu den unmöglichsten Tageszeiten! Außerdem sind die Schneider hier der Mode immer ein paar Jahre hinterher. Nur wenn du etwas sehr Hochwertiges suchst und dich wirklich gut in Bangkok auskennst, dann kannst du vielleicht noch Schnäppchen im Vergleich zu deutschen Preisen machen. Und in den oberen Preisklassen ist die Qualität dann auch wirklich spitze!«

An einem Stand mit T-Shirts und Baumwollhosen, die alle in Schnitt und Farben identisch, aber mit den Namen der unterschiedlichsten Nobelmarken bestickt waren, hielten sie an. Chai wandte sich der jungen Verkäuferin zu und fing an wild zu gestikulieren. Thomas fiel nach einer Weile auf, dass sie offenbar taubstumm war. So standen sie noch einige Zeit neben dem Verkaufsstand im Gedränge und Thomas beobachtete, dass viele der Markthändler in diesem Straßenabschnitt taubstumm waren und sich in Gebärdensprache miteinander verständigten. Sie gingen ein paar Meter weiter, bis Chai an den Straßenrand trat, um ein Taxi anzuhalten.

»Was war das da eben?«, fragte Thomas Nils beiläufig. Doch der zuckte nur mit den Schultern und meinte:

»Ich weiß nicht genau. Chai sagte vorhin nur kurz, dass er eine Freundin treffen wollte.«
Sie fuhren die Sukhumvit-Road herunter und Thomas hatte das Gefühl, dass die Marktstände gar kein Ende nahmen. Ihm gefiel das bunte Treiben sehr und er konnte seine Augen gar nicht davon weglenken. Nils spielte während der Fahrt den Reiseführer. Er schien sich hervorragend in dieser riesigen, quirligen Stadt auszukennen, die Thomas wie im Rausch an sich vorbei ziehen ließ.

»Da links«, sagte Nils, »dort ist der Erawan Schrein. Den muss ich bei jedem Bangkokaufenthalt mindestens einmal besuchen. Man sagt der Brahmafigur nach, dass sie demjenigen, der ihr eine Opfergabe darbringt, einen dringenden Wunsch erfüllen würde.«

»Und?«, fragte Thomas, »hat sie dir schon mal

einen solchen Wunsch erfüllt?«

»Ich kann mich wirklich nicht beklagen!«, erwiderte Nils geheimnisvoll.

Sie bogen nach links ab, die Straßen wurden enger und die Häuser wirkten jetzt mehr und mehr so, wie Thomas sich eine Stadt in einem asiatischen Land vorgestellt hatte. Es spielte sich das ganze bunte und in vielfarbiges Licht gehüllte Leben auf den engen Straßen ab. Auch hier gab es wieder Unmengen von Straßenständen, jetzt jedoch mit den verschiedensten Waren und Speisen, die ganz sicher nicht extra für die ausländischen Touristen bestimmt waren. Dann wieder durchfuhren sie breitere Straßen, die mit mächtigen, reichlich verzierten Gebäuden in großzügigen, tropischen Gärten gesäumt waren. Eine lange, hohe Mauer und dann erneut engere Gassen. Thomas war fasziniert, alleine schon durch das, was er aus dem kleinen Fenster des dahinbrausenden Taxis erkennen konnte.

›Man liebt Bangkok oder man hasst Bangkok!‹, waren Nils Worte. Für ihn stand schon nach wenigen Stunden fest, dass er diese Stadt lieben würde.

Die Drei Männer betraten ein Restaurant im ersten Stock eines alten Hauses direkt am Ufer des großen Flusses *Maenam Chao Phraya*. Ein Kellner sah sie, eilte ihnen entgegen und begrüßte sie freundschaftlich. Er schien Chai, aber auch Nils, gut zu kennen. Sie wurden zu einem Tisch mit Blick auf den Fluss geführt und ein paar Kollegen legten eifrig Bestecke auf, reichten den Gästen Speisekarten und entzündeten in der Mitte des Tisches eine Kerze. Nils bestellte drei Flaschen Bier, ohne sich dafür von den anderen beiden extra das Okay einzuholen. Dann machte er sich über die Speisekarte her.

»Ich habe einen Bärenhunger und schon fast ein Jahr lang auf echte thailändische Küche warten müssen«, entschuldigte er sich.

Er wechselte mit Chai und dem diskret wartenden Kellner einige Sätze auf Thai. Thomas war überrascht, wie gut er diese, für ihn völlig chaotisch klingende Sprache beherrschte.

»Wo hast du so gut Thai sprechen gelernt?«, fragte er ihn.

»Ich sagte dir ja schon, dass ich hier jedes Jahr herkomme. Zuerst habe ich zu Hause nach Buch und Kassette gelernt. Wenn man erst einmal einen gewissen Grundstock an Phrasen hat, dann lernt sich der Rest nach und nach wie von selbst.«

Ein Kellner brachte das Bier, der Tischkellner nahm es ihm ab und füllte der Reihe nach die Gläser. In eines der Gläser gab er ein paar Eiswürfel und stellte es vor Chai auf den Tisch. Nils bekam ein Glas Bier ohne Eis, und bevor er dem verdutzten Thomas das dritte Bier aushändigte, sah er ihn fragend an und deutete mit der Eiszange auf den gefüllten Eiskübel.

»No! No, thank you!«, stammelte Thomas entsetzt. Die anderen lachten. Bevor sie nun daran gingen, das Essen zu bestellen schlug Nils vor, die Unterhaltung auf Englisch zu führen, da Chai sonst dem Gespräch nicht folgen könne.

Die Speisekarte war in Thai und in Englisch verfasst, aber trotzdem konnte Thomas nicht viel damit anfangen. Als Nils seinen hilflosen Blick bemerkt hatte, bot er an, etwas besonders Schmackhaftes für ihn mit zu bestellen. Thomas solle sich überraschen lassen. Nun folgte eine Bestellung in thailändischer Sprache. Nils traf die Auswahl und Chai machte hin und wieder eine Bemerkung oder gab einen Einwand dazu ab. Die beiden waren sich aber offensichtlich im Großen und Ganzen ziemlich einig. Als er die Bestellung für Thomas aufzugeben schien, nickte er kurz in dessen Richtung und der nun besonders aufmerksame Thomas vernahm die Worte ›Mai Pet!‹, worauf hin der Kellner Thomas ebenfalls kurz ansah, ›Mai Pet!‹, wiederholte und breit zu grinsen begann.

Pet! Thomas schwante Übles!

»Was hast du da für mich bestellt?«, fragte er panisch. »Pet hieß doch Haustiere!«

Nils fing schallend an zu lachen und übersetzte eiligst für Chai, denn Thomas war wieder in gewohntes Deutsch gefallen. Auch Chai lachte, erzählte es dem neugierig herbeigeeilten Kellner weiter, der erzählte es seinen Kollegen und die wiederum in der Küche. Bald war das ganze Lokal am Lachen – außer Thomas, der verlegen grinste.

Nils erlöste ihn schließlich mit der Erklärung:

»Phet heißt scharf und Mai Phet demnach nicht scharf! Du hast sicherlich davon gehört, dass man in Thailand Hunde isst. Das stimmt sogar in gewisser Weise, dies trifft jedoch nur für bestimmte Gegenden Nordost-Thailands zu. Und das sind dort teure Kostbarkeiten, du wirst garantiert nicht ohne deinen ausdrücklichen Wunsch darauf stoßen!«

Das Essen schmeckte wirklich ausgezeichnet! Erst wurde eine große Silberschale mit Reis gebracht. Nils und Chai teilten sich eine riesige Platte mit unterschiedlichsten Fleisch- und Gemüse-Spezialitäten. Hier bekam Thomas eine Extraportion, die zwar optisch dem Gericht der anderen ähnelt, die aber extra für europäische Gaumen entschärft war. Es duftete nach tausendundeiner Nacht. Das Gemüse knackte beim Draufbeißen, das Fleisch war würzig und die Soßen waren scharf, süß und säuerlich. Thomas musste zugeben, eine solch harmonische Speise-Symphonie noch nie gekostet zu haben. Man aß mit dem Löffel und schob sich die Portionen mundgerecht mit einer Gabel darauf zurecht. Alles war so zubereitet, dass ein Messer zum Zerschneiden nicht nötig war. Das Fleisch auf Thomas Teller bestand aus Schweine- und Hühnerfleisch, die beiden anderen hatten zusätzlich noch Rindfleisch. Neugierig und mutig geworden probierte Thomas einen kleinen Streifen davon. Die Schärfe lies ihm unverzüglich die Tränen in die Augen schießen, er rang nach Luft und tastete nach seinem Bier.

»Nicht trinken!«, lachte Nils. »Nimm etwas Reis gegen die Schärfe, wenn du jetzt etwas trinkst, wird es noch schlimmer!«
Thomas tat, wie ihm geheißen und tatsächlich nahm das Brennen auf seiner Zunge ab.

Sie verbrachten noch drei schöne Stunden in diesem Restaurant. Nils und Chai, der langsam ein klein wenig gesprächiger wurde, erzählten viel von Thailand und insbesondere von Bangkok. Immer wieder lies Thomas seinen Blick über den breiten Fluss schweifen, der so gemächlich in der Dunkelheit dahin zog, und auf dessen Wellen unzählige, schwach beleuchtete Boote in allen Größen vorbeituckerten. Spät fuhren sie mit einem Taxi zum Hotel zurück. Nils und Chai wollten noch in einer Bar ein

Bier trinken gehen, doch Thomas war müde und verabschiedete sich auf sein Zimmer. Sie verabredeten sich für acht Uhr zum Frühstück im Hotelrestaurant. Als Thomas den Fahrstuhl erreichte, stand der freundliche Page wieder dort. Er begrüßte ihn mit einem:

»Good evening, sir!«

Er öffnete die Fahrstuhltür und fragte:

»Room-number, sir?«

Thomas zeigte ihm das Schlüssel-Schild, auf dem die Nummer 614 gedruckt war. Der Page folgte Thomas in den Fahrstuhl, drückte den Knopf für den sechsten Stock und verließ den Fahrstuhl wieder mit einem freundlichen:

»Good night, sir!«

Thomas lies sich aufs Bett fallen. Er hatte zu wenig geschlafen und zuviel getrunken. Er schaffte es gerade noch, sich auszuziehen und unter die Decke zu kriechen. Duschen und Zähneputzen verschob er auf den nächsten Morgen.

Als ihn der Wecker um sieben Uhr dreißig erbarmungslos aus dem Tiefschlaf riss, brauchte Thomas eine Ewigkeit um sich zu besinnen, wo er überhaupt war. Daran, ob er etwas geträumt hatte, und dass er mitten in der Nacht frierend aufgestanden war, um die Klimaanlage auszuschalten, konnte er sich nicht mehr erinnern. Er blieb noch eine Weile liegen und betrachtete vom Bett aus das Zimmer. Es war ein schöner großer Raum mit altrosafarbenen Stofftapeten. Das Mobiliar war komplett aus Teakholz gefertigt; alles wirkte ausgesprochen gemütlich und gepflegt.

Als er nach einer ausgiebigen Morgentoilette frisch und gut gelaunt aus dem Fahrstuhl stieg, lächelte ihn als Erstes der Page an, der ihn schon am Abend zuvor verabschiedet hatte.

»Sawadee khrab, good morning, Sir. May I show you the way to the restaurant? Your friends are already there.«

Der Page führte Thomas direkt an den Tisch, an dem seine Freunde bereits mit dem Frühstücken begonnen hatten. Er winkte einen Kellner heran, der das Frühstücksbuffet erläuterte und eine Tasse Kaffee einschenkte, und verließ erst dann zufrieden den Raum.

Thomas war überrascht von so viel Zuvorkommenheit und Umsicht. Er musste unweigerlich an seine Erfahrung in europäischen Hotels dieser Kategorie denken, in denen er früher häufig übernachtet hatte. Diese kamen ihm jetzt vor wie Jugendherbergen.

Während sich Nils und Thomas ein Continental Breakfast zusammengestellt hatten, besorgte sich Chai eine Nudelsuppe. Sie genossen das Frühstück und wechselten nur wenige Worte.

Nach dem Frühstück sollte Thomas erst einmal eine umfangreiche Stadtführung durch seine Freunde erleben. Sie gingen zu Fuß zu einer nahe gelegenen Anlegestelle für Klong-Boote. Diese Boote sahen von oben aus wie Omnibusse mit Klappverdeck. Auf langen, quer verlaufenden Holzbänken saßen an die hundert Fahrgäste dicht an dicht gedrängt, und wurden mit affenartiger Geschwindigkeit durch das Kanalnetz katapultiert. Zum Schutz vor Spritzwasser waren seitlich Planen angebracht, die in regelmäßigen Abständen mit Schnüren, die über Rollen liefen, befestigt waren. An diesen Schnüren konnten die Passagiere die Plane hochziehen und zum Einsteigen anderer Fahrgäste wieder herunter lassen. Das alles wirkte unglaublich provisorisch, funktionierte aber einwandfrei und die Klongboote bewährten sich als eines der schnellsten Verkehrsmittel dieser riesigen Stadt. Für Chai war diese Fahrt völlig normal, für Nils ein riesen Spaß und für Thomas die verrückteste Bootsfahrt seines bisherigen Lebens. Sie mussten noch einmal umsteigen und am Ende kamen sie an einem Tempel an, der sich wie ein riesiger goldener Berg aus dem Häusermeer erhob. Es war der berühmte *Wat Saket*, oder auch *Golden Mountain* genannt, von dessen oberster Plattform aus sich ein herrlicher Blick über die ganze Altstadt und den Königspalast ergab. Sie verließen das Tempelgelände, über einen Hintereingang, der in ein wunderschönes, vom Autoverkehr weitestgehend verschontes Handwerkerviertel führte. Hier war das Zentrum der Holzwerkstätten, der Tischlereien und der Holzhändler. Eine Insel mitten in der Großstadt. Über Nebenstraßen gelangten sie weiter zum Königspalast und dem *Wat Phra Khaeo*. Trotz des Gedränges mit tausenden von Touristen war der Besuch dieser gigantischen Anlage ein beeindruckendes Erlebnis für Thomas. Mit einem Taxi fuhren sie zum *Wat Po* mit dem großen liegenden Buddha und gingen anschließend zum großen Fluss Maenam Chao Phraya. Hier gab es eine Anlegestation für Flussboote und eine unübersehbare Schar von Touristen und Thailändern. Über Lautsprecher wurde auf dem großen Vorplatz in regelmäßigen Abständen vor Taschendieben und Betrügern gewarnt. Man solle auf keinen Fall Fahrscheine für die Expressboote und Fähren außerhalb der Fahrkartenschalter kaufen, da die Verkäufer völlig überhöhte Preise verlangen und Touristen auf teure Ausflugsboote locken würden. Mit einem klapprig aussehenden Fährboot setzten sie über den Fluss und besichtigten dort den berühmten *Wat Arun*, den Tempel der Morgenröte. Thomas war bereits jetzt am Ende seiner Kräfte angelangt und bat um eine Verschnaufpause. Es war den ganzen Tag über, bei strahlend blauem Himmel, brütend heiß und die Männer aus Deutschland waren beide jetzt kurz vor dem Hitzekoller. Für Chai war das Klima natürlich alltäglich, aber er pflegte selten so viel zu Fuß zu gehen, wie an diesem Tag. Sie verließen das Tempelgelände und gingen ein paar kleine Straßen weiter in westlicher Richtung. Schließlich gelangten sie zu einem winzigen Restaurant, in dem sie an einem kleinen Tisch neben einem offen stehenden Fenster Platz nahmen. Das ganze Restaurant hatte nur drei Tische und die Kochstelle befand sich mit in diesem einzigen Raum. Der alte Koch brutzelte in Windeseile ein leckeres Essen zusammen, welches ausnahmsweise einmal nicht scharf war. Er machte alles in einem einzigen Wok auf der einzigen Gasflamme, die ihm zur Verfügung stand. Dabei schwenkte er die zischende und dampfende Pfanne und eine flache Kelle wild hin und her. Es gab immer wieder Stichflammen, die bis an die Decke schlugen, die an dieser Stelle bereits tiefschwarz war.

Regelmäßig betraten neue Gäste das Lokal, die sich setzten, ihr Essen genüsslich in sich hineinschaufelten oder schlürften und dann zufrieden weiter zogen. Häufig waren es Männer in dunkelblauen Anzughosen mit weißen, langärmeligen Hemden, aber auch viele Schüler in ihren Schuluniformen, die sich in kleinen Gruppen, oder auch nur zusammen mit ihren Eltern, die Bäuche vollschlugen.

Als Thomas aus dem Fenster an der Rückseite des Raumes heraussah, blickte er auf einen tropischen Garten mit einem kleinen Teich und vielen, aus alten Plastik-Kanistern gebastelten, Windmühlen. Kein Mensch hätte in dieser idyllischen Oase auf die Idee kommen können, dass sie sich nur wenige hundert Meter vom Zentrum einer der größten Metropolen der Welt befanden!

Auf Chais Vorschlag hin setzten sie ihre Exkursion mit einem Taxi fort. Chai bat den Fahrer um eine extra langsame Fahrweise und lotste ihn zunächst durch den Stadtteil Thonburi und anschließend auf besonders schönen Umwegen zurück zu ihrem Hotel.

Im Foyer wurden sie von dem Pagen, der Thomas nun schon seit ihrer Ankunft im Hotel, durch seine ständige Präsenz aufgefallen war, begrüßt. Der Page wechselte ein paar Worte mit Chai auf Thai. Beiläufig stellte Chai Thomas den Pagen vor:

»By the way, this is a good friend of me, Khun Duan. I know him for many years.«

Thomas und Khun Duan gaben sich die Hand und wechselten ein freundliches:

»Nice to meet you!«

Die Abreise

Als Thomas mit seinem Frühstückstablett in der Hand an den Tisch trat, an dem Nils bereits Platz genommen hatte, spürte er, dass irgendetwas in der Luft lag. Nils wirkte übernächtigt und nervös. Er aß kaum etwas und schien darauf zu warten, dass Thomas mit seinem Frühstück fertig sein würde. Als es dann schließlich so weit war, rückte er mit seinem Problem heraus. Er hatte am Abend zuvor eine lange Diskussion mit Chai gehabt. Chai war zur Hochzeit seiner Schwester eingeladen, die in Laos stattfinden sollte. Und anstatt ihm davon rechtzeitig in Kenntnis zu setzen, hatte er so lange herumgedruckst, bis Nils endlich der Kragen geplatzt war. Und nun war es natürlich zu spät, um irgendwie umzudisponieren, zumal Chai bereits an diesem Tag nach Laos abfliegen musste.

»Und was willst du jetzt machen?«, fragte Thomas. »Gibt's denn keine Möglichkeit für dich, da mitzufahren?«

»Gäbe es schon«, meinte Nils. »Aber was sollst du dann so lange machen? Ich kann dich doch nicht einfach hier alleine in Bangkok zurücklassen und mich aus dem Staub machen!«
Thomas überlegte einen Moment.

»Aber es hat doch noch weniger Wert, wenn du jetzt für mich den Reiseführer spielst und dabei vor die ganze Zeit über an Chai denkst! Ich nehme mal an, auch wenn du nie darüber gesprochen hast, dass du hauptsächlich wegen ihm nach Thailand fliegst.«
Nils wurde verlegen.

»Naja, hauptsächlich nicht unbedingt, aber irgendwie natürlich schon!«

Sie schwiegen beide nachdenklich. Thomas kannte Nils jetzt schon so lange, hatte ihm mehr als einmal sein Herz ausgeschüttet, und sein ganzes Privatleben anvertraut.

»Wie lange seid ihr jetzt schon zusammen?«, fragte er schließlich.

»Naja, das wir so richtig zusammen sind kann man, bei der räumlichen Distanz in der wir leben, eigentlich gar nicht sagen. Kennen gelernt haben wir uns vor sechs Jahren auf der Insel *Koh Pah Ngan*. Seitdem verbringen wir immer meinen gesamten Urlaub zusammen.«

»Und da hättest du nicht mal eine kleine Andeutung machen können, in all den Jahren, in denen wir nun schon befreundet sind?!«

Nils sah verlegen auf seinen Frühstücks-Teller. Thomas war weniger entrüstet als verwundert darüber, dass er selbst all die Jahre von Nils Neigung zu Männern überhaupt nicht bemerkt hatte.

»Aber mal im Ernst«, sagte er schließlich, »wie lange würdet ihr denn in Laos bleiben?«

Nils wiegte den Kopf.

»Mit Hin- und Rückreise wären wir in gut einer Woche wieder zurück. Es kann immer mal irgendetwas dazwischen kommen, aber mehr als sieben, acht Tage werden es bestimmt nicht sein!«

Nach längerem Beratschlagen kamen beide zu der Übereinkunft, dass Nils besser mit Chai fahren sollte. Thomas konnte sich gut vorstellen, die paar Tage alleine auf Entdeckungstour zu gehen.

Am Nachmittag trafen sie sich mit Chai, der zuvor von Nils telefonisch über die Entscheidung informiert worden war. Sie fuhren in dem alten

Toyota zum *Lumpini-Park* und machten einen Spaziergang durch die schöne Gartenanlage. Sie beobachteten, wie ein etwa zwei Meter langer Waran eine Ente mitten im Parkgelände zerfetzte und verschlang. Keiner der zahlreichen Besucher des Parks störte sich daran! Dann bummelten sie noch ein wenig durch die angrenzenden Straßen des Stadtteils Silom und aßen an einer Straßenküche Nudelsuppe mit Schweinefleisch. Es war ein schöner Ausflug, aber die Stimmung der drei Männer war schon sehr von der bevorstehenden Abreise geprägt. Ständig sah einer von ihnen auf die Armbanduhr oder fragte:

»Hast du dies eingepackt? – hast du an jenes gedacht?«

Es war für alle drei in gewisser Weise erleichternd, als sie endlich wieder am Hotel angelangt waren.

Nach einer kurzen Abschiedsszene stand Thomas plötzlich ganz alleine vor dem Hoteleingang und versuchte seine Gedanken zu ordnen. Obwohl er mit Nils ausgiebig über den weiteren Verlauf des Urlaubs gesprochen, und eigentlich auch überhaupt befürchtete, dass er mit der neuen Situation nicht umgehen könnte, fühlte er sich im Augenblick ziemlich verloren in dieser fremden Welt.

Thomas beschloss, sich noch etwas die Beine zu vertreten und bummelte die Sukhumvit Road entlang. Er sah sich die vielen, bunten Auslagen der unzähligen Verkaufsstände an. Eine lange Cargo-Hose, aus einem leichten Baumwollstoff, hatte es ihm angetan. Nun kam der große Moment, wo er das erste Mal in diesem fremden Land feilschen musste. Es ging noch ganz harmlos los, mit:

»How much?« und : »Oh, no! Four-hundred is

too much!«

Der kleinwüchsige Verkäufer tippte wie ein Wilder auf seinem riesigen Taschenrechner herum und zeigte Thomas dann seine Preisvorstellungen auf dem Display.

»No mistääh! Cannot do hundred-fifty! Give me more, mistääh!«, lamentierte er.

Nun zündete Thomas die zweite Stufe der Rakete. Er machte ein zerknittertes, schmerzverzerrtes Gesicht und log:

»I am a poor student from Finnland! I have ten children!«

Der Thailänder fing an zu lachen und antwortete:

»I have twenty children, mistääh! Cannot do hundred-fifty! Give me tree-hundred, mistääh, please!«

»My wife is in hospital!«, insistierte Thomas grinsend. »I must pay for the doctor! Doctor is very expensive!«

Nun konnte sich der Verkäufer kaum noch halten vor Lachen. Sie einigten sich auf zweihundert Baht, und sie konnten beide zufrieden mit ihrem Geschäft sein. Und das Wichtigste dabei war, dass sie beide *Sanuk* – Spaß – gehabt hatten.

Es war zwar noch nicht ganz so spät, aber Thomas beschloss trotzdem, sein Zimmer aufzusuchen. Er hatte Lust ein wenig fernzusehen, die Mini-Bar zu plündern und am nächsten Morgen zeitig aufzustehen. Also lenkte er seine Schritte den inzwischen vertrauten Weg entlang zum Fahrstuhl. Wie kaum anders zu erwarten hatte Khun Bom wieder Dienst und begrüßte ihn wie einen alten Freund. Er öffnete die Fahrstuhltür und lies Thomas einsteigen. Doch ganz unerwartet stieg er mit in den Lift und drückt rasch den Schließ-Knopf. Dann fragte er den verdutzten Thomas:

»You want a lady? Very nice lady! No problem!«
Thomas war völlig irritiert, ein bisschen empört, ängstlich. Er starrte Khun Bom an, ohne zu antworten. Dieser klopfte ihm kumpelhaft auf die Schulter und erklärte ihm lächelnd, dass das ganz normal wäre, hier in Bangkok.

»No problem!«, wiederholte er beschwichtigend. »Only take away lonelyness.«
Thomas hatte noch nie etwas mit einer Prostituierten zu tun gehabt. Irgendwie passte das überhaupt nicht in sein Welt- und Wertebild. Er hatte die Vorstellung immer abstoßend empfunden. Aber je mehr der gute Bom auf ihn einredete, desto unsicherer wurde er, desto mehr schwand sein Widerstand. Warum eigentlich nicht?, fragte er sich schließlich. Er hatte seit einer Ewigkeit keinen Sex mehr gehabt. Er hielt sich eigentlich nicht für Prüde, war vielleicht etwas verklemmt in verschiedenen Dingen. Wer sollte es ihm übel nehmen, oder aus welchen Gründen auch Vorwürfe machen?!

»How much?«, hörte er sich Fragen und erschrak bei seinen eigenen Worten. How much – mein Gott war das billig! Das war wohl die schlechteste Frage seines Lebens! Thomas wie tief bist du gesunken?! Khun Bom hingegen fand überhaupt nichts Schlimmes an der Frage und nannte ohne zu zögern einen Preis: 1.500 Baht. Dann kam er ganz schnell zur Sache, denn die Fahrstuhltür öffnete sich bereits mit dem vertrauten ›Bing!‹. Während er den Finger auf dem Knopf gedrückt hielt, redete er weiter beruhigend auf den immer nervöser werdenden Thomas ein. Er versprach ihm, dass er ein ganz besonders nettes Mädchen schicken, und dass Thomas die Sache bestimmt nicht bereuen würde.

Thomas stolperte in sein Zimmer und war völlig aufgeregt. Ihm schossen tausend Gedanken gleichzeitig durch den Kopf. Dann fiel sein Blick auf die Mini-Bar. Er nahm sich erst einmal eine kleine Flasche Regency daraus und goss sich einen ordentlichen Schluck davon in ein Glas. Er spülte den ekelig synthetisch schmeckenden Schnaps in einem Schluck herunter, schüttelte sich und ging ins Bad. Erst einmal duschen, dachte er. So verschwitzt kann ich doch keiner Frau gegenübertreten. Er hatte sich von Khun Bom ein Stunde Zeitvorsprung erbeten, doch diese Zeit wurde jetzt zu einer Ewigkeit. Nervös ging er im Zimmer auf und ab. Sollte er die Bettdecke aufklappen oder sähe das zu eindeutig nach dem aus, was es ja eigentlich war? Sollte er der Dame zuerst etwas zu Trinken anbieten? Wenn ja, was? Whisky? Das war ja wohl nicht das Richtige. Tee! Das wär´s! Tee bekommt man hier in Thailand zu jeder Gelegenheit. Tee ist unverfänglich. Auf der Anrichte über der Mini-Bar befanden sich ein Wasserkocher, zwei Tassen und zwei Teebeutel. Problem gelöst, Gott sei Dank! Aber das Licht! Welche Leuchten sollte er einschalten? Es durfte nicht zu hell sein, aber auch nicht zu dunkel. Thomas rannte durch den Raum und knipste die Stehlampe an. Jetzt noch die Deckenbeleuchtung aus ... es klopfte! Scheiße! Was mach ich jetzt?! Er stand da wie angewurzelt, starrte die Tür an. ›Pock pock pock!‹ Er musste etwas tun! Fünf Schritte, dann war er bei der Tür. Er öffnete sie mit einem Schwung. Vor ihm stand ein junges Mädchen, vielleicht zwanzig bis fünfundzwanzig Jahre alt, grinste ihn an.

»Hello, I' m Noi«.

Sie huschte an ihm vorbei, musterte den Raum kurz und warf einen Stoffbeutel lässig auf den Stuhl. Dann verschwand sie im Bad. Thomas schloss die Tür und flüsterte vor sich hin:

»Hello Noi, nice to meet you«.

Noi planschte etwa zehn Minuten lang im Bad und kam dann in ein großes, weißes Hotel-Badehandtuch gewickelt heraus. Sie ging auf Thomas zu, nahm ihn am Ellenbogen und führte ihn lächelnd, mit sanftem Druck ebenfalls ins Bad.

»Ich hab gerade ...«, murmelte er auf Deutsch, fügte sich dann aber und duschte sich artig erneut ab. Das Handtuch um die Hüfte gewickelt kam er ins Zimmer zurück. Noi lag unter der Decke, das Licht im Raum war bis auf ein rot schimmerndes Notlicht ausgeschaltet.

»Do you want to drink anything?«, fragte Thomas unsicher. Noi deutete auf eine geöffnete Cola-Dose, die Thomas nun schemenhaft auf dem Nachttisch erkennen konnte und sagte:

»Hep dlink, Colaaa«.

So, das wäre geklärt, aber was jetzt? Thomas stand bewegungslos neben dem Bett. Noi fing an zu kichern und zog ihn zu sich ins Bett. Dann wickelte sie sein Handtuch ab, riss mit ihren Zähnen eine Plastikverpackung auf und machte sich daran, Thomas ein Kondom überzustreifen. Eiligst übernahm er selbst diese Aufgabe, was sie erneut zum Kichern brachte. Er legte sich neben sie.

Thomas hatte sich noch nicht ganz an die Dunkelheit gewöhnt. Er spürte, wie sich Noi das Handtuch abstreifte und ihn an sich heranzog. Er fühlte ihre Haut, ihren Atem an seinem Ohr. Sein Herz schlug schneller und schneller, er merkte, wie das Blut durch seine Adern rauschte. Er vergaß alles um sich herum, seine Nervosität, seine Unsicherheit. Er kam zum Höhepunkt. Ein nicht endender, erlösender Höhepunkt. So etwas hatte er so lange nicht mehr erlebt. Ein warmer Schauer ging durch seinen Körper. Er würde jetzt gerne das Licht einschalten, dieses zauberhafte Geschöpf sehen, ihren wunderschönen Körper streicheln, Zärtlichkeiten austauschen. Er wünschte, dass dieser Moment ewig so anhalten würde.

Noi gab ihm einen Klaps auf den Po und kichert:

»Papa good man!«

Dann wand sie sich aus dem Bett und verschwand im Bad. Thomas erlebte eine brutale Bauchlandung in der Realität! Was war das jetzt?! Sie hatte ihn ›Papa‹ genannt! Er war maßlos enttäuscht. Aber was hatte er eigentlich erwartet? Er versuchte, seine Gedanken zu ordnen. Die Tür des Badezimmers ging einen Spalt weit auf. Noi steckte ihren Kopf hindurch und fragte quietschvergnügt:

»You want me stay?«

»No – äh – no thank you!«, stammelte Thomas.

Mit einem gleichgültigen »Okay!« schloss sie die Tür wieder und rumorte weiter im Bad herum. Thomas saß wie angenagelt im Bett und hoffte, dass dies alles ganz, ganz schnell vorübergehen würde. Die Badezimmer Tür ging erneut auf und Noi huschte heraus, knallbunt geschminkt, in voller Montur, bereit für den nächsten Angriff auf die Männerwelt. Sie sammelte ihre Habseligkeiten ein und stopfte sie in ihre bunte Stofftasche. Dann warf sie Thomas einen Handkuss zu und verschwand aus seinem Leben.

Thomas erwachte langsam aus seiner Starre. Er ging ins Bad, duschte und seifte sich wieder und wieder mit seinem süß duftenden Duschgel ein, so als könne er sich die letzte Stunde vom Körper waschen. Dann zog er sich an, räumte hastig das ganze Hotelzimmer auf, machte das Bett ordentlich. Mit dem Lift fuhr er schnurstracks in den neunten Stock zur Hotelbar. Er setzte sich an die Bar und lies sich mit Whisky-Cola vollaufen. Zum Glück waren die wenigen anderen Gäste mit sich selbst beschäftigt und wollten offensichtlich im Halbdunkel des Raumes in Ruhe gelassen werden. Der Barkeeper war, wie es sich für seinen Berufsstand gezierte, diskret und einfühlsam. Er beschränkte sich darauf gelegentlich, durch ein fragendes Nicken in Richtung des Glases, Thomas Wunsch nach einer weiteren Betäubungsladung bestätigt zu bekommen. Er war immer parat, stellte keine Fragen und war nie direkt in Thomas Blickfeld. Und das war so, bis der Raum langsam dunkel und immer größer wurde und Thomas mit jedem Pulsschlag aufs Neue herauszufinden versuchte, wo die Musik herkam. Dann fand er sich plötzlich, von zwei Thailändern in Hoteluniform eingehakt, im Fahrstuhl wieder und nahm schließlich noch war, dass einer der Hotelmitarbeiter ihm laut erklärend die Schuhe auszog, und er mit grobem Geholper in die richtige Position auf seinem Bett gewuchtet wurde. Mit einem letzten »Sorry!« auf den Lippen ging für ihn das Licht an diesem ereignisreichen Tag endgültig aus.

Joost und Nok

Gegen elf Uhr wurde Thomas wach. Sein Schädel
dröhnte pulsierend. Es tat sehr doll weh, als Thomas
sich aufrichtete, um aus seinem Tagesrucksack ein
paar Aspirin-Tabletten zu holen! Er fühlte sich, auch
in Erinnerung an den vergangenen Abend, so elend,
dass er sich am liebsten noch einmal bei allen Leuten, denen er bisher in Thailand begegnet war, ent-
schuldigt, und dann den nächsten Flieger zurück
nach Deutschland genommen hätte. Deutschland,
das schien ihm jetzt eine Ewigkeit entfernt. Was
sollte er jetzt in Deutschland anfangen? Thomas
wollte nicht weiter nachdenken. Dieser Urlaub hatte
sich nach nicht einmal zwei Tagen zu einem Chaos
entwickelt, aber an zu Hause mochte er auch nicht
erinnert werden. Die Tabletten fingen an zu wirken.
Thomas war wütend auf sich selbst. Wie konnte er
nur so die Kontrolle über sich verlieren! Beherzt
sprang er aus dem Bett, ging unter die Dusche und
machte sich frisch für einen neuen Tag.
Als er im Erdgeschoss aus dem Fahrstuhl trat, war
Khun Bom zum Glück nicht zu sehen. Das Frühstücksbuffet war um diese Uhrzeit längst abge-
räumt. Er verließ das Hotel und steuerte auf einen
Taxistand zu. Dem Fahrer braucht er nur *Kao Sarn
Road* zu sagen; diese Straße kannte jeder in Bangkok. Die *Kao Sarn Road* war die Traveller-Straße
schlechthin. Berühmt lange vor Alex Garlands *The
Beach*, tummelten sich hier all die Touristen, die als
Rucksackreisenden ohne Rücksicht auf die Kultur
und die Empfindsamkeiten der Einheimischen ihre
eigene, gepiercte und tätowierte Weltanschauung in
die Gegend blakten. Hier gab es alle An-

nehmlichkeiten, auf die ein verwöhnter Weltenbummler nicht verzichten konnte: Westliches Essen, Pubs mit Fußball auf Breitwandbildschirmen, free WiFi, laute Pop-Musik, tollen Modeschmuck, billige Klamotten, gefälschte Studenten- oder Presseausweise, etwas zu kiffen und – natürlich – westliches Frühstück von morgens bis nach Mitternacht. Thomas setzte sich in einem der Bistros an einen Tisch direkt an der Straße. Aus den viel zu großen Lautsprechern plärrte viel zu laut die viel zu nervige Musik von Robby Williams. Eine unfreundliche, dicke Frau kam an den Tisch und brachte wortlos eine zerfetzte, laminierte Speisekarte. Thomas wählte ein Käse-Sandwich, Kaffee und Wassermelonen-Shake. Der Laden war einfach unmöglich, aber das Frühstück war super! Die Leute waren weiterhin unfreundlich, aber Thomas Stimmung wurde von Minute zu Minute besser. Er riskierte einen Satz auf Thai, den er im Laufe der letzten Tage aufgeschnappt hatte, und der ihm jetzt gerade einfiel:

»Aroi maak! – Schmeckt sehr gut!«

Als wenn jemand in einer stürmischen Gewitternacht den Strom wieder eingeschaltet hätte, erleuchtete ein Lächeln das Gesicht der Dicken.

»Khop khun khaa!«

Dabei lächelte sie Thomas an, als wenn sie verliebt in ihn wäre. Von dem Moment an bedachte sie ihn mit allen erdenklichen Aufmerksamkeiten. Sogar den völlig unbenutzten Aschenbecher wechselte sie gegen einen neuen unbenutzten aus.

Der Wassermelonen-Shake erfrischte herrlich. Eine perfekte Medizin gegen den Kater vom Vortag und gegen die inzwischen sengende Hitze der

Mittagszeit. Thomas beobachtete das Treiben auf der Traveller-Straße und schlürfte einen Shake nach dem anderen. Ein Motorrad hielt knatternd direkt vor seinem Tisch an. Es war ein Polizist in einer der typischen, martialisch wirkenden Uniformen, die stark an die fiesen amerikanischen Cops erinnerten. Naja, und dann die braune Farbe ...! Dazu kamen die Sonnenbrille und der überdimensionale Revolver. Kurz: eine furchterregende Gestalt! Er blieb auf seinem Motorrad sitzen und redete laut mit der dicken Frau aus dem Restaurant. Ein weiteres Motorrad hielt an, der Polizist darauf grüßte respektvoll und es wurden Dokumente ausgetauscht, scheinbar auch Anweisungen erteilt. In kürzester Zeit fanden sich drei, vier weitere Polizisten ein und die gleiche Prozedur wiederholte sich. Unser Cop schien dabei den höchsten Dienstrang zu bekleiden, vielleicht war er auch der Chef der Truppe. Die ganze Szene machte einen etwas beunruhigenden, wenn nicht sogar beängstigenden Eindruck auf Thomas. Die Typen sahen aus, als würden sie erst schießen und dann fragen, was los wäre.

Die Dicke kam aus der Küche zurück und hielt einem vielleicht einjährigen Säugling auf dem Arm. Sie ging damit auf den Polizisten zu. Der nahm aus einem Fach unterhalb seines Sitzes ein Tuch hervor, schüttelte es aus, klopfte den Dreck mit den Händen ab, faltete es sorgsam und breitete es auf dem Tank des Motorrades aus. Dann nahm er den Jungen entgegen und setzte ihn vor sich auf den Tank. Er nahm die aggressiv wirkende Sonnenbrille ab und ein herzerwärmendes Lächeln strahlte stolz in Thomas Richtung. Was für eine Verwandlung! Thomas lächelte gerührt zurück und nickte freundlich. Der Polizist sagte stolz:

»My son!«, und hielt sich die ausgespreizte Hand vor die Brust.

»Lovely!«, erwiderte Thomas.

Im weiteren Verlauf des Tages lies sich Thomas einfach treiben. Er ging mehr als zwei Stunden lang am Fluss Maenam Chao Phraya entlang, durch die angrenzenden Markthallen und Straßen. Er kam in die Randbezirke des berühmten China Town, als es schon anfing zu dämmern. Er nahm ein Taxi, um zurück in die Sukkhumvit Road zu gelangen. Die Fahrt dauerte eine Ewigkeit. Die abendliche Rushhour hatte eingesetzt. Der Fahrer war genervt, übermüdet, von Aufputschmitteln gezeichnet. Thomas schaute die ganze Zeit über aus dem Fenster, lies seine Blicke wandern, seine Gedanken treiben. Dann erkannte er eine Nebenstraße der Sukhumvit Road wieder. Da der Autoverkehr sowieso fast zum Erliegen gekommen war, beschloss er den Rest des Weges zu Fuß zu gehen. Er bezahlte das Taxi, gab dem mitleiderregenden Fahrer noch ein anständiges Trinkgel und schlenderte die Sukhumvit hinauf. Nach ein paar Hundert Metern sah er im Vorbeigehen ein Restaurant in Form einer schäbigen Halle, einen halben Schritt tiefer gelegen als der Bürgersteig. Es sah wirklich dreckig und uneinladend aus aber irgendwie zog ihn gerade dieser Ort an. Thomas hatte an diesem Tag schon einmal erlebt, dass sich unangenehme Aussichten in sehr angenehme Überraschungen verwandelt hatten. Ohne nachzudenken, setzte er sich an einen Tisch. Ein hagerer, alter Chinese kam hektisch heran, reichte Thomas die Karte und wischte den abgewetzten

Tisch mit einem übel riechenden Putzlappen flüchtig ab. Thomas bestellte Ente mit Chili. Ihm gefiel, dass hier fast nur Einheimische an den Tischen saßen, außer einigen wenigen *Farang*, wie die Ausländer in diesem Land genannt wurden. Er beobachtete ein älteres Ehepaar, welches sich unüberhörbar auf Deutsch unterhielt. Insbesondere der Mann sprach laut über drei Tische hinweg mit einem Niederländer, der mit seiner thailändischen Freundin speiste. Er verglich ständig alles Mögliche mit Deutschland und schimpfte, wie dreckig es hier war, dass das Bier ungenießbar wäre, zu allem Übel auch noch Eiswürfel hineingetan wurden, und dass die Thailänder zu nichts zu gebrauchen wären. Der Niederländer antwortete gelegentlich höflich aber ausweichend, und als er Thomas herüberblicken sah, rollte er vielsagend mit den Augen. Thomas machte sich ganz klein und hoffte, nicht von den Landsleuten entdeckt und angesprochen zu werden. Als er schon nicht mehr daran geglaubt hatte, zahlten diese endlich. Mutti hatte das Geld, Vati prüfte die Rechnung wie ein Revisor, bezahlte dann bahtgenau und gab Mutti das Portemonnaie zurück.
Als sie zu guter Letzt gegangen waren, kam Thomas seinerseits mit dem Holländer ins Gespräch. Nach einer Weile bat dieser Thomas an seinen Tisch, worauf der gerne einging. Der Holländer war ein riesengroßer Kerl. Er hatte eine Glatze, einen leicht hervorstehenden Unterkiefer, große blaue rollende Augen. Er sah auf den ersten Blick aus wie ein Rummelboxer. Aber schon mit den ersten Worten gewann er Thomas ganze Sympathie und stellte sich als ein supernetter, sensibler, witziger Kerl heraus. Er erzählte, dass er seit sechs Jahren mit der Thai-

länderin befreundet war. Sie war nicht mehr ganz jung, etwas pummelig, ging ihm nicht einmal bis zur Schulter, war aber genauso sympathisch wie er. Der Mann erzählte, dass er regelmäßig in Thailand in den Dschungel fuhr und dort mit einem kleinen portablen DAT-Rekorder und Kunstkopf-Mikrofonen Naturaufnahmen machte. Er liebte den Urwald und verbrachte dort viele Tage ganz allein, manchmal auch mit seiner Freundin Nok, die sich davor jedoch etwas fürchtete. Er fuhr oft an die thailändisch-burmesische Grenze und in den Süden Thailands.

Seine Tonaufnahmen spielte er sich zu Hause häufig vor und träumte von seiner nächsten Thailandreise.

Das Essen war ganz hervorragend, der chinesische Inhaber war freundlich aber wortkarg, wohingegen seine Frau eine Ziege war. Pünktlich um zehn Uhr wurden die letzten Gäste herauskomplementiert. Da die Drei so nett am Plaudern waren, fragt Joost, ob sie nicht noch woanders hingehen wollten, er wüsste noch eine nette Kneipe. Thomas stimmte dem gerne zu. Sie hielten ein Tuk-Tuk an, in dem die beiden großen Farang und die auch nicht gerade zierliche Freundin kaum Platz fanden. Sie quetschten sich in das dreirädrige Gefährt und donnerten mit ohrenbetäubendem Lärm, stinkend durch die nächtliche Stadt. Auch Joost konnte ziemlich gut Thai sprechen, sodass er sich mit seiner Freundin gut in ihrer Landessprache unterhalten konnte. Er liebte den Witz der Wortspiele, die sich durch das Verständnis eines Niederländisch und Englisch sprechenden Europäers mit der asiatischen Sprache ergab. Schließlich landeten sie in einer urigen Kneipe, wie es sie auch in irgendeiner europäischen

Großstadt hätte geben können. Das Publikum bestand ausschließlich aus jungen Thailändern, die auffallend gut und modern gekleidet waren. Joost erzählte im Dolby-Surround-Cinemascop-Format. Seine Mimik und Gestik, zusammen mit seinen begeisterten Formulierungen, ließen seine Erzählungen virtuell vor Thomas Augen erscheinen. Es machte ihnen beiden riesigen Spaß. Joost war ein hundertprozentiger Thailandfan. Er zog Thomas mit seiner Art völlig in seinen Bann. Hier lernte Thomas auch endlich *Sang Som* kennen, eine Art thailändischen Rum, der auch unter dem Namen Mekong bekannt ist. Das Zeug schmeckte ähnlich wie ein ganz milder, parfümierter Whisky, wurde gerne mit Soda oder mit Cola getrunken und man vertrug am Tag des Verzehrs, bei diesen tropischen Temperaturen, Unmengen davon. Zu Risiken und Nebenwirkungen fragen Sie bitte Ihren Arzt oder Apotheker oder einen erfahrenen Farang. Auch hier erwies sich Joost als ausgesprochener Fachmann. Er kannte die feinen Unterschiede der einzelnen Brands und Labels, und er hortete zu Hause in Utrecht eine ganze Menge davon. Während Joost am Schwärmen und Erzählen war, schlief Nok in einer Ecke kauernd ein. Die Ärmste verstand in dieser Geschwindigkeit kaum ein Wort Englisch und Thomas befürchtete, dass sie sich sterblich langweilte. Als er Joost durch Nicken darauf aufmerksam machte, beteuerte dieser, dass das nichts Besonderes wäre.

»Thai können jede sich bietende Gelegenheit dazu nutzen in den Energiespar-Modus zu gehen und ein Nickerchen zu machen«, sagte er und Nok öffnete blinzelnd die Augen, da sie natürlich mitbekommen hatte, dass man über sie sprach.

»He lie you«, warf sie ein, da sie meinte, Joost würde über sie lästern.

Joost erzählte über seine Beziehung zu Nok, über sich selbst und über die Thais im Allgemeinen. Er verriet, dass er aus Gewohnheit von Holland her fast immer T-Shirts trug, dass Nok dies jedoch überhaupt nicht mochte. Er sagte, dass er bei dieser Hitze unaufhörlich schwitzen würde und einfach nichts anderes tragen könne. Nok würde ihn am liebsten im Anzug sehen.

»Wie habt ihr Euch überhaupt kennengelernt?«, fragte Thomas und auch hier folgte wieder eine längere Geschichte, die Joost kurzweilig zu erzählen verstand.

Er war schon vor seinem ersten Schultag das erste Mal von zu Hause ausgebüxt, um herauszufinden, was sich hinter der Stadtgrenze, die er damals als das Ende der Welt betrachtete, verbarg. Später wurden seine Reisen immer weiter und länger, und so kam er eines Tages auch nach Thailand und in den schmuddeligen Badeort Pattaya. Da er nie ein Kind von Traurigkeit war, kannte er bald alle Bars und natürlich auch die Bar-Mädchen. Hier arbeitete Nok damals und sie lernten sich kennen und verliebten sich augenblicklich ineinander. Vier wunderschöne kurze Wochen verbrachten sie hier zusammen.

»Lebt ihr denn zusammen?«, wollte Thomas wissen.

Joost Gesicht nahm den Ausdruck eines Cockerspaniels an.

»Ich komme leider nur mit Ach und Krach auf sechs Wochen Urlaub im Jahr. Und die verbringe ich hier mit ihr. Mehr ist nicht drin! Jedenfalls nicht in absehbarer Zeit! Aber wenn ich hier bin, dann sind wir ein altes Ehepaar«

Sein Gesicht hellte sich wieder auf.

»Ich habe Nok einen kleinen Supermarkt in ihrem Heimatdorf gekauft und schicke ihr Geld für ihre große Familie. Da ist sie jetzt eine geachtete Geschäftsfrau«.

Aber kleinlaut fügte er hinzu, dass er natürlich nicht wüsste, was sie in Wirklichkeit so trieb. Wenn er sie doch einmal von Europa aus anrufen wollte, war sie nie da. Und den Dorfladen kannte er auch nur von Fotos. Dann sagte er noch, dass es allen Farang, die so mit einer Thailänderin liiert wären, ähnlich erginge.

»Entweder du findest dich damit ab oder du gehst daran kaputt!«

Thomas erzählte ihm von Nils und davon, was er über dessen Beziehung mit Chai in der kurzen Zeit in Erfahrung gebracht hatte. Joost bekam wieder diesen traurigen Blick.

»Wir sind Heimatlose. Wenn du erst einmal diesem Land verfallen bist, dann fühlst du dich nirgends auf der Welt mehr zu Hause! Und in Asien wirst du auch immer ein Fremder bleiben!«

Joost wechselte das Thema und so fragte er Thomas, was ihn denn hierher verschlagen hatte. Thomas erzählte in knappen Worten seine Geschichte. Die Scheidung, der Stress mit seiner Firma, die Hoffnungs- und Perspektivlosigkeit in die er sich hinein manövriert fühlte, und schließlich die Entscheidung mit Nils Hilfe einmal auf andere Gedanken zu kommen.

»Ich bin vor zehn Jahren geschieden worden«, gab Joost zu. »Ich fühlte mich zu sehr eingeengt. Ich habe einen unzähmbaren Freiheitsdrang. Das ist mein Hauptproblem!«

Er war ein ziemlich mäßiger Schüler und war lieber mit seinem kleinen Segelboot herumgefahren, als dass er zu Hause in den engen Räumen Schularbeiten machte. Später, mit sechzehn Jahren, als die Geduld seiner Eltern langsam ein Ende nahm, musste er eine Ausbildung in der elterlichen Blumenzucht beginnen. Er riss erneut aus, heuerte auf einem großen Containerschiff an, und schrieb seinen Eltern erst aus Singapur eine erste Postkarte. Von dieser Reise zurückgekehrt, bezog er die erste Tracht Prügel seines Lebens. Danach probierte er alle möglichen Berufe aus und landete schließlich vor ein paar Jahren in einem Blumen-Großmarkt, wo er fortan als Auktionator arbeitete. Seine Familie hatte ihn aufgegeben, sein Bruder hatte das Pflicht-Erbteil für ihn als Altersversorgung angelegt.

»In sieben Jahren, mit fünfundfünfzig, komme ich da frühestens heran!«, sagte er grinsend. »Und ich schwöre dir, dass ich genau an diesem Tag all meine Sachen verkauft haben werde und für immer auf Weltreise gehen werde!«

Sie hatten eine große Flasche *Sang Som* geleert – jeder von ihnen! In Deutschland wäre Thomas jetzt im Rettungswagen davongefahren worden, aber bei diesem Klima und in so einer anregenden Atmosphäre fühlte er sich eher wie auf Speed.

Ein Kellner kam lächelnd an ihren Tisch und bat um Verständnis dafür, das man wegen der Polizeistunde schließen müsse. Joost antwortete auf Thai, und in seiner Antwort kam häufig das Wort Mau vor, was zu allgemeiner Erheiterung beitrug. Dies hatte nichts mit Katzen zu tu, eher vielleicht mit einem Kater, denn es bedeutete schlich und einfach betrunken.

Jetzt, wo der Abend definitiv zu Ende ging, wollten die beiden noch schnell ihre Adressen tauschen. Auch hier gab es wieder einen Unterschied zwischen dem Weltenbummler Joost und dem Workaholic Thomas. Während Letzterer selbstverständlich seinen digitalen Organizer zückte, hatte Joost noch nicht einmal einen Kugelschreiber bei sich, geschweige denn ein Mobiltelefon. Thomas kramte eine Visitenkarte aus guten alten Clausen, Bretz & Partner-Zeiten hervor. Wenigstens die private Telefonnummer darauf war ihm ja geblieben. Seine neue Adresse schrieb er mit dem Kugelschreiber auf die Karte und notierte sich anschließend Joosts Adresse im Palm.

Thonburi

Gut gelaunt machte sich Thomas auf den Weg zum Frühstück. Am Vortag um die gleiche Zeit hatte er noch ein wenig mit seinem Ärger und der Enttäuschung über Nils plötzliche Abreise gekämpft. Nach diesem wunderschönen Abend mit Joost und Nok freute er sich auf eine Entdeckungstour durch Bangkok. Nie hätte er gedacht, dass er sich bereits nach drei Tagen in solch einer fremden Stadt und solch einer fremden Kultur schon so behaglich fühlen könnte.

»Good morning Khun Bom!«, grüßte er den immer gut gelaunten Pagen.

»Sawadee khrab, Khun Thomas!«, erwiderte der betont langsam und deutlich, so wie er es immer sympathischen Gästen gegenüber zu tun pflegt, um diesen so die ersten Brocken thailändischer Höflichkeit beizubringen.

»Wan nee pai nai? Where you go today?«, fuhr er fort.

»Today I will go to the *Panthip Plaza*«.

Thomas hatte von Nils den Tipp bekommen, diesen legendären Computer-Tempel zu besuchen. Das *Panthip Plaza* war ein fünfstöckiges Kaufhaus an der New Petburi-Road, in dem man alles erwerben konnte, was irgendwie mit Computern in Zusammenhang zu bringen war. Das schloss die unverzichtbaren Buddha-Amulette, die die Arbeit mit diesen Zeitdieben überhaupt erst möglich machten, genauso ein, wie die raubkopierte Software und die selbst gebrannten Firmware-EPROMs, die Spielkonsolen und DVD-Laufwerke, von Ihren Länder- und Kopierschutz-Codes befreiten. Für Technikfreaks ein Mekka!

So weit zur Theorie! Die Praxis sah jedoch für Thomas ein wenig anders aus. Voller Tatendrang erklomm er die Stufen zum Eingang und fand sich plötzlich in einem Ameisenbau wieder. Menschenmassen wuselten um Hunderte kleiner Stände und Marktbuden herum, die mit Bauteilen übersät waren, welche er nie zuvor in seinem Leben gesehen hatte! Das Meiste davon sah wie Spielzeug aus: bunt, klein, aus dünnem Kunststoff und mit fitzeligen Elektroteilen dran.

»Das sind Jahrmarktsbuden!«, sagte er zu sich selbst.

Doch das war nur der erste Eindruck und auch dieser stimmte nur im Zusammenhang mit unserer Vollkasko-TÜV-DIN-Norm-Mentalität. Ein Netzstecker mit Stiften aus Konservendosenblech funktioniert genauso gut wie ein VDE-geprüfter Schutzkontakt-Stecker, dessen Bakelite-Gehäuse nach dem ersten übergewichtigen Bodenfliesen-Crash eine klaffende Zahnlücke aufwies. Der Unterschied war der, dass man hier halt von vornherein wusste, was man seinem filigranen Billigding abverlangen konnte, und deshalb entsprechend damit umging.

Bis hierher war Thomas jedoch erst bis in den Vorhof zur Hölle vorgedrungen! Im ersten Stock, und schon vorher in der Show-Arena zwischen den beiden hinteren Rolltreppen, tummelten sich die großen Markennamen und die Händler, die das ›große Geld‹ verdienten. Von Apple bis Zoom waren sie alle vertreten. Aber in den Gängen der 2., 3. und 4. Reihe da wurde das ›kleine Geld‹ mit den Raubkopien, Fakes und mit ›Dienstleistungen‹ verdient.

Thomas verbrachte geschlagene vier Stunden mit

dem Entdecken der Preziosen und Kuriositäten. Dinge, die man in Deutschland vergeblich suchen würde. Nicht weil sie so schlecht waren, sondern weil man zu Hause keine Distributoren finden würde, die das Risiko eingehen würden an kleinen, genialen Erfindungen halt nur ein paar Cent zu verdienen. Was immer sich ein Tüftler ausdachte, hier fand er sein Publikum, und hier fand er auch die Käufer, die ihm sein Überleben sicherten. Thomas war begeistert, kam sich vor wie ein Pionier in einer fernen Hightech-Galaxie. Durstig und erschöpft beschloss er seine Shopping-Tour abzubrechen und sich eine Verschnaufpause zu gönnen. Da entdeckte er eine kleine Sushi-Bar mit verführerischen Auslagen. Er rechnete die Preise in Euro um und traute seinen Augen nicht. Übermütig probierte er das ganze Sortiment durch. Für den Preis hätte er in Hamburg Fischstäbchen bekommen!

Sattgefuttert hielt er sich noch eine Weile mit dem Verzehr seiner Cola auf und sichtete schon mal seine Beute. Bei solch einer Auswahl an Software – jede CD-ROM zwischen ein- und zweihundert Baht, das waren umgerechnet zwei Euro fünfzig bis fünf Euro – konnte er einfach nicht widerstehen! Auch einen ganzen Berg voller Kleinkram hatte er erstanden. Einzig die teurere Hardware, so wie die schicken neuen MacBooks, iPhones oder Digitalkameras, lagen preislich über dem deutschen Niveau. Aber er war ja auch im Urlaub und nicht beim Sommer-Schlussverkauf.

Gestärkt und zufrieden machte sich Thomas auf den Weg. Er hatte in seinem Hotelzimmer den Stadtplan von Bangkok studiert und darin entdeckt, dass sich unweit des *Panthip Plaza* das höchste Gebäude der

Stadt befand, gleichzeitig einer der höchsten Wolkenkratzer der Welt.

Für einen Architekten war der Besuch des *Bayoke II Towers* natürlich ein muss! Thomas überquerte die Thanon Petburi über eine Fußgängerbrücke. Der gegenüberliegende Bürgersteig war ein einziger, nicht endender Markt, der dem auf der Sukhumvit Road in keiner Weise ähnelte. Das Warenangebot war einfach überwältigend! Es waren hier viel weniger Farang zu sehen, obwohl ebenfalls ein riesiges Angebot an Kunsthandwerk, Textilien aller Art und Größe, gefälschten Markenartikeln, in zum Teil verblüffender Qualität, und viele andere Dinge feilgeboten wurden. Thomas entdeckte ein sehr schönes Hemd, aber als er das gute Stück näher betrachten wollte, kramte der eifrige Verkäufer ein Hemd nach dem anderen hervor, öffnete die Verpackungen und breitete die Hemden vor Thomas aus. Das Ganze wurde für den armen Touristen immer unübersichtlicher und er konnte sich nun gar nicht mehr für ein Muster entscheiden. Diese Unschlüssigkeit veranlasste den Verkäufer zu immer hektischerer Geschäftigkeit. Er redete unaufhörlich auf Thomas ein, bis der schließlich überfordert aufgab und seinen Weg ohne neues Hemd fortsetzte.

Thomas bog nach links ab und der Markt wurde immer dichter und gedrängter. Wegen seiner Körpergröße konnte Thomas über die Köpfe der unzähligen Thailänder hinweg sehen, sonst hätte er sich auch gewiss in dem Gewusel verlaufen. Kurz hinter der engsten Stelle des inzwischen überdachten Marktes, gerade als Thomas befürchtete in eine Sackgasse zu laufen, weitete sich der Gang und gab den Blick auf eine autobefahrene Straße frei. Von

54

hier aus konnte er den steil aufragenden Turm des *Bajoke II* erblicken. In dem Gebäude befand sich, unter anderem, ein Hotel, und von dessen Eingang aus konnte man einen separaten Fahrstuhl zum Panorama-Restaurant und zu einer Aussichtsterrasse erreichen.

Thomas kaufte sich ein Eintritts-Ticket und lies sich in die Höhe katapultieren. Der Fahrstuhl hielt erst in der 78. Etage an. Hier, vom Restaurant aus, hatte man einen unglaublichen Blick über die Stadt. Fasziniert ging Thomas an der Fensterreihe entlang und betrachtete Bangkok aus der Vogelperspektive. Er machte unzählige Fotos und konnte sich an diesem Anblick überhaupt nicht sattsehen. Immer wieder entdeckte er neue Details, neue Gebäude, riesige Straßenknoten, Parkanlagen und Sportarenen. Ein Thailänder in schickem Anzug, der Thomas schon längere Zeit lächelnd beobachtet hatte, trat an ihn heran und erklärte ihm den Weg zur Aussichtsplattform. Ein weiterer Fahrstuhl und anschließend eine nackte Betontreppe führten dort hinauf. Als Thomas durch die Tür ins Freie trat, wehte ihm ein starker Wind um die Nase. Die Plattform war ein ringförmiger Eisenkäfig mit einem Metallboden, der sich langsam, quietschend und bebend um die Turmspitze herum drehte. Dabei gab er Thomas keineswegs das Gefühl von Sicherheit, welches er in dieser Höhe gerne empfunden hätte. Obwohl er über die Statik solcher Gebäude gut Bescheid wusste, verstärkten lange, tiefe Risse in den Wänden sein mulmiges Gefühl zusätzlich, sodass er es vorzog, wieder sicheren Boden unter die Füße zu bekommen. Architektonisch zeigte der Wolkenkratzer sehr wohl eine tadellose Leistung, die Bauausführung überzeugt Thomas jedoch keineswegs restlos.

Nach mehr als drei Stunden stand Thomas nun wieder unten auf der Straße und machte sich langsam auf den Weg in Richtung Tanon Petburi, diesmal aber nicht durch den Markt, sondern durch eine sehr ruhige Nebenstraße. Dort kehrte er in ein nettes kleines Kaffee ein, in dem er als krönenden Abschluss dieses Ausflugs einen ganz vorzüglichen Cappuccino genoss.

Thomas war in Siegerlaune, als er von dem Portier durch die Glastür ins Hotelfoyer geleitet wurde.

»Sawadee krap«, kam ihm übermütig über die Lippen, »Guten Tag«, der erste Satz, den er von Khun Bom gelernt hatte. Der jedoch stürmte aus einer Ecke auf Thomas zu, packte ihn am Ärmel und schob ihn an der Rezeption vorbei, durch eine schmale Holztür, in einen neonbeleuchteten Raum. Kein Lächeln, keine witzigen Sprüche. Er holte ihm einen Stuhl hinter dem Schreibtisch hervor und platzierte diesen direkt unter Thomas Hintern. Er drückte ihn auf den Sitz und baute sich schnell atmend vor ihm auf. Von der Körpergröße herrschte jetzt annähernd Gleichstand, aber Thomas merkte sehr wohl, dass irgendetwas vorgefallen sein musste. Das ganze Verhalten Khun Boms entsprach überhaupt nicht mehr der üblichen Förmlichkeit und Etikette.

»Police come look for you, Khun Thomas!«, herrschte er ihn an.

»Look for me? Why?«

Thomas war völlig verwirrt.

»Police say you, Khun Thomas, drug! Heroin! Have look you room and find needle in your luggage! And take away many thing«

Thomas versuchte, sich einen Reim aus diesem Kauderwelsch zu machen. Khun Boms Stimme verriet eine Mischung aus Vorwurf, Ungläubigkeit und Sorge. Er ging an eine Isolierkanne und goss sich Eiswasser in eine mattgelbe Plastiktasse. Hastig nahm er einen Schluck und fuhr dann fort:

»Khun Bom have friend in police-office. Ask: why? What have Khun Thomas problem? Friend tell me, have catch farang in Don Muang Airport. Farang talk to you. Have many problem with heroin. Say you friend him. Give police your name«.

In Thomas Hirn dröhnte es wie in einem Generator. Er versuchte, sich zu konzentrieren. Er versuchte, sich ein Bild aus den Worten Khun Boms zusammenzufügen.

Die Polizei hatte offensichtlich einen Weißen am Flughafen festgenommen. Der Weiße hatte mit ihm gesprochen und er hatte Drogenprobleme. Natürlich! Das musste dieser Bettler mit den gelben Haaren gewesen sein, der ihn bei der Ankunft angesprochen hatte. Der war völlig heruntergekommen, aber wie sollte er an seinen Namen gekommen sein? Er war möglicherweise ein paar Sekunden mit den beiden Koffern allein als Nils zurückgekommen war. Er konnte sich einfach nicht mehr genau erinnern. Aus diesen Überlegungen riss ihn wieder Khun Bom:

»I wait police go. Then I go room and take your things. Not suitcase! Police take suitcase!«

Er öffnete eine Schranktür und nahm eine Plastiktüte voll mit Thomas verbliebenen Habseligkeiten heraus.

You must go!«, sagte er aufgeregt. »Police come

57

back! Will look you!«

Er nahm Thomas den Beutel wieder ab und zog ihn vom Stuhl hoch.

»I have friend have hotel in Thonburi.«

Khun Bom öffnete die Tür einen Spalt weit und schaute sich ängstlich in der Lobby um. Dann schob er Thomas eilig vor sich her in den Fahrstuhl. In der Tiefgarage setzte er ihn in einen uralten, riesigen, weißen Mazda mit getönten Scheiben. Das musste früher einmal die Hotel-Limousine gewesen sein, dachte Thomas. Khun Bom sah sich um und rief laut einen thailändischen Namen.

»Hoteldriver bring you hotel Thonburi!«, sagte er zu Thomas durch die offene Wagentür. »He good friend«.

Nachdem er nochmals nervös gerufen hatte, kam ein älterer Mann grinsend die Einfahrt herunter. In einer Hand hielt er einen Holzstöckchen, auf den gegrillten Insekten aufgespießt waren, in der anderen eine Tüte, aus deren Öffnung weitere Holzspieße herausschauten. Er war, im Gegensatz zu Khun Bom, bestens gelaunt und die Ruhe in Person. Bom gab ihm ein paar Instruktionen auf Thai und wandte sich dann nochmals an Thomas. Er gab ihm zu verstehen, dass er nicht mehr für ihn tun könne. Im Hotel in Thonburi könne Thomas aber für ein paar Tage bleiben und sei dort ziemlich sicher vor der Polizei. Beschwörend redete er auf ihn ein:

»You must go find Khun Nihl and he help you! Good luck!«

In diesem Moment überkam Thomas ein Gefühl von Panik. Angst, Verlorenheit, Einsamkeit, Hoffnungslosigkeit. Er war nicht in der Lage einen klaren Gedanken zu fassen. Er hatte bisher noch kein Wort

zu der ganzen Sache gesagt und nun fiel ihm nur
ein klägliches:
»I am not bad man! The farang from airport lie
police!« ein.
Jetzt sprach er schon in genauso fürchterlichem
Englisch, wie es die Thailänder taten! Khun Bom
seufzte:
»I know you good man!«
Auf dem Weg nach Thonburi, durch die völlig ver-
stopften Straßen und den einsetzenden Regen,
blickte Thomas verloren aus dem Fenster auf das
geschäftige Treiben, das er so schnell lieben gelernt
hatte. Er fühlte sich wie ein Zuschauer einer großen
Gala, zu der er nicht eingeladen war. Der Schweiß
lief ihm den Rücken herunter aber gleichzeitig fror
er in der klimatisierten Limousine. Sein Mund
fühlte sich staubtrocken an. Der Fahrer kaute
selbstzufrieden an seinen Heuschrecken, oder weiß
der Kuckuck, was für ein Gekrabbel das war. Sie
schwiegen, bis sie an einem kleinen schmuddeligen
Hotel angekommen waren. Rings herum nur einfa-
che Betonhäuser; zwei Stockwerke, manchmal ein
Holzhaus dazwischen. Das schäbige Hotel über-
ragte sie alle.
Thomas wurde freundlich empfangen. Khun Bom
hatte ihn offensichtlich angekündigt und die näheren Umstände geschildert. Er wurde gleich an der
Rezeption vorbei in ein sehr einfaches, kleines Zimmer geführt. Der Hotelmanager konnte kaum Englisch und er versuchte Thomas klar zu machen, dass
das Zimmer pro Nacht 350 Baht kostete, und dass er
im Voraus bezahlen müsse. Ohne zu zögern, willigte Thomas ein. Er gab ihm das Geld passend und
der Mann ließ ihn allein. Kein Pass, kein Check-In-

Formular.

Thomas warf sich auf das wackelige Bett. Er musste jetzt unbedingt einen klaren Kopf bekommen und überlegen, was zu tun sei. Vor ein paar Stunden noch hatte er sich völlig sicher und voller Begeisterung, durch diese atemberaubende Stadt bewegt. Er hatte sich wie neu geboren gefühlt. Die Vitalität der Stadt und ihrer liebenswerten Einwohner hatte ihn verzaubert und ihm das Gefühl gegeben, wieder der lebensfrohe, spontane Mensch zu sein, der er bis kurz nach dem Ende seiner Studienzeit gewesen war. Das Gefühl der Unbesiegbarkeit, das zu Beginn seiner beruflichen Karriere langsam mit der Arroganz und Protzerei der Hamburger Schickeria synchronisiert wurde, und später durch die Sabotage seiner Kollegen bei Assan-Bau, seinem eigenen Versagen im Privatleben, und seiner viel zu spät wahrgenommenen Perspektivlosigkeit, restlos zugeschüttet worden war. Dieses Gefühl hatte eine Sehnsucht nach Leben in ihm ausgelöst. Und jetzt lag er da, in einem stickigen kleinen Raum, völlig fremd, mit einer Plastiktüte voller Habseligkeiten und einer weiteren voller Software und diverser technischer Spielereien.

Konzentriere dich, verdammt noch mal! Thomas wurde wütend auf sich selbst. Er sprang auf, und beschloss erst einmal zu duschen. Er hatte kein Shampoo, kein Duschgel. Nicht einmal Zahnbürste und Zahncreme fand er in seiner Plastiktüte. Auf einem Ding, das früher einmal ein Schreibtisch gewesen sein musste, lag ein fadenscheiniges Handtuch, fein säuberlich zusammengelegt, und ein kleines Stückchen Seife in Pergamentpapier eingewickelt. Daneben eine Rolle Klopapier. Er schnappte sich die Sachen und ging in das, durch eine gut zwei Meter hohe Wand abgeteilte Badezimmer. Es gab ein normales Sitzklo, aber keine Klobrille. Die Spülung lief ununterbrochen. Daneben befand sich ein hellblaues Plastikrohr, welches mit langen, schräg in die Wand gehauenen, Nägeln befestigt war. In der Mitte befand sich ein roter Hebel und oben eine rostige Brause. Gegenüber an der Wand hing schief und krumm ein Mini-Waschbecken und darüber ein fitzeliges Plastikregal gekrönt von einem Spiegel. Der Auslauf des Waschbeckens endete ebenfalls in einem Stück hellblauem Plastikrohr, aus dem das Wasser dann einfach auf den gefliesten Boden lief. Zusammen mit dem Duschwasser ging es dann in die hintere Ecke des Raumes, dann weiter direkt neben dem Klo in ein schmutziges Loch im Boden, und hinaus in die Freiheit!

Thomas zögerte einen Moment, zog sich dann aber entschlossen aus und stellte sich unter die Brause. Er drehte den Hebel herum und sofort rieselte lauwarmes Wasser über seinen Kopf und seinen Körper. Das Wasser roch stark nach Chlor und es perlte am Körper ab. Mit dem Stückchen Seife rieb er sich ein. Die Seife duftete stark nach Jasmin. Zu stark fand Thomas. Er schäumte sich von Kopf bis Fuß ein und es kam, was kommen musste: Die Dusche hörte auf zu regnen – es tröpfelte nur noch.

»Verfluchte Scheiße! Das darf doch nicht wahr sein!«

Thomas war kurz davor auszuflippen! In Sekunden lief dieser ganze verhexte Tag vor seinen Augen ab.

»Verdammte Scheiße!«, schrie er und schlug mit der Faust auf den lächerlichen roten Hebel. Und

61

siehe da: das Wasser lief wieder.

»Fluchen vertreibt die bösen Geister!«, philosophierte er und musste über seine eigene Unbeherrschtheit lachen. Auf jeden Fall fühlte er sich jetzt wieder in der Lage, etwas zu unternehmen.

Ohne jegliche Orientierung verließ Thomas das Hotel. Es gab im Bereich der Hotelrezeption um diese Zeit vier Leute, die irgendwie nur da waren und nichts taten. Keiner von ihnen verstand auch nur das kleinste bisschen Englisch. Es war gerade einmal neunzehn Uhr, Thomas brauchte dringend ein paar Sachen. Er hatte bis auf die Kleidung, die er am Körper trug, nichts anzuziehen. Ihm fehlten Toilettenartikel, eine Tasche, und Hunger hatte er auch. Den Reiseführer hatten die Polizisten gnädigerweise dagelassen, aber Thonburi wurde dort nur beiläufig erwähnt. Thomas sprach ein paar Leute an und fragte nach ›Shopping‹ und ›Market‹, ›Supermarket‹ und nach allem, was ihm so einfiel. Die Leute blieben stehen, ihr Lächeln fror zu einem nach Hilfe suchenden Gesichtsausdruck ein. Die Augen schweiften umher, als hofften sie, dass genau in diesem Moment an der nächsten Straßenbiegung ein nie zuvor entdecktes, neonbeleuchtetes, zehnstöckiges Kaufhaus auftauchen würde. Aber es tauchte nicht auf und so zeigten sie dann spontan in irgendeine Richtung, erleichtert darüber, dass ihnen rechtzeitig diese gute Idee gekommen war. Andere wiederum verstanden überhaupt nichts, und schlängelten sich verlegen lächelnd, sich leicht verbeugend, an Thomas vorbei.

Es dauerte nicht lange, dann entdeckte er selbst einen kleinen Laden. Klein war untertrieben: es war ein winziger Laden. Thomas fand, nachdem er sich mit dem Mütterchen, das die Inhaberin zu sein schien, auf eine Zeichensprache geeinigt hatte, alle Toilettenartikel und sogar eine Tasche. Die Tasche war aus grob gewebtem Plastikmaterial gefertigt, blau, weiß, rot gestreift, rechteckig und hatte einen Reißverschluss. Und das Schönste daran war, dass es keine plumpe Armani-, Bree- oder Samsonite-Fälschung war, sondern ein Original! Für achtzig Baht hatte Thomas eine original Third-World-Bag erstanden.

»In meiner Situation wird das Design ein wenig zur Nebensache«, sagte er der netten Verkäuferin auf Deutsch. Sie lächelte, gab ihm das Wechselgeld und dachte sich irgendetwas in einer Sprache, die Thomas immer noch völlig fremd war.

Er ging weiter, bog um eine Straßenecke und befand sich nun auf einem kleinen, belebten Platz. Hier sah es wieder ein wenig vertrauter für ihn aus. Marktstände mit allen möglichen Dingen und, vor allem: »Garküchen, bis der Arzt kommt!«, frohlockte Thomas innerlich. Hoffentlich war das nicht wörtlich zu nehmen!

Thomas fiel als groß gewachsener Europäer sofort auf. Man reckte den Hals nach ihm, stieß sich gegenseitig an, lächelte freundlich.

»Hello, Mistää!«, riefen ihm ein paar Jugendliche entgegen. »Where you come from?(«

»Germany«, antwortete Thomas ehrlich gerührt über die viele Herzlichkeit.

»Ah! Jöramanie! Good football! Klienzman, Manchaster United!«

Thomas setzte sich an einen Plastiktisch und Bestellte sich erst einmal eine Cola. Am Nebentisch saßen zwei junge Männer in tadellosen Anzughosen und weißen, langärmeligen Hemden. Sie sahen unentwegt lächelnd zu ihm herüber, trauten sich aber scheinbar nicht, ihn anzusprechen. Der Besitzer der Tische kam zu Thomas und zeigte ihm eine verschlossene Cola-Flasche und blickte ihn fragend an. Thomas nickte heftig und der Mann öffnete die Flasche. Da er kein Englisch konnte, machte Thomas Gebärden als würde er etwas zu Essen in sich hinein schlingen und machte dann eine fragende Geste. Die beiden Männer vom Nebentisch hatten natürlich auch dies beobachtet und redeten jetzt auf Thai mit dem Inhaber. Dann wandten sie sich in erstaunlich verständlichem Englisch an Thomas:

»He has nothing to eat. Only have drink here. You can go around looking some food and then come back eat here«.

Thomas bedankte sich und stand auf. Die beiden Männer begleiteten ihn und erklärten ihm die verschiedenen Speisen. Wenn es nach ihnen gegangen wäre, hätte er alles probieren müssen, so gut sollten die verschiedenen Speisen angeblich schmecken. Thomas entschied sich für Huhn in einer geronnenen roten Soße und Reis dazu. Die Köchin ließ ihm ausrichten, dass sie das Essen an seinen Tisch bringen würde. Auf dem Weg dorthin zurück orderten die jungen Männer irgendeine Art von Salat, *Som Tam* genannt, woraufhin eine Köchin begann, wie eine Furie mit einem Beil auf eine grüne Frucht, die sie in ihrer Hand hielt, einzudreschen. Im Vorbeigehen orderten sie noch hundertjährige Eier und andere Speisen, bei denen Thomas keineswegs davon überzeugt war, dass diese wirklich für den menschlichen Verzehr vorgesehen und geeignet waren. Nach und nach wurde alles an den Tisch gebracht, die beiden fremden Männer setzten sich wie selbstverständlich dazu, und sie begannen gemeinsam zu essen.

Thomas nahm einen Happen von seinem Huhn und wurde feuerrot im Gesicht. Er rang nach Luft, wollte nach der Cola greifen, erinnerte sich aber an das, was ihm Nils beigebracht hatte: Schnell schaufelte er sich Reis in den Mund und vermischte ihn mit dem scharfen Huhn. Nachdem er den Brei heruntergewürgt hatte, wischt er sich mit einem Stück Klopapier die Tränen aus den Augen. Das Klopapier stand, verpackt in hübschen roten Plastik-Spendern als Servietten auf den Tischen.

»Too hot?«, fragte der eine junge Mann besorgt, und als Thomas »Too hot!«, bestätigte nahm er dessen Teller und eilte damit herüber zur Garküche. Nach einer Weile kam er zurück, strahlte über das ganze Gesicht und stellte den Teller vor Thomas auf den Tisch.

Vorsichtig probierte der davon. Das Essen war immer noch sehr scharf aber jetzt durchaus genießbar. Und je länger er davon aß, desto weniger litt er unter der Schärfe. Allmählich schmeckte er immer mehr Nuancen heraus, und als er den Teller vollständig geleert hatte, musste er sich eingestehen, dass das Essen wirklich lecker war.

Thomas sollte nun auch von den anderen Dingen probieren, die beiden Jungs bestanden darauf. Die meisten Speisen schmeckten gut bis sehr gut, nur dass Thomas jedes Mal von dem Aussehen her auf einen völlig anderen Geschmack schloss. Was sauer aussah, war süß, was scharf aussah, war harmlos und umgekehrt. Nach der Erfahrung mit dem zu scharfen Huhn boten ihm die beiden Männer den *Som Tam*-Salat gar nicht erst an! Die beiden Thailänder erklärten alle Speisen voller Leidenschaft, Thomas jedoch verstand so gut wie gar nichts. Egal, dachte er sich, machs wie die Thailänder: genieße und lächele! Thomas fühlte sich schon wieder wohl, ganz so, als hätten die letzten fünf Stunden gar nicht stattgefunden.

Die drei ungleichen Männer verstanden sich prächtig, kein Wunder bei dem guten Englisch der beiden Thai. Sie stellten sich als Lek und Dia vor. Lek war – aha daher! – Englisch Lehrer und Dia arbeitete in einem Büro für Stadtentwicklung. Nachdem sie alle gesättigt waren, schlug Thomas vor, ein Fläschchen *Sang Som* zu bestellen. Der Vorschlag wurde von den beiden freudig aufgenommen und so wurden drei Gläser, ein Kübel voller Eiswürfel, eine kleine Halbliterflasche *Sang Som*, Cola für Thomas und zwei Flaschen Sodawasser für die beiden Thailänder auf den Tisch gestellt. Sie erzählten sich voneinander, was sie taten, was sie für Vorlieben hatten und was sie gerne vom jeweils anderen Land wissen wollten. Als die erste Flasche *Sang Som* geleert war, war das Gespräch bei den Fragen angelangt, wo und wieso Thomas in Thomburi wohnte, was er vorher gemacht hatte und was er weiterhin vorhatte. Mit leichter Zunge fing Thomas an, seine Geschichte zu erzählen. Als die zweite Flasche nur noch halb voll war, hatte er noch Zweifel, ob er den beiden wirklich alles sagen sollte.

Nachdem die dritte alle war, hatte er ihnen alles erzählt und die Jungs sahen ihn bestürzt an. Dia schilderte, was man in Thailand normalerweise bei Drogenbesitz von Polizei und Justiz zu erwarten hatte. Obwohl ein Thailänder nur sehr selten und widerwillig etwas Negatives über sein eigenes Land verlauten lässt, konnte er Thomas nicht unbedingt Hoffnung auf die Behandlung seiner Angelegenheit nach deutschen, rechtsstaatlichen Maßstäben machen. Leider wusste Thomas überhaupt nicht genau, was ihm vorgeworfen wurde und was die Polizei in seinem Zimmer gefunden hatte. Bom hatte von Nadeln gesprochen und von Heroin. Die beiden Thailänder rieten ihm aber dringend davon ab, zur nächsten Polizeiwache zu gehen und nach Einzelheiten zu fragen. Er konnte also nur Nils um Hilfe bitten, und der war irgendwo weit weg in Laos.

Die beiden Männer waren rührend darum bemüht, Thomas zu helfen. Gemeinsam überlegten sie nun, was für Möglichkeiten Thomas überhaupt hatte, aus diesem Schlamassel heraus zu kommen und wie er jetzt am besten vorgehen sollte. Er musste zunächst einmal Nils erreichen, und das möglichst sofort! Thomas nahm sein Mobiltelefon und wählte dessen Nummer. Es gab automatische Ansagen in thailändischer Sprache, doch er konnte ihn einfach nicht erreichen. Dia wusste, dass das Mobiltelefon-Netz in Laos noch sehr schlecht ausgebaut war. Wenn Nils sich in einem kleinen Dorf befand, dann würde man ihn nicht so ohne Weiteres erreichen können. Thomas zermarterte sich das Hirn, ob ihm Nils irgendeinen Ortsnamen gesagt hatte, aber er konnte sich nicht daran erinnern. Er wusste nur, dass die beiden in die Hauptstadt Vientiane geflogen waren, und von dort aus auch wieder zurück, über Bangkok nach Phuket fliegen wollten.

Lek und Dia waren sich einig darüber, dass Thomas

versuchen musste, in Vientiane Nils Aufenthaltsort herauszufinden. Laos war in ihren Augen nicht besonders groß und das Land hatte gerade einmal etwas mehr als fünf Millionen Einwohner. Dort wäre es sicherlich möglich, einen Farang, der mit einem Thailänder zusammen zu einer Hochzeitsfeier unterwegs war, ausfindig zu machen. Thomas hatte daran zwar Zweifel, es blieb ihm letzten Endes aber gar nichts anderes übrig, als dies zu versuchen. Er schlug seinen Reiseführer auf. Alle drei steckten ihre Köpfe über der Karte von Thailand zusammen. Die Grenze zu Laos war lang und verlief über die längste Strecke am Mekongfluss entlang. Lek riet davon ab direkt in Nong Khai, gegenüber von Vientiane, das Land zu verlassen. Er kannte den Grenzübertritt auf der sogenannten Friendship Bridge und wusste, dass dieser äußerst streng kontrolliert wurde. Hier überquerten auch die meisten Ausländer die Grenze. Es gab jedoch einen kleinen Grenzposten in *Chong Mek* bei *Ubon Ratchatani*. Von diesem hatte Lek schon viel gehört, dass er gerne von Kleinschmugglern benutzt wurde, und dass Polizei und Grenzposten sich gerne an deren Geschäften um kleine oder große Zuwendungen bereicherten. Eine nicht näher bezeichnete Verwandte Leks war hier häufig unterwegs und berichtete gelegentlich davon. Ausländer waren an dem Grenzposten eine absolute Seltenheit und die Abfertigung funktionierte hier angeblich wie vor hundert Jahren. Es gab keinerlei Computervernetzung und damit war Thomas' Auffliegen eher unwahrscheinlich! Weitere Grenzübergänge gab es laut Reiseführer in *Mukdahan* und *Nakhon Phanom*, beides Orte, die direkt am Mekong lagen.

Thomas beschloss, gleich am nächsten Morgen nach Ubon aufzubrechen und Dia bot ihm spontan an, ihn mit seinem Motorrad zum Bahnhof Huan Lampong zu fahren. Dort würde er ihm helfen, das Ticket zu besorgen, damit auch ja nichts schief ginge. Thomas blickte auf die Uhr und sah, dass es schon halb elf Uhr war. Er hatte immer noch keine Kleidung für sich gekauft. Bei diesen Temperaturen konnte er unmöglich mehrere Tage lang in der gleichen Kluft herumlaufen! Er schilderte auch dieses Problem, aber angesichts der vorgerückten Zeit und der Tatsache, dass man sich in Thonburi und nicht in Bangkok befand, fiel den beiden Jungs hierzu leider keine Lösung ein.

Thomas bezahlte die gesamte Zeche, was sogleich, ohne vorgetäuschte Bescheidenheit, akzeptiert wurde. Die beiden jungen Männer wohnten nur ein paar Meter vom Marktplatz entfernt, aber sie waren selbstverständlich mit ihren Motorrädern hergekommen. Kurz entschlossen fuhren sie Thomas zu dessen Hotel, was auf den aus dem Tiefschlaf gerissenen Nachtwächter einen großen Eindruck machte. Dort verabschiedeten sie sich und verabredeten sich für sieben Uhr in der Frühe. Der Nachtwächter reichte Thomas den Schlüssel und der sah, dass alle anderen Schlüssel noch am Brett hingen. Er schien also wirklich der einzige Gast zu sein!

Mit dem Zug nach Osten

Thomas' Wecker befand sich glücklicherweise zusammen mit seinen Habseligkeiten in der Plastiktüte, und nun hallte sein Schrillen durch das kahle Zimmer. Thomas blickte ungläubig auf das Ziffernblatt. Der Mekong war noch nicht vollständig verdaut, und er hatte ihn trotz seiner Aufgewühltheit tief und traumlos schlafen lassen. Thomas ging ins Bad und befühlte seine Wäsche, die er, bis auf die Hose, noch schnell vorm Zubettgehen mit der Jasmin-Seife gewaschen hatte. Die Sachen dufteten und waren trocken. Was für ein schöner Start in den neuen Tag!

Thomas kramte mit triefnassen Haaren seine Sachen zusammen und verstaute alles in der nun gerade einmal zur Hälfte gefüllten Plastiktasche. Zu seiner Überraschung wartete Dia schon mit dem Motorrad auf ihn, wieder piekfein gekleidet. Sie begrüßten sich freundlich und brausten sogleich los in Richtung Bahnhof. Obwohl es noch früh war, herrschte bereits ein sehr starker Verkehr, und die Brücke über den Maenam Chao Phraya war, trotz der zwei Fahrspuren in jede Richtung, ein Nadelöhr. So war es gut, in dieser Situation nicht mit dem Auto unterwegs zu sein! Dia schlängelte sie zügig durch die stehenden Autos und sie erreichten schon nach einer halben Stunde den Bahnhof. Dia ließ Thomas vor dem Gebäude warten und ein Auge auf die Honda zu haben, da er diese direkt am Eingang in der Tabuzone für Kraftfahrzeuge abgestellt hatte. Er selbst ging derweil zu einem der Fahrkartenschalter. Schon nach wenigen Minuten kam er mit dem Ticket in der Hand zurück und trieb Thomas zur

Eile an. Die Bahn sollte bereits in knapp zehn Minuten abfahren und so verabschiedeten sich die beiden herzlich voneinander. Der Zug war ziemlich voll und Thomas musste durch mehrere Waggons gehen, bis er einen Sitzplatz fand. Einen weiteren Farang hatte er nicht entdecken können, aber die Fahrgäste schenkten ihm trotzdem kaum Beachtung. Mit langsamem Tempo ging es durch die Stadt und durch die Vororte Bangkoks. Gerüche zogen durch die offenstehenden Fenster hinein und Thomas wurde vor lauter Hunger schon etwas mulmig. Überall wurde gekocht und gebrutzelt. Was würde er dafür geben, jetzt da draußen zwischen den Garküchen zu stehen und von all diesen Köstlichkeiten einmal naschen zu dürfen. Der Zug hielt an einem kleinen Bahnhof an, setzt aber nach wenigen Minuten seine Fahrt fort. Thomas vernahm plötzlich einen lauter werdenden Singsang, und schließlich kam eine alte Frau mit einem aus Bambus geflochtenen Tablett herein. Auf diesem lagen gegrillte Hähnchenteile und in Plastikfolie eingewickelte Reisportionen. Thomas lief das Wasser im Mund zusammen. Er zeigte auf zwei Hähnchenkeulen und auf eine Reisportion und bezahlte dafür zusammen sechzig Baht. Er breitete alles auf dem schmalen Klapptischchen an seinem Fensterplatz aus und machte sich dran, die Köstlichkeiten zu verspeisen. Wieder ein näherkommender Singsang:

»Nahm jen-jen, nahm jen.«

Ein Mann mit einem Plastikeimer an der Hand erschien und blieb vor Thomas stehen. Der Eimer war zu einem Viertel mit Eiswürfeln gefüllt, und darin steckten Getränkedosen. Thomas kauft sich eine Dose *Birdy* – einen kalten Milchkaffee – und eine Limonade. Er war glücklich! Dann kamen noch ein paar Händler ins Zugabteil geschlendert, aber mit Thomas war erst einmal kein Geschäft mehr zu machen.

Der Zug fuhr jetzt außerhalb der Stadt deutlich schneller, hielt jedoch trotzdem an fast jedem Bahnhof an. Die Landschaft war atemberaubend schön! Wohin das Auge blickte, nur Reisfelder, saftig grün, umrandet von schmalen Lehmdämmen und hin und wieder unterbrochen von kleinen Tümpeln oder Hainen. Dann tauchten kleine Dörfer auf und einzelne Tempel mit ihren riesigen, farbenfroh gedeckten Dächern und goldglänzenden Verzierungen.

Thomas ließ die Landschaft an sich vorbeiziehen und saugte die Eindrücke tief in sich auf. Er ließ seine Gedanken hinaus aus dem Zugabteil in die weite Ebene gleiten. Er ging in Gedanken mit ein paar Schulkindern mit, den schmalen Fußpfad entlang, bis zu der kleinen Dorfschule, vor der sie sich aufgeregt schnatternd mit ihren Freunden und Mitschülern trafen. Sie trugen dunkelblaue Hosen und Kleidchen mit weißen Hemden als Schuluniform. In Zweierreihen stellten sie sich vor dem Eingang auf und folgten artig ihrem Lehrer hinein in das Gebäude. Nach kurzer Zeit hörte man Gesang, im Sprechchor aufsagte Gedichte und rezitierende Lehrer aus dem Gebäude hinüber in den Ort dringen. Dort vermischten sie sich mit den Geräuschen der Handwerker und Marktleute, mit dem Geknatter der Honda- und Yamaha-Motorräder, dem Gegacker der Hühner und dem sanften Klingen der vielen kleinen Tempelglöckchen. Bauern und ihre vielen Helfer saßen im Kreis an den Feldrändern und hielten ihre erste Mahlzeit ab. Menschen mit Wollmützen auf dem Kopf, aus denen nur die Augen durch einen Sehschlitz blinzelten, komplett verhüllt in übergroßen Hemden und langen Hosen arbeiteten an den Bahngleisen und schauten dem Zug lange hinterher. Sobald sie Thomas erblickten, fingen sie freundlich an zu winken, was ihn überraschte und was ihn wieder zurück in die eigene Gegenwart, in sein schüttelndes Eisenbahnabteil brachte.

Ein Mann mittleren Alters, der über den Gang auf der nächsten Sitzbank saß, und der ihn schon seit einer ganzen Weile neugierig beobachtete, sprach ihn in gebrochenem Englisch an. Es waren immer die gleichen Phrasen, die Thomas schon vorhersagen konnte:

»Hallo, woher kommst Du? Ah, Deutschland! Guter Fußball!«

Dann folgten verschiedene Variationen, etwa:

»Deutschland ist sehr kalt!«, oder »wie weit ist Deutschland entfernt?«

Todsicher kam dann die Frage, ob man verheiratet war und ob man Kinder hatte. Danach meistens die Frage nach dem Alter und schließlich nach dem Beruf. Wenn ein Thailänder überhaupt so weit mit seiner Konversation auf Englisch kam, war hier dann meistens Schluss. Englisch musste für einen Thai eine wahrlich komplizierte Sprache sein, sowohl von der Aussprache her als auch vom Satzbau. Nils hatte oft von der thailändischen Sprache erzählt. Er sagte, dass viele Gedanken eines Thai überhaupt nicht richtig in eine westliche Sprache übersetzbar wären, und umgekehrt, sich viele westliche Sätze nur sehr unpräzise ins Thai transferieren ließen. Eine tief gehende Unterhaltung auf philosophischem Niveau wäre zwischen einem Thailänder und einem Menschen aus dem Westen vom Verständnis her kaum möglich.

Der Mann gegenüber sprach zwar nur sehr schwer verständlich, hatte aber, wie sich nun herausstellt, einen deutlich größeren Wortschatz im Englischen als die meisten Bekanntschaften, die Thomas bisher gemacht hatte. Er wollte gerne wissen, wohin Thomas fuhr und ob er beruflich oder als Tourist unterwegs war. Thomas zögerte einen Augenblick lang, indem er so tat, als ob er das Englisch des Thailänders nicht verstanden hatte. Er überlegte, ob es gut wäre, wenn jeder Fremde seine Geschichte und sein Reiseziel kennen würde. Dann entschloss er sich zu einer harmlosen Legende: Thomas erzählte in einfachen Sätzen, dass er als Tourist alleine zum Mekong unterwegs war. Er hätte schon so viel von dem Fluss gehört, dass er sich dort gerne einmal umsehen wollte. Der Mann lächelt verständnisvoll und erzählte dann unvermittelt, dass er selbst aus *Udon Thani* käme und dort einen kleinen Foto-Laden und ein eigenes Atelier hatte. Er sagte, dass er sich in Bangkok über digitale Fotografie informiert hatte und einen Vertrag mit einer japanischen Firma über ein *Digi-Lab* abgeschlossen hatte. Thomas meinte zu verstehen, dass es dabei um ein Franchise-Geschäft für ein digitales Fotolabor ging. Der Mann war sehr aufgeregt und sah sich offenbar schon fast als Global Player der Fotoindustrie. Sein Enthusiasmus rührte Thomas. Er versuchte sich vorzustellen, wie dieser kleine, etwa dreißigjährige Mann aus der Provinz in seinem speckigen, abgetragenen, dunkelblauen Anzug in Bangkok, dieser Multimillionen Metropole, mit japanischen Geschäftsleuten über die Einrichtung eines Fotolabors verhandelte. Ob er das nötige Geld von seiner Hausbank geliehen bekommen hatte? Oder ob die ganze Familie zusammengelegt hatte? Ob er wohl mit seinem kleinen Atelier Ersparnisse angesammelt haben konnte? Thomas würde sehr gerne mehr über das thailändische Alltagsleben wissen, aber trotz der Möglichkeit sich in Englisch zu unterhalten war die Verständigung doch sehr mühselig!

Das Gespräch wurde von einem Schaffner unterbrochen, der die Fahrkarten kontrollierte und diese dann mit einem kleinen Locher entwertet. Als er Thomas' Ticket betrachtet hatte, wurde er sichtbar nervös und redete in Thai auf Thomas ein. Dabei benutzte er immer wieder die Worte Khon Kaen, Nakhon Ratchasima und Saraburi. Der Fotograf schaltete sich ein und übersetzte, dass dieser Zug nicht nach Ubon Ratchathani fuhr, sondern nach Khon Kaen, und das Thomas in Saraburi in den Zug nach Nakhon Ratchasima umsteigen müsse. Thomas bedankte sich, konnte aber die Aufregung nicht ganz verstehen. Wenn er umsteigen musste, dann musste er halt umsteigen! Wo lag da das Problem?

Thomas war eingeschlafen. Als er seine Augen aufschlug, die er glaubte, nur einen Moment lang geschlossen gehabt zu haben, blickte er in das besorgte Gesicht des Fotografen.

»Mistää, Saraburi! Mistää!«

Erschrocken sprang Thomas auf und suchte nach seinem Gepäck. Schnell erinnerte er sich daran, dass ihm ja nur eine einzige Tasche verblieben war. Er ergriff sie eilig, bedankte sich sehr freundlich auf Englisch bei seiner Reisebekanntschaft und stieg aus dem Waggon. Auf dem Bahnsteig herrschte ein mächtiges Gedränge. Viele Menschen verließen den Zug, andere stiegen ein, sehr viel Gepäck wurde be- und entladen. Dazwischen Händler und natürlich die unverzichtbaren Essen- und Getränkeverkäufer. Thomas schaute sich die ganze Szenerie an und überlegte einen Augenblick lang, wie es jetzt für ihn weiter gehen würde. Zunächst suchte er das Bahnhofsgebäude auf, in dem sich drei Abfertigungsschalter mit Glasscheiben, Sprechfenstern und Fahrkartendurchreichen befanden. Er sah Fahrpläne in Form von schwarzen Tafeln, auf denen kryptische Zeichen auf Zielorte hindeuten, jeweils darunter Uhrzeiten in Kreide geschrieben waren. Wenn ich jetzt Thai-Schrift lesen könnte, wäre ich einen schönen Schritt weiter, dachte Thomas. Er sah sich Rat suchend um und entdeckte einen jungen Mann, der neben einem alten Mütterchen auf einer Bank saß. Sie trug eine Augenklappe und einen Kopfverband, und er sorgte rührend für sie und schien ihr jeden Wunsch von den Augen – Pardon: von dem Auge – abzulesen. Thomas wandte sich an den Mann, fragte:

»Koratt?«

Der Mann sah ihn verlegen an, dann drehte er sich Hilfe suchend zu dem Mütterchen um, warf schnell einen verzweifelten Blick in die Runde und schaute dann mitleiderregend zu Thomas. Er schüttelte den Kopf. Thomas versuchte es erneut mit »Koratt« und machte nun mit dem Mund Zischlaute wie eine Dampflok und schob seine geballten Fäuste abwechselnd vor und zurück.

Der junge Mann lächelte verlegen, wiederholte:

»Koratt«, und schüttelt bedauernd den Kopf.

Jetzt kam Thomas die rettende Idee. Er zeigte seine Fahrkarte und nach anfänglichem Grübeln erhellte sich das Gesicht des Thai.

»Ah, Khoraaat! Khoraaat, Ubon, Khoraaat!«
Er sprang auf, lief zur Tür, winkte Thomas hektisch zu dem Gleis, wo immer noch der Zug stand, mit dem er eben angekommen war.

»No Khoraaat!«, erwidert Thomas. »Khon Kaen, no Khoraaat!«
Der Thailänder deutete mit der flachen Hand auf den Bahnsteigboden und wiederholt:

»Khoraaat!«
Dann zeigt er auf die Bahnsteiguhr, dreht mit dem Finger eine Luftrunde und wiederholt die ganze Prozedur. Nun glaubte Thomas zu verstehen: Der Zug würde von dem Gleichen der zwei vorhandenen Gleise abfahren und es würde noch ein Weilchen dauern. Thomas war erleichtert, dass sich, trotz der erheblichen Sprachbarriere, Probleme so schnell in Luft auflösen konnten.

Der freundliche Fremde war inzwischen zu seinem Mütterchen zurückgekehrt. Der Zug war abgefahren und der Bahnsteig hatte sich ein wenig geleert. Die Menschen, die jetzt noch anwesend waren, machten es sich auf den zahlreichen Bänken, oder auch auf dem recht sauber wirkenden Fußboden bequem. Die Händler hatten sofort, als der Zug aus ihrem Blickfeld verschwunden war, damit begonnen, ein Nickerchen zu machen. Nur ein junges Mädchen war noch eifrig damit beschäftigt, kleine Tüten mit Kartoffelchips und dergleichen, an einer Strebe des einzigen festen Kiosk des Bahnhofes zu befestigen. Und hier machte Thomas seine Entdeckung des Tages: Eistee aus der Dose. Die Tempera-

77

tur hatte zwischenzeitlich ihre alte Tagesform wiedergefunden. Thomas schüttete sich den Eistee oben hinein und aus allen Poren seines Körpers trat dieser ohne nennenswerte Verzögerung als Schweiß wieder heraus. Der Tee war von der Temperatur her perfekt und leicht mit Kohlensäure versehen, sodass Thomas eine ganze Dose ohne abzusetzen herunterspülen konnte. Köstlich!

Indessen hatte er auf dem kleinen Plastiktisch neben dem Kiosk, an dem er auf einem winzig kleinen Hocker saß, schon acht Dosen aufgereiht. Ein Bahnbediensteter war in der Zwischenzeit einmal auf ihn zugekommen, hatte bedauernd auf die Armbanduhr gedeutet und etwas wie »Late!« gemurmelt. Die kleine Kiosk-Verkäuferin hatte mit jeder gekauften Dose Tee ihr Lächeln verstärkt und war inzwischen bei heiterem Lachen angekommen. Thomas gewöhnte sich allmählich an die Konversation ohne Worte und fühlte sich sehr wohl dabei.

Es waren jetzt bereits mehr als drei Stunden vergangen, der Bahnsteig hatte sich wieder gefüllt, aber außer einem Zug in Richtung Bangkok war kein weiterer Personenzug mehr eingefahren. Thomas machte diese Tatsache zwar ein wenig unruhig, aber irgendwie hatte diese Situation etwas unheimlich Beruhigendes. So wenig Hektik und so viel Beschaulichkeit hatte er seit seiner Kindheit nicht mehr erlebt.

Die Uhr zeigte fünfzehn Uhr dreißig, es waren mehr als fünf Stunden vergangen, aber schließlich kam der lang ersehnte Zug doch noch am Bahnhof an. Auch die übrigen Passagiere waren inzwischen ungeduldig geworden und das, obwohl es an der wichtigen Nahrungsmittelversorgung nicht mangelte. Thomas erklomm den klapprig wirkenden Waggon, machte es sich auf einem Sitzplatz bequem. Als der Zug endlich seine Fahrt aufnahm, war er auch schon erschöpft eingeschlafen. Er schlief mit einigen kurzen Unterbrechungen, die fünfeinhalbstündige Fahrt bis Khorat durch. Er bekam nichts von der schnell hereinbrechenden Dunkelheit mit, sah nicht die vielen spärlich beleuchteten Dörfer, an denen sie vorbei rauschten, bemerkte nicht, dass sie mehr als eine viertel Stunde auf einem Abstellgleis warteten, um den um fünfzehn Uhr fünfundzwanzig in Bangkok gestarteten Nachtzug nach Ubon passieren zu lassen.

Khorat

Der Bahnhof Khorats erweckte den Eindruck, dass diese Stadt sehr bedeutend für die Region war. Es war ein richtig großer Bahnhof mit allem Drum und Dran, mehreren Gleisen, überdachten Bahnsteigen und einem großen Bahnhofsgebäude. Er hatte einem ovalen Vorplatz, auf dem eine schön restaurierte Dampflok aus der Anfangszeit der Eisenbahngeschichte beeindruckte. Diese glich ein wenig einer Westernlok eines Vergnügungsparks, da in Thailand eine wesentlich schmalere Schienenspur verwendet wurde als in Europa, und dementsprechend die Züge alle deutlich kleiner waren als dort.

Aber das alles entdeckte Thomas erst viel später, zunächst gab es mächtig Aufregung wegen der Weiterfahrt nach Ubon. Der Zug, mit dem er jetzt in Khorat angekommen war, fuhr anschließend weiter nach Sikhoraphum. Der Zug, den Thomas eigentlich nach Ubon hätte nehmen sollen, war jener Nachtzug, den sie vor etwa einer Stunde überholen lassen hatten. Dieser Nachtzug war jedoch schon weit weg, weil er, im Gegensatz zu dem Zug, mit dem Thomas gefahren war, keine Verspätung von mehr als fünf Stunden hatte!

Allein die Tatsache, dass er jetzt hier auf dem Bahnhof stand und der nächste Zug nach Ubon erst um zehn Uhr fünfunddreißig des nächsten Tages fahren sollte, macht Thomas etwas nervös. Viel schlimmer allerdings wog, dass ihm jetzt viele Menschen Ratschläge gaben, von denen er kaum einen auch nur halbwegs verstand! Thomas stand inmitten einer Menschentraube, durchwegs einen Kopf kleiner als er selbst, verfolgte eine eifrige Diskussion über seine eigene Situation, und verstand kein Wort! Das war skurril und das war deprimierend, vor allem weil er müde und erschöpft war.

Etwas abseits stand ein unscheinbarer, sehr dunkelhäutiger Mann und beobachtete ruhig die Szenerie. Als sich die Menschenmenge zunehmend mit sich selbst beschäftigte, zog er Thomas ganz leicht am Arm und sagte leise:

»Täxii, Mistää? I know good hotel!«

Auf die Idee, erst einmal die Nacht in einem Hotel zu verbringen, um dann am nächsten Tag ausgeschlafen den ersten Zug weiter nach Ubon zu nehmen, musste er erst von einem Taxifahrer gebracht werden. Irgendwie war Thomas erleichtert und willigte ein, ohne zuvor nach dem Preis zu fragen. Das Taxi war ein schäbiger, alter Toyota. Das gesamte Interieur war mit speckig glänzendem Kunstleder bezogen und der Wagen roch penetrant nach Mandarinen. Auf dem üppig dekorierten und mit etlichen Buddhaikonen verzierten Armaturenbrett waren gleich drei ›Duft‹-Fläschchen befestigt. Der Wagen fuhr für sein Alter erstaunlich leise, und das, obwohl die Stoßdämpfer ausgebaut zu sein schienen. Der Fahrer hatte seinen Sitz auf die vorderste Position gestellt und blinzelt, die Stupsnase fast die Windschutzscheibe berührend, in die Nacht. Er schaltete die Gänge so dermaßen früh, dass es Thomas schmerzte und dass der Motor fast abwürgte. Der Mann sprach die ganze Zeit über kein Wort, und auch Thomas wusste nichts zu erzählen. Er ergab sich still und emotionslos seinem Schicksal. Aus der langen Fahrt schloss Thomas, dass der Bahnhof entweder weit außerhalb der Stadt lag, oder dass sie in einen entlegenen Stadtteil unterwegs waren. Thomas sah eine lange Stadtmauer, um die herum ein Park angelegt war. Zweimal fuhren sie an schönen, bunt beleuchteten Stadttoren vorbei und bogen schließlich an einem hell beleuchteten und von vielen Menschen bevölkerten Platz ein. Ein paar Meter noch und sie hielten vor der offenen Lobby eines kleinen Hotels an. Der Fahrer wandte sich an Thomas und fragte ihn:

»You want see room?«

Thomas nickte müde. Sie gingen gemeinsam zu dem hohen Tresen, hinter dem ein junger Mann saß und fernsah. Als er die Männer bemerkte, sprang er auf und sagte in fließendem Englisch:

»Yes, Sir, you want one room? Single or double, Sir?«

»Single, please«, antwortete Thomas höflich.

Der Mann glitt hinter dem Tresen hervor, wischte ein paar Schlüssel von dem Schlüsselbrett, das an der Wand hing und eilte zur Treppe, die sich in der hinteren Ecke des schmalen, langen Raumes befand. Er bedeutet Thomas, ihm zu folgen und sie stiegen die sehr steile Betontreppe mit den etwas zu hoch geratenen Stufen bis in den zweiten Stock hinauf. Von den Leuchtstoffröhren, die die etwas schäbigen Flure beleuchteten, ging nur jede Dritte. Der Mann schloss eine Tür auf und knipste die einzige nackte Glühbirne an der Zimmerwand an. Danach drehte er an einem altersschwachen und halb zerborstenen Schalter und ein Deckenventilator in der Mitte des Raumes begann, sich quietschend in Bewegung zu setzen. Er wandte sich an Thomas.

»Okay, Sir?«, wobei dies nicht als Frage, sondern als Aufforderung zu verstehen war.

»How much?«, fragte Thomas resignierend.

»Two hundred, Sir. If you stay more than one week, one hundred fifty.«

Ohne überlegt zu haben, antwortete Thomas:
»One hundred.«

»Oh no, Sir! I cannot do! One hundred fifty is okay. One hundred fifty.«

Thomas nahm das Zimmer. Es unterschied sich auch nicht sonderlich von dem, welches er zuvor in Thonburi bewohnt hatte, nur war es deutlich größer – und eben Zwiehundert Baht billiger! Er warf seine Tasche auf das Bett und ging gleich als Nächstes unter die Dusche. Auch diese war Modell Thonburi, was ihn indessen schon nicht mehr störte. Thomas seifte sich von Kopf bis Fuß ein und freute sich diebisch über seinen unerwarteten Erfolg beim Feilschen.

Als er schließlich fertig war, ging er herunter um die Eincheckformalitäten zu erledigen. Der junge Mann war noch immer alleine in der Rezeption und er war spürbar in Plauderlaune. An der Wand neben dem Tresen stand ein großer Getränke-Kühlschrank, aus dem sich Thomas ein Singha-Bier nahm.

»You want Beer?«, fragte er den Nachtportier, der erfreut einwilligte und sich von Thomas ein Chang-Bier geben ließ.

Vor den Eingang tauchte eine Fahrradriksccha auf und parkte langsam direkt davor rückwärts ein. Dem Fahrer fehlten die Schneidezähne. Er rief dem Nachtportier etwas in Thai zu und der schlenderte langsam zum Bürgersteig. Sie unterhielten sich eine Weile und dann schlich er zurück, holte hinterm Tresen einen kleinen Stapel winziger Plastikhocker hervor, welche er auf dem Gehweg vor dem Eingang aufstellte. Er winkte Thomas heran und alle drei setzten sich. Der Nachtportier stellte den Rikschafahrer als seinen Freund vor und der gab Thomas zur Begrüßung die Hand, was in Thailand eigentlich unüblich ist, und was in diesem Fall irgendwie ulkig wirkte. Thomas spendierte auch ihm ein Bier und hatte damit einen Freund für mindestens einen Abend gewonnen. Für die sechzig Baht, die ein Chang-Bier hier kosteten, musste der sich mit seinem Fahrrad-Taxi sicherlich eine ganze Weile abstrampeln. Wie oft würde sich dieser arme Kerl wohl solch ein teures Getränk leisten?

Zu den drei Männern gesellte sich erst noch ein Rikschafahrer und kurz darauf ein älterer Mann, der kaum noch Zähne im Mund hatte und dementsprechend nuschelte. Der erste Rikschafahrer hatte an einer dicken, silberfarbenen Kette, die er um den Hals trug, viele verschieden große Amulette hängen. Als Thomas nach deren Bedeutung fragte, wurde der Mann ganz aufgeregt und versuchte in halbwegs verständlichem Englisch zu erklären, dass diese Buddha-Amulette von verschiedenen Tempeln aus ganz Thailand stammten. Seine Zahnlücke erschwerte die Verständigung noch zusätzlich. Dann nahm er die Kette ab, hielt die Amulette zwischen seinen zusammengelegten Händen vor die Stirn und verbeugte sich leicht. Schließlich gab er Thomas die Kette. Thomas war verunsichert. Er wusste nicht, wie er sich jetzt verhalten sollte. Der nette Hotelportier lächelte ihn erlösend an und bedeutete ihm die Amulette in gleicher Weise zu halten, um ihnen seien Respekt zu zeigen.

»You do not need to believe, just show your respect!«, sagte er und Thomas glaubte zu verstehen, wie das gemeint war.

Als er dann die schweren Amulette in seiner Hand hielt und ihm der Rikschafahrer die einzelnen Buddhadarstellungen erklärte und stolz erzählte wie und wo er jede Einzelne davon herhatte, war Thomas ganz gerührt.

Es war schon seit seinem Eintreffen in Khorat dunkel draußen, aber der ganze Straßenzug war wunderschön illuminiert. Thomas wurde erst jetzt gewahr, dass das Hotel direkt gegenüber der Stadtmauer stand. Der breite Grünstreifen, der sich neben der Mauer befand, war als sehr gepflegte Parkanlage gestaltet und mit Hunderten von Glühlampen erhellt. Rechts gegenüber dem Hotel befand sich ein großer, mit Menschen gefüllter Platz. Auf diesem Platz stand die Statue einer zierlich wirkenden Frau, die über und über mit Blumenkränzen behängt war. Die Menschen knieten auf dem Boden vor ihr nieder, zündeten Räucherstäbchen an und hielten sich die Hände zum Wai geformt vor das Gesicht. Es herrschte trotz der fortgeschrittenen Zeit noch ein reges Treiben. Thomas fühlte sich müde und erschöpft, hatte aber noch nicht das Bedürfnis schlafen zu gehen. Er spendierte eine weitere Runde Bier, führte noch eine Weile Konversation in der merkwürdigen Englisch-Version, an die er sich inzwischen gut gewöhnt hatte, und genoss das bunte Treiben um sich herum. Erst nach Mitternacht wurde es deutlich ruhiger in der Stadt und Thomas verabschiedete sich für diesen Tag.

Dr. Grünzel

Dr. Markus Grünzel war genervt. Nachdem er elf Stunden lang das Geschnatter und Gekicher zweier Schwarzafrikaner in der Sitzreihe vor sich ertragen musste, die sich wie Kinder benahmen – wie dumme Kinder – stand er jetzt schon seit einer drei viertel Stunde an der Passabfertigung. Seitdem klar war, dass der neue internationale Airport Suvarnabhumi, entgegen ursprünglichen Plänen, nun doch den gesamten Flugverkehr des Drehkreuzes Bangkok abfertigen sollte, verkam der gute alte Don Muang Airport zusehends, und die Motivation tausender Bediensteter ließ noch mehr zu wünschen übrig als zuvor. Dr. Grünzel hatte einen teuren Businessclasssitz bei Lufthansa gebucht. Geflogen war er schließlich aber mit der Partner-Airline *Thai Airways*. Es passte ihm überhaupt nicht, sich mit einer ›Dritte-Welt-Fluglinie‹ zufriedengeben zu müssen, auch wenn er sich eingestehen musste, dass sowohl die Maschine als auch die Crew einen ausgezeichneten Eindruck machten. Aber zumindest die Afrikaner vor ihm hatten ihn fast zur Raserei gebracht.

Nun stand er also seit fast einer Stunde zusammen mit Hunderten von Passagieren in einer Schlange vor der Passabfertigung, und der einzige Beamte der dort Dienst tat, hatte alle Zeit der Welt. Ab und zu stand er auf, schlenderte ganz ruhig zu einem Glaskasten am Ende der Halle, die im Übrigen zehn weitere unbesetzte Abfertigungsschalter hatte, plauderte ein paar Worte mit den dort vergnügt schwatzenden Kollegen, füllte sich ein Glas mit Eiswasser und bewegte sich genauso gelassen wieder zurück

86

zu seinem Platz. Die Halle war tiefgekühlt und trotzdem stank es nach dem Schweiß der vielen wartenden Menschen. Kinder plärrten, ihre Eltern brüllten sie an, es herrschte eine gereizte Atmosphäre. Der Gereizteste von allen war Dr. Grünzel. Endlich war er an der Reihe. Er schaffte es nicht, sich zu beherrschen und die Prozedur einfach über sich ergehen zu lassen. Nein, er musste einfach Dampf ablassen und dem Passbeamten seine Meinung über diesen Flughafen mitteilen. Einem Airport, der sich ›International Airport‹ nannte, und in dem Raucher in wenige, total vernebelte, stinkende Glaskästen gezwungen wurden. In dem eine chaotische Beschilderung die viel zu vielen Reisenden in die Irre führte, und in dem man als wohlhabender Businessclass-Flieger von den Beamten der Passabfertigung behandelt wurde wie der letzte Abschaum.

Der Beamte hörte sich Dr. Grünzels Ausführungen aufmerksam an und fragte dann ganz ruhig nach dem Zweck seines Aufenthalts. Als Dr. Grünzel als Grund »Business« nannte, fragte der Beamte neugierig:

»What kind of business?«

Grünzel war auf diese Frage nicht vorbereitet. Erneut entfuhr ihm ein Schwall sehr deutlicher, aber offenbar nicht eindeutiger Worte, was der Beamte zum Anlass nahm, ihn zu einer eingehenden Befragung durch einen höherrangigen Kollegen in einen VIP-Raum zu bitten. Diese Befragung schließlich erstreckte sich auf weitere zweieinhalb Stunden. In dieser Zeit gelang es dann Dr. Grünzel doch seine Beherrschung wieder zu gewinnen, sehr charmante Worte der Entschuldigung zu formulieren und nicht zuletzt zu begreifen, dass er sich in einem fremden

Land befand, dass ihm seine Gastfreundschaft freiwillig anbot, und dieses Angebot auch jederzeit wieder zurück nehmen konnte.

Als er nach so langer Zeit erschöpft und durchgeschwitzt, mit sechs Wochen lang gültigem Visum seine Einreise vollzog, war das Gepäckband selbstverständlich längst mit dem Hab und Gut von später eingetroffenen Reisenden gefüllt. Doch sein Koffer fand sich relativ schnell beim Zoll wieder. Er war geöffnet und gründlich durchsucht worden. Nur schließen ließ er sich nicht mehr richtig, was vielleicht eine Erklärung dafür war, dass der Ärmel eines seiner Ignatious-Joseph-Hemden seitlich aus dem leicht verbogenen Schließprofil des teuren Rimowa-Koffers heraus hing und auf dem Boden schleifte. Dr. Grünzel konnte sich nicht erinnern, dass er sich jemals so fix und fertig gefühlt hatte. Mit einem gequälten »thank you« nahm er das verbeulte Gepäckstück an sich und schleifte es hinter sich her in Richtung Ausgang. Dr. Grünzels Reise war bei einer Frankfurter Agentur, die ihm schon seit Jahren alle Geschäftsreisen organisierte, gebucht worden. Es war ihm dort hoch und heilig zugesichert worden, dass er von einer klimatisierten Limousine, gesteuert von einem zivilisierten, englisch sprechenden Fahrer abgeholt, und zu seinem Hotel gebracht werden würde. Und tatsächlich war er stundenlang im gesamten Flughafengebäude ausgerufen worden. Und ein mit den Landessitten vertrauter Mensch hätte immer noch die, inzwischen fast flehende, Lautsprecherdurchsage, mit der Suche nach »Mistä Gunsäh flom Flänkfööht«, jenem Herrn Grünzel aus Frankfurt zuordnen können.

Nach diesem wirklich gründlich misslungenen Start in ein neues unbekanntes Land nahm Dr. Grünzel bereitwillig das Angebot an, ein relativ einfaches Zimmer in dem völlig entlegenen Hotel Menam Riverside für fünfundsechzig Dollar zu beziehen. Einem Hotel im Stadtteil Bang Kholem, zu dem ihn der total verblödete Taxifahrer gefahren hatte, weil dieser nicht wusste, dass es ein Hotel *Dusit Thani* gab und das Dr. Grünzel sein dort gebuchtes Zimmer bereits im Voraus bezahlt hatte.

Grünzel warf seinen Koffer und das Cabinecase auf eines der beiden Betten und sich selbst auf das andere. Im Liegen entfernte er die Krawatte und öffnete sein Hemd.

»So eine verdammte Scheiße!«, hauchte er erschöpft. »Sollen sie dich verdammtes Arschloch doch aufhängen! Seit deiner verfluchten Geburt vor fünfundzwanzig Jahren versaust du mir mein ganzes Leben!«

Grünzel musste einen Kloß im Hals herunterkämpfen. Eine Träne im rechten Auge verriet, dass sein Nervensystem die größtmögliche Überdehnung seines gesamten Karriere-Lebens erreicht hatte. Seine verzweifelte Wut galt seinem eigenen Fleisch und Blut: Sohn Florian. Der Junge hatte schon angefangen zu lügen als andere Kinder gerade einmal »Papa« sagen konnten. Er sah schon als Vorschüler nach dem aus, was aus ihm später einmal werden sollte: ein Totalversager. Er war der Schwänzer, Petzer, Erwischenlasser und Mickerling, der jedem Menschen schon durch seine Anwesenheit auf die Nerven ging. Er bekam die gesamte Prügel seiner Schule ab, und weiß Gott, er hatte sie komplett verdient. Im Alter von elf Jahren soff er schon heimlich Fusel mit den Pennern vom Hauptbahnhof und bereits mit vierzehn drückte er sich seine erste Spritze. Dr. Markus Grünzel stand als Vorstandschef eines international verflochtenen Konzerns im Rampenlicht der Öffentlichkeit. Er hatte unzählige Auftritte in den Medien und natürlich vor der Elite der Wirtschaft. Er war stolz darauf, als promovierter Wirtschaftswissenschaftler in die Spitze der Wirtschaftslenker vorgestoßen zu sein. Als Macher, der sich in allen relevanten Fragen bestens auskannte, anerkannt zu sein. Doch immer wieder hatte sein eigener Sohn seinem Ruf Schaden zugefügt. Immer wieder hatte er seine Beziehungen ausspielen müssen, um dem missratenen Sprössling aus der Patsche zu helfen. Zig Tausende von D-Mark hatte er für die verschiedenen Erziehungseinrichtungen verschwendet und am Schluss doch resignierend feststellen müssen, dass dies alles Vergebens war.

Nun saß Florian Grünzel in Thailand im Gefängnis und wurde des Drogenhandels beschuldigt. Jeder Mensch wusste, was das bedeutet: Auf den Handel mit Drogen jeder Art stand zwangsläufig die Todesstrafe! Und im Falle des Sohnes von Dr. Markus Grünzel würde darüber hinaus ein Presseskandal ersten Ranges drohen, was fast noch katastrophaler war!

Es war Grünzel bisher stets gelungen, mit vielen Euro und mit der Hilfe einiger Konzern-Justiziare mit guten Auslandskontakten, Florians Eskapaden geheim zu halten. Doch nun war seine persönliche Intervention unumgänglich. Von der ersten Information, über die Verhaftung des Sohnes, bis zu der Entscheidung, selbst nach Thailand zu fliegen, hatte er gerade einmal eine halbe Stunde Bedenkzeit gehabt. Dann ging alles sehr schnell. Sein Anwalt, der gleichzeitig sein einziger Vertrauter war, hatte fernmündlich und per Fax alles Nötige für Grünzels Aufenthalt in Bangkok vorbereitet. Er sollte dort empfangen und ins Hotel gebracht werden. Auch einen Termin in einer Anwaltskanzlei war schon organisiert worden. Bisher hatte Dr. Grünzel allerdings den Eindruck gewinnen müssen, dass es an der gewissenhaften Umsetzung hier in Thailand haperte. Grünzel raffte sich auf. Er entkleidete sich und ging ins Bad. Die Dusche, die er nun bitter nötig hatte, befand sich in der Badewanne und war mit einem stockigen Duschvorhang versehen. So etwas hatte er seit seinem Studium nicht mehr gesehen. Trotz seines Ekelgefühles stieg er unter die Brause und schäumte sich ein.

In frische Wäsche gehüllt tat er etwas, was er schon seit seiner Studentenzeit nicht mehr gemacht hatte: Er bestellte sich eine Flasche Scotch Whisky und einen Kübel voller Eiswürfel auf das Zimmer und betrank sich ... bis er schließlich einschlief.

Gegen ein Uhr mittags wurde Grünzel von allen Geräten, die in der Lage waren, Töne von sich zu geben, gleichzeitig aus seinem Koma gerissen. Sein Palm-Organizer weckte ihn pünktlich um sieben Uhr deutscher Zeit, sein Handy klingelte, weil man ihn gleichzeitig im *Dusit Thani Hotel*, in der Rechtsanwalts Kanzlei im Stadtteil Silom, und seit einer Stunde nun zusätzlich noch in Frankfurt als verschollen betrachtete. Die Rezeption des Menam Riverside Hotels schließlich wollte wissen, ob er sich noch in seinem Zimmer befand und ob er dieses für eine weitere Nacht zu buchen wünschte.

Grünzel verschob unter dem Vorwand, unter Jetlag zu leiden, alle Termine um einen Tag. Dann begab er sich ins Bad, machte sich in aller Ruhe fertig und überlegte in dieser Zeit sein weiteres Vorgehen. An der Rezeption mietete er einen englisch sprechenden Chauffeur und die einzige vorhandene Hotel-Limousine für den Rest des Tages. Die ›Limousine‹ war eine älterer Lexus und das Englisch des Chauffeurs war eine Katastrophe, aber mehr hatte Grünzel nach seinen ersten Erfahrungen in Bangkok auch nicht erwartet. Überrascht war er hingegen von der Versiertheit und den Kenntnissen des Fahrers. Als er sich erst einmal an dessen unmögliche Aussprache und Grammatik gewöhnt hatte, musste er feststellen, dass der Kerl erstaunlich gut über die Bedürfnisse und Gewohnheiten von europäischen Geschäftsleuten bescheid wusste. Zielsicher fuhr er ihn zu den feinsten Geschäften der Stadt, in denen sich Grünzel mit Garderobe und einem neuen Koffer ausstattete. Einen zweiten Akku für sein Notebook fand er in kürzester Zeit in einem Shop im Siamcenter und sogar ein italienisches Restaurant erster europäischer Güte steuerte er gezielt an. Daneben betätigte er sich als diskreter Butler, Taschenträger und Dolmetscher.

Am späten Abend chauffierte ihn Khun Duan, wie sich der Fahrer nannte, in einen gepflegten Massagesalon, in dem perfekt aussehende Damen, in Naturstein-Teakholz-Ambiente, kultiviert für alle möglichen Schweinereien zur Verfügung standen. Grünzel hatte seine alte Form wieder gefunden!

Tag zwei in Bangkok begann schon viel besser als der vorangegangene Tag. Grünzel hatte beschlossen, sein Zimmer im Hotel Menam-Riverside zusätzlich zu seinem bereits bezahlten im *Dusit Thani* zu behalten, um für alle Fälle eine Rückzugsadresse zu haben. Khun Duan stand ihm weiterhin vierundzwanzig Stunden am Tag zur Verfügung und erhielt dafür die lächerliche Summe von eintausendfünfhundert Baht pro Tag plus Spesen. Außerdem wurde er von Grünzel großzügig eingekleidet und mit neuer Seiko-Uhr und Handy ausgestattet. Für Kost und Logis sorgt Grünzel ebenfalls, da sich Khun Duan vom *Menam Riverside* beurlauben lassen musste, weil er in seiner schmutzigen Soi, der Nebenstraße einer Nebenstraße, wohnte und somit für Grünzel dort quasi unerreichbar war. Für Khun Duan eröffnete sich ein Weg in eine nie zuvor betretene Gesellschaftsschicht, für Grünzel ebenfalls, aber in gegenläufiger Richtung. Beide fanden schnell Gefallen dran. In Grünzel wurden Instinkte reaktiviert, die ihn früher dabei geholfen hatten, in seinem Karriereplan viele Stufen überspringen zu können, die aber auch zahlreiche Opfer auf dieser Strecke hinterlassen hatten. Man respektierte ihn, aber insbesondere fürchtete man ihn.

Der Antrittsbesuch bei der Anwaltskanzlei verlief in etwa so wie es Grünzel erwartet hatte. Der vormals in Deutschland zugelassene Anwalt Günter Schlüter, der wegen verschiedener, nicht näher bezeichneter Unregelmäßigkeiten daheim, seinen Wirkungskreis ins Ausland verlegen musste, sollte die inoffiziellen Dinge für Grünzel erledigen und als Fach-Dolmetscher zur Verfügung stehen. Er hatte selbstverständlich weder Zulassung noch Arbeitserlaubnis in Thailand, stand aber dennoch auf einer üppigen Gehaltsliste dieser thailändischen

Kanzlei, die sich ausschließlich mit ausländischen Klienten befasste. Der eigentlich mit dem Fall Florian Grünzel beauftragte Anwalt Khun Phranomsak hingegen, beschränkte sich in Grünzels Gegenwart aufs Grinsen und auf gelegentliches Telefonieren mit seinem bunt blinkenden Handy.

Grünzel erkundigte sich zunächst nach dem aktuellen Sachstand. Hier gab es erst einmal gar nichts zu berichten. Entweder hatte man bisher noch überhaupt nichts in dieser Angelegenheit unternommen, oder man war unfähig den nötigen Druck zu erzeugen. Als Strategie in der Sache Florian Grünzel wurde ihm unterbreitet, dass man die weitere Entwicklung gespannt und sehr aufmerksam beobachten wollte, um dann im richtigen Moment die entscheidenden Schritte in die Wege leiten zu können. Grünzel fing an zu toben! Dafür hatte er nicht in Frankfurt alle Hebel in Bewegung gesetzt und war ein nicht unerhebliches Risiko eingegangen, um unter fadenscheinigen Gründen diskret nach Bangkok verschwinden zu können. Grünzel verließ schimpfend die Kanzlei und beschloss auf eigene Faust seinen Sohn aus dem Gefängnis freizukaufen.

Eine drei viertel Stunde später, als er gerade im Hotel Dusit Thani zu Mittag essen wollte, rief ihn Schlüter auf seinem Handy an. Er war trotz des Eklats in der Kanzlei völlig gelöst und offensichtlich auch bestens gelaunt. So, als wenn Grünzel einem netten Scherz aufgesessen wäre, erklärt ihm der Anwalt, dass das nur der offizielle Teil des Gespräches gewesen sei, und bat um ein weiteres Gespräch außerhalb der Kanzlei. Die beiden trafen sich am Abend in einem vornehmen Restaurant im Stadtteil Dusit. Duan wurde für diesen Abend beurlaubt.

Grünzel wollte das zu erwarten delikate Gespräch lieber mit dem deutschen Anwalt alleine führen. Schließlich konnte Duan kein Wort Deutsch verstehen, und außerdem ging das alles einen einfachen Kraftfahrer nichts an. Schlüter erschien in einem schlichten aber offensichtlich nicht ganz billigen Anzug. Er wusste sich nicht nur auf Deutsch gepflegt auszudrücken, sondern beherrschte auch die thailändische Sprache nahezu perfekt. Grünzel war ungeduldig und wollte Fakten hören. Schlüter überging etwas unwillig den formellen Teil des Abends und eröffnete Grünzel, dass Khun Phranomsak nichts weiter als der Strohmann in diesem Verfahren war. Ein Thailänder würde für kein Geld der Welt die Interessen seines Landes verraten und wäre damit nicht besonders initiativ in solch einer Angelegenheit. Schlüter überreichte Grünzel zwei Fotos, die den Manager dann doch etwas bedrückten. Das eine Foto zeigte eine Haftanstalt im Isaan, das andere den völlig ausgemergelten, kahl geschorenen Kopf seines eigenen Sohnes, der in die Kamera heulte.

»Das ist ja ein furchtbares Loch«, entfuhr es Grünzel beim Anblick des Gefängnisfotos. »Wie kann denn da ein Mensch überleben?«

»Eigentlich überhaupt nicht«, erwiderte Schlüter, »es sei denn, er hat Freunde oder Verwandte, die einem mit Lebensmitteln, Geld und guten Beziehungen zum Personal helfen können und wollen. Und das Schlimmste daran ist noch, dass sich ihr Sohn zu seinem eigenen Schutz dort befindet. Ihm ist leider das Missgeschick passiert, dass er in Bangkok auf der Flucht, mit einem gestohlenen Motorrad, einen Polizisten angefahren und schwer

verletzt hat. Einen Polizisten aus einer sehr angesehenen Familie, aus der etliche Polizeibeamte höhe-
rer Dienstränge stammen. Hätte man ihn in Bangkok in Haft gelassen, wäre er jetzt mit Sicherheit
schon tot«.

»Dieser verdammte Versager!«, hauchte Grünzel
wütend.

»Ich habe einen Besuch für sie arrangieren können. In einer Woche dürfen sie ihren Sohn besuchen.«

»Unter keinen Umständen!«, empörte sich Grünzel. »Ich hole ihn da irgendwie heraus und dann
möchte ich nie wieder etwas von Florian hören!«

»Es wird eine größere Summe Geld nötig sein, um
unser Ziel zu erreichen«, sagte Schlüter mit einem
kaum erkennbaren zynischen Unterton. »Sie werden außerdem für unseren juristischen Beistand
zwei Honorarforderungen erhalten. Eine von unserer Anwaltskanzlei und eine direkt von mir. Meine
Forderung unterscheidet sich dahin gehend, dass sie
sich auf dreißigtausend Euro beläuft, wobei die
erste Hälfte sofort fällig wird und die Zweite nach
erfolgter Entlassung Ihres Sohnes«.

Grünzel verschluckte sich an dem Scotch on the
rocks, von dem er soeben einen Schluck genommen
hatte. Der Advokat war an Unverschämtheit kaum
zu überbieten. Mit der Anwaltskanzlei gab es einen
Vertrag mit einem vereinbarten Honorar von umgerechnet fünftausend Euro für die beiden ersten Ins-
tanzen eines Verfahrens und weitere fünftausend,
falls es notwendig sein sollte, ungewöhnliche
Methoden anzuwenden.

»Was macht den Wert ihrer Dienstleistung aus,
dass sie so unverschämte Forderungen an mich stel-

len?«, fragte Grünzel spitz.

»Ich bin der einzige Mensch hier in Bangkok, der ihnen wirklich helfen kann!«, erwiderte Schlüter triumphierend.

»Dann würde es mich sehr beruhigen, endlich einmal so etwas wie eine Strategie von ihnen zu hören. Bisher habe ich zwei Fotos und ein paar leere Worthülsen von ihnen und ihrem grinsenden Kollegen erhalten. Nicht gerade viel, wenn es um einen Delinquenten geht, der, wenn ihn nicht vorher die Ruhr oder die Ratten gefressen haben, in Kürze am Strick baumeln soll.«

»Sie haben gar keine andere Wahl als ihren Sohn freizukaufen«, erwiderte Schlüter jetzt ganz eiskalt. »Aber wenn sie glauben, sie könnten ganz lässig in das Gefängnis hereinspazieren und dem nächstbesten Aufseher ein paar Baht in die Tasche stecken, dann bin ich ganz sicher, dass ich in Kürze auch noch sie selbst aus dem Knast herausholen darf.«

Er winkte dem Kellner zu und deutete auf sein leeres Glas. Dann wandte er sich wieder dem Deutschen zu:

»Wir werden ganz behutsam und geduldig meine Kontakte ausspielen und die richtigen Wege beschreiten. Wenn sie damit einverstanden sind, werde ich ihnen in den nächsten zwei, drei Tagen nähere Informationen geben und Sie halten sich so lange zur Verfügung. Sind sie nicht einverstanden, so empfehle ich ihnen das letzte Foto ihres Sohnes an sich zu nehmen und die Angelegenheit als gescheitert zu betrachten. Die thailändische Regierung würde sich dann in den nächsten Wochen mit ihnen in Verbindung setzten, um die Modalitäten der Überführung der sterblichen Überreste von Florian mit ihnen abzustimmen.«

Peng! Das hatte gesessen. Grünzel spürte zum zweiten Mal innerhalb kürzester Zeit ein ihm völlig unbekanntes Gefühl der Ohnmacht. Es war ein Gefühl, als wenn das Gebäude aufgrund eines Erdbebens ganz leichte, undefinierbare Bewegungen machen würde. Eine Mischung aus Schwerelosigkeit und Sog in die Tiefe. In dieser Situation ging sein unter normalen Umständen blitzschnell denkendes Gehirn in einem Stand-by-Modus. Nichts fiel ihm ein, gar nichts! Nach minutenlangem Schweigen antwortete er mit belegter Stimme:

»Ich werde auf ihre weiteren Anweisungen warten«.

Anweisungen! Herr Dr. Markus Grünzel, Vorstandsvorsitzender der Frankfurter HGH-Consulting wartete auf Anweisungen!

»Lassen sie sich zum *Wat Pho* fahren und dort mal eine richtige thailändische Massage verpassen. Kommen sie auf andere Gedanken; ihre westliche Denkweise ist Ihnen hier nur im Wege!«

Schlüters Worte hatten plötzlich etwas Fürsorgliches. Auch er hatte vor Jahren in diesem exotischen Land einmal ganz unten angefangen und aus seinen Fehlern bitter lernen müssen.

Tom Yam Gung

Nach einer sehr unruhigen Nacht, in der er das Gefühl hatte, in einem Zelt mitten auf einer Verkehrsinsel zu schlafen, starrte Thomas seinen Wecker ungläubig an. Es dauerte eine ganze Weile, bis er sich besann, wo er überhaupt war und warum er dort war. Er versuchte, seine Gedanken zu ordnen. Wie würde er jetzt weiter fortfahren, wie sollte er den Tag überhaupt beginnen? Fangen wir erst einmal ganz von vorne mit Duschen und dem Frühstück an, überlegte er sich. Das Duschwasser war, wie nicht anders zu erwarten, ziemlich kalt. Thomas hatte beobachtet, dass auf den meisten Hausdächern große Wassertanks standen, die zum einen durch das Gefälle den nötigen Wasserdruck erzeugten, und in denen zum anderen, durch die Sonne aufgeheizt, das Wasser mehr oder weniger stark erwärmt wurde. Nach einer kühlen Nacht, und nachdem zuvor rege von dem tagsüber erwärmten Wasser für die Abendtoilette verbraucht worden war, kam dann leider in den Morgenstunden nur noch recht frisches Nass aus der Brause.

Thomas ging die steile Betontreppe herunter zur Lobby. Dort traf er eine neue Besetzung an, die aus einer sehr dicken Frau, einer jungen, Hübschen, die ihn gleich freundlich begrüßte, und einem etwa sechzehnährigen Jungen bestand. Thomas fragte auf Englisch nach einem Frühstücksrestaurant. Man verstand ihn nicht und statt einer Auskunft gab es verlegenes Grinsen. Dann besann sich Thomas auf seine indessen schon recht gut geübte Gebärdensprache, machte mit der rechten Hand eine Geste, als wenn er mit einem Löffel etwas in den Mund schaufelte. Und siehe da, man verstand ihn. Die junge Frau eilte hinter der Rezeption hervor, ging vor den Eingang und zeigte auf das Nebengebäude.

Das Restaurant musste am vorangegangenen Abend schon geschlossen gewesen sein, sonst hätte er es bestimmt wahrgenommen. Es war ein großes, helles Eckrestaurant, fast genau gegenüber dem Denkmal, an dem auch zu dieser frühen Morgenstunde ein reger Betrieb herrschte. Zwei Seiten waren mit großen Fenstern versehen, sodass man einen schönen Blick auf die beiden belebten Straßen, sowie auf den Platz vor dem Stadttor und der Statue hatte. Thomas bekam von einer teilnahmslos blickenden Frau eine Karte in thailändischer und englischer Sprache gereicht. Es fehlte darauf jeder Hinweis auf irgendetwas, womit ein Westeuropäer normalerweise ein Frühstück gestalten würde. Ein Blick auf den langen Küchentresen an der hinteren Wand des Lokales verstärkte den Eindruck, dass es hier überwiegend sehr deftige Kost gab. Thomas studierte die Karte rauf und runter, aber er konnte nichts finden, was er um diese Uhrzeit schon hätte essen mögen. Er erinnerte sich daran gelesen zu haben, dass die Thailänder als Frühstück normalerweise eine dünne Suppe aßen. Auch danach war ihm eigentlich nicht zumute, aber er musste nun einmal etwas zu sich nehmen. Es gab ›Soup with pork‹, ›Soup with Chicken‹ ... sein Blick blieb bei ›Soup with crabs‹, also einer Krabbensuppe hängen. Er dachte an eine schöne Hummersuppe, so wie er sie in Deutschland häufig genossen hatte, und konnte sich durchaus vorstellen, damit seinen Tag zu beginnen. Die Bedienung, die die ganze Zeit neben ihm gestanden und gewartet hatte, blickte ihn ziemlich entsetzt an.

»Tom Yam Gung?«, fragte sie erstaunt.

Thomas nickte und gab ihr die Karte zurück. Was immer ihm die Frau damit mitteilen wollte, schönere Worte hätte er bestimmt auch nicht finden können! Übermütig erwiderte er in fließendem, akzentfreiem Deutsch:

»Schon recht, du machst das schon!«

Die Frau drehte sich auf dem Absatz um und rief durch das ganze Restaurant:

»TomYam Gung! Farang au Tom Yam Gung!«

Nach einer kurzen Weile kam sie mit einer dampfenden Schale an den Tisch zurück und stellte diese freundlich lächelnd vor Thomas auf den Tisch. Sie blieb neben ihm stehen und sah Thomas beim Essen zu. Die übrigen acht Bediensteten, die Küchenbesatzung eingeschlossen, unterbrachen ihre Arbeit und starrten Thomas neugierig an. Thomas hatte gehört, dass die Menschen im Isaan eine sehr unbefangene, fast kindliche Neugier pflegten, die Ausländern zunächst ungewohnt war.

Die Suppe schien sehr heiß zu sein, deshalb pustete er den schwach gefüllten Löffel erst einmal an, um sie abzukühlen. Dann schob er den Löffel beherzt in den Mund und erstarrte. Sein Selbsterhaltungstrieb ließ ihn die Suppe prustend über den Tisch herausblasen. Sein Mund brannte, als wenn ein Zahnarzt mit dem Bohrer versehentlich die Zunge anstelle des Zahnes erwischt hätte. Thomas' Gesicht lief knallrot an, Schweiß stand ihm auf der Stirn, Tränen schossen ihm in die Augen. Er schnappte nach Luft aber er fand keine. Panik überfiel ihn. Ein älterer Mann drückte ihm ein kleines Glas in die Hand und Thomas leerte es in einem Zug. Es war

101

Mekong-Rum. Der Mekong brachte Thomas Organismus ganz langsam wieder ins Gleichgewicht. Was für eine Schärfe! Thomas konnte sich beim besten Willen nicht vorstellen, dass Menschen so etwas essen konnten! Er versuchte zu lächeln und krächzte:

»Phet!«

»Phet maak maak!«, antwortete der alte Mann und ein brüllendes Gelächter ging durch das Lokal.

Nun kam wieder Leben in die Gesellschaft. Alle hatten zusehen wollen, wie eine Langnase *Tom Yam Gung* isst, das thailändische Nationalgericht. Dies gilt wegen seiner besonders intensiven Schärfe als das Lackmus-Papier, das einen Thailänder von einem Nicht-Thailänder unterscheidet.

Von nun an klappte die Kommunikation auf erstaunliche Weise: Man fing, an seine Gedanken zu lesen. In Windeseile war die Suppenschale verschwunden und durch einen Teller mit zwei Scheiben geröstetem Toastbrot, etwas Butter, Marmelade, einem Spiegelei sowie einen Becher mit herrlich duftendem Instant-Kaffee ersetzt worden. Wohin er nun auch seinen Blick wandte, er wurde mit einem besonders freundlichen Lächeln beantwortet.

Thomas genoss sein Frühstück mit seinen langsam wieder zum Leben erweckten Geschmacksnerven. Er genoss das Treiben, welches er durch die großen Fenster beobachten konnte. Ein unaufhörlicher Verkehrsstrom schob sich langsam unter ständigem Gehupe an seinen Augen vorbei. Menschen in schicker Kleidung auf dem Weg zur Arbeit, Händler mit überfüllten Pick-ups, unzählige Honda-Dreams und Honda-Waves, rot-weiße Polizei-Pick-ups, die sich am Straßenrand sammelten, und von deren

Ladeflächen immer mehr Polizisten sprangen. Ungewöhnlich viele Polizeiautos und ungewöhnlich viele Polizisten!

Thomas erstarrte. Sie suchten ihn! Sie wussten, dass er in Khorat war! Er wurde blass vor Schrecken, seine Augen tasteten nach einem Ausweg. Es gab einen zweiten Ausgang zur Seitenstraße. Thomas sammelte sich, stand ganz langsam auf, ging zum Tresen und zeigte sein Portemonnaie. Er bezahlte achtzig Baht, bedankte sich lächelnd und ging langsam durch den Seitenausgang auf die Straße. Nun beschleunigte er seine Schritte mehr und mehr. Ein paar Minuten später erreichte er ein recht großes Kaufhaus. Er schlüpfte durch den Eingang in der Hoffnung, im Strom der Kunden untertauchen zu können. Eine etwas naive Hoffnung. Jeder Mensch in dem riesigen Gebäude bemerkte ihn und jeder begrüßte ihn mit einem »Hello!« oder zumindest mit einem Lächeln. Aber was sollte er tun? Ziellos irrte er durch die vielen engen Gänge. Er fühlte sich von allen Seiten her beobachtet. Ihm kam eine Idee, wie er sich wenigstens nicht ganz so auffällig verhalten würde: Er musste dringend ein paar Sachen einkaufen und wo sollte er das besser können als in einem Kaufhaus?! Hier fand er alles, was er brauchte. Es gab Kleidung vieler bekannter Marken, einiges sogar in seiner Größe, allerdings zu fast den gleichen Preisen wie er sie aus Deutschland kannte. Eine schicke Manchester-Hose, die ihm ein wenig zu kurz war, wurde an Ort und Stelle durch Herauslassen des Saumes verlängert und anschließend sogleich gebügelt. Eine Textil-Husche, ein sehr tuntiger Verkäufer, stand ihm mit seinem wirklich treffsicheren Geschmack beratend zur Seite und überredete ihn zum Kauf des einen oder anderen Teils, welches er ursprünglich gar nicht erwerben wollte. Als Thomas die vielen Tüten kaum noch tragen konnte, fiel ihm zum Glück ein, dass er unbedingt einen Rucksack brauchte.

Nach fast drei Stunden trat er vor das Kaufhaus, bepackt, als wenn er gerade aus dem Flugzeug gestiegen wäre. Neben dem Eingang befand sich ein Eiskaffee, wo er sich an einen Tisch setzte und bei einem erfrischenden Eistee und einem bunten Eisbecher über sein weiteres Vorgehen nachdenken wollte. Sein Reiseführer lag im Hotelzimmer, das war schon mal sehr ungünstig. Thomas sprang auf, gab dem Eismann ein Zeichen, dass er gleich wieder kommen würde, und ließ den Rucksack einfach an seinem Platz stehen. Dann lief er zurück in das Kaufhaus, wo er sogleich eine recht brauchbare Karte von Thailand fand. Zurück im Eiskaffee breitete er diese auf seinem Schoss aus und suchte Khorat und die weitere Umgebung am Mekong. Er erinnerte sich noch an den Namen Ubon und daran, dass er von dort aus versuchen sollte, Laos zu erreichen. Der Eismann trat neugierig an den Tisch heran und betrachtete die Karte. Er konnte etwas Englisch und so fragte er, wo Thomas denn hin wolle. Thomas erzählte, dass er auf dem Weg nach Laos wäre. Der Eismann antwortete mit einem vielsagenden »Ah!« und schaute auf der Karte zielsicher in Richtung Nordwesten, wo sich die burmesische Grenze befand. Ob er die Namen auf der Karte überhaupt lesen konnte, bezweifelte Thomas indessen. In der Hoffnung dennoch irgendeinen brauchbaren Tipp zu bekommen erzählte Thomas, dass er auf dem Weg nach Ubon Ratchathani war. Damit konnte der Eismann etwas anfangen. Er schenkte der Karte gar keine weitere Beachtung, sondern fing sogleich an zu erklären, dass Thomas mit dem Zug oder mit dem Bus dorthin fahren könne. Mit dem Bus ginge es schneller, aber mit dem Zug hätte er mehr Sanuk, also Spaß. Er war sogar so freundlich ein Tuk-Tuk für Thomas heranzuwinken und einen besonders günstigen Preis zum Bahnhof für ihn auszuhandeln.

Das einzige Problem, welches es jetzt noch zu lösen galt, war, wie er jetzt vorbei an den vielen Polizisten in sein Hotelzimmer käme, um seine Sachen zu holen. Er befürchtete außerdem, dass er sich zusätzlich auffällig machen würde, wenn er sich aus dem Hotel nicht ordentlich abmeldete. Vielleicht konnte er ja mit dem Tuk-Tuk direkt vor den Hoteleingang fahren und unbemerkt hineinschlüpfen? Wenn sie ihn nicht gerade dort suchen würden! Er musste es riskieren! Das Tuk-Tuk setzte sich in Bewegung und nach ein paar Hundert Metern, gerade an der Ecke, wo er das Restaurant verlassen hatte, ging es nicht weiter, weil die Polizei die Straße gesperrt hatte. Gesperrt für eine Parade von bunt gekleideten Marschkapellen und Paradesoldaten mit bunten Wuscheln auf den Mützen!

Kurz nach vierzehn Uhr saß Thomas im Zug in Richtung Ubon. Von seiner Abreise hatte kaum ein Mensch so richtig Notiz genommen, da alle vollauf mit der Parade beschäftigt waren. Nach und nach waren immer mehr bunt gekleidete Gruppen erschienen. Der ganze Platz vor dem Stadttor, und die Bürgersteige an den Straßen um das Denkmal herum, waren gefüllt. Das Tuk-Tuk hatte in der Seitenstraße warten müssen, bis Thomas seine paar

Habseligkeiten aus dem Hotel geholt und sich vom Hotelpersonal verabschiedet hatte.

Der Zug war noch ein wenig klappriger als die Eisenbahn, die er am Tag zuvor genommen hatte. Sein Sitz war nicht richtig verankert, und jedes Mal, wenn der Zug eine ruckartige Bewegung machte, rutschte er einen halben Meter vor oder zurück. Das machte natürlich Eindruck auf die Mitreisenden, insbesondere auf vier Kinder, die zusammen mit ihrer Mutter gegenüber dem Gang saßen. Die Kinder schüttelten sich jedes Mal vor Lachen, sodass die Mutter sie zu Respekt und Benehmen ermahnen musste, was ihr aber nur ein klein wenig peinlich war. So kamen sie sehr schnell mit Gesten, wenigen englischen Begriffen, aber vor allem mit viel Gelächter in Kontakt. Man teilte schließlich sogar das Essen und die für Thailänder teuren Softdrinks, die Thomas beisteuerte. Die Kinder amüsierten sich pausenlos über Thomas, beobachteten jede Bewegung und jede Mimik, die er machte. Gleichzeitig himmelten sie ihn aber auch ein klein wenig an. Thomas bedauerte zutiefst, dass er die Sprache überhaupt nicht sprechen und verstehen konnte.

So verging die Zeit wie im Fluge und als er sich in Ubon von der Familie verabschieden musste waren alle ein wenig traurig.

Ubon Ratchathani

Ubon war eine recht große und ordentliche Stadt. Sie wirkte etwas moderner und reicher als Khorat, was sie aber auch ein wenig unnahbarer machte. Thomas ließ sich von einem modernen Taxi zu einem einfachen Hotel direkt am *Maenam Moon*, dem schwerfällig dahinfließenden Fluss an dem die Stadt lag, bringen. Das Hotel entsprach exakt der Vorstellung, die Thomas nach der Beschreibung in seinem Reiseführer hatte. Es war ein typisches chinesisches Hotel. Die Zimmer waren etwas größer als die der Thailändischen, sehr einfach gehalten aber nicht ganz so schäbig, und tadellos sauber. Dafür waren die chinesischen Hotelangestellten aber leider auch sehr unpersönlich und uninteressiert, ein Umstand, der Thomas in seiner derzeitigen Lage jedoch sehr gelegen kam.

Nachdem er ausgiebig geduscht und sich einige seiner neu erstandenen Kleidungsstücke übergestreift hatte, begab er sich auf Erkundungstour. Die Stadt war sehr schön beleuchtet, insbesondere die Brücke über den Fluss *Maenam Moon* und der große Stadtpark. Es gab viele Geschäfte, die noch geöffnet waren und schließlich fand er auch den obligatorischen Nachtmarkt, der in keiner thailändischen Stadt fehlen durfte. Hier setzte er sich an einen klapprigen Plastik-Tisch und verspeiste *Hoy-Tho*, ein sehr schmackhaftes Muschel-Omelett. Zu seiner Erleichterung stellte er fest, dass es nicht die Spur scharf war! Thomas bummelte noch eine Weile über den Markt und ging dann wieder zurück in Richtung Hotel – wie er glaubte. Er passierte ein großes, prunkvolles Gebäude, welches von Strahlern angeleuchtet war. So eindrucksvoll es auch war, Thomas konnte sich nicht erinnern, vorher daran vorbeigekommen zu sein. Er hatte sich offensichtlich verlaufen, hatte aber wieder einmal seinen Reiseführer im Hotelzimmer vergessen. Ja den Namen des Hotels hatte er sich dummerweise auch nicht merken können. Hier in den Straßen waren nur wenige Menschen unterwegs, die er hätte fragen können – aber was hätte er auch fragen sollen? Also lief er weiter und weiter und gelangte schließlich in eine Straße, in der mehrere Kneipen mit recht jungem Publikum waren. Die Kneipen wirkten erstaunlich westlich, und bis auf die niedrigen Preise, die unzähligen Bediensteten und natürlich auch das Klima, hätten sich die meisten davon durchaus in einer Hamburger Seitenstraße in Uni-Nähe befinden können. Thomas setzte sich an einen Tisch direkt an der Straße und bestellte ein Chang-Bier.

Die Gäste dieser Bar wirkten überwiegend wie Studenten. Sie saßen zu mehreren Personen an den Tischen, tranken Bier, aßen kleine Snacks und unterhielten sich angeregt. Es gab viel Gelächter und im Hintergrund spielte leise thailändische Pop-Musik. Thomas saß alleine an seinem Tisch, aber jeder, der an ihm vorbei ging, warf ihm ein Lächeln zu. An einem Nachbartisch saßen drei junge Männer und eine junge Frau. Sie alle tranken Chang-Bier und hatten einen großen Teller mit verschiedenen Snacks, vor sich stehen. Thomas hatte das Gefühl, dass sie ihn auf sich aufmerksam machen wollten, um mit ihm ins Gespräch zu kommen, nur trauten sie sich offensichtlich nicht so recht, ihn direkt anzusprechen. Sie tuschelten miteinander, kicherten wie Kinder und sahen ständig zu ihm herüber. Thomas fühlte sich auch nicht besonders wohl so alleine. Kurz entschlossen wandte er sich den jungen Leuten zu und fragte sie ganz höflich, ob jemand von ihnen Englisch sprechen würde. Die Frage wurde allem Anschein nach von ihnen allen verstanden, aber nur ein Junge traute sich nach längerem Zögern zuzugeben, dass er etwas Englisch in der Schule gelernt hatte. Dann wagte sich das Mädchen vor und bat Thomas sich doch an ihren Tisch zu setzen, was der gerne tat. Ihr Englisch war etwas besser als das des Jungen, doch ihre urkomische Art, die englische Aussprache möglichst echt nachzuahmen, brachte Thomas fast zum Lachen. Sein herzliches Lächeln wurde von den Thailändern als besondere Freundlichkeit interpretiert, und so entstand gleich eine sehr entspannte, fröhliche Atmosphäre. Da die jungen Leute die Angewohnheit hatten immer leiser zu sprechen, je unsicher sie wegen der schwierigen Fremdsprache wurden, war die Unterhaltung insgesamt jedoch sehr anstrengend für Thomas. Oft musste er die Bedeutung des Gesagten einfach mutmaßen, und oft konnte er an den Reaktionen auf seine Antworten erkennen, dass er mutmaßlich falsch gemutmaßt hatte.

Die Thailänder waren Schüler einer Art Highschool und stammten dem Anschein nach aus wohlhabenderen Familien. Sie alle wollten anschließend studieren, drei von ihnen planten sogar, an ausländische Universitäten zu gehen. Das Mädchen war sehr daran interessiert, etwas über Deutschland zu erfahren. Sie hatte eine Freundin, die mit einem Deutschen verheiratet war und die seit ein paar Jahren dort auch lebte. Diese Freundin hatte bei ihren ersten Heimatbesuchen Deutschland als eine Art

Paradies beschrieben. Dann wurden ihre Besuche immer seltener, und schließlich hatte sie sich gar nicht mehr gemeldet. Ob das eine schlechtes Zeichen war, oder, ob ihre Freundin einfach keine Lust mehr hatte ihre rückschrittliche und arme Heimatstadt zu besuchen, konnte das Mädchen nicht abschätzen. Auf jeden Fall hatte sie sehr übertriebene Vorstellungen von dem fremden Land und sie machte sich große Hoffnung dort einmal studieren zu können.

Thomas unterhielt sich fast drei Stunden lang mit den jungen Thailändern, zu denen sich nach und nach noch weitere vier Freunde gesellten. Alle hatte viel *Sanuk* – Spaß – miteinander und als Thomas gegen Mitternacht beschloss sein Hotel zu suchen, um sich für den nächsten, möglicherweise anstrengenden Tag auszuruhen, boten ihm die Jugendlichen an ihn mit ihren Mopeds zum Hotel zu fahren. Seinen Begleitern war nach seiner wagen Beschreibung sehr schnell klar, um welches Hotel es sich handeln musste. Thomas war erleichtert darüber, denn während der Fahrt durch die schöne, beleuchtete Stadt musste er feststellen, dass er selbst das Hotel in genau entgegengesetzter Richtung gesucht hätte.

Nach einer ruhigen Nacht, in der er fest geschlafen hatte, wurde Thomas ganz langsam von dem lauten Singsang eines benachbarten Tempels geweckt. Er schaute auf seinen Wecker und stellte fest, dass er sich bereits um sieben Uhr morgens ausgeschlafen fühlte. Als er dann gegen viertel vor acht das Hotel verließ, um sich Restaurant zu suchen, in dem es ein adäquates Frühstück gab, war er fast der einzige Mensch, der sich auf der Straße befand. Anhand des

Stadtplanes, der in seinem Reiseführer abgedruckt war, versuchte er ein darin empfohlenes Restaurant zu finden. Er ging die gleiche Straße entlang wie am Vorabend, erkannte jedoch kaum etwas wieder.

Schließlich erreichte er das Restaurant und war überrascht, wie urban und westlich dieses wirkte. Das Personal war sehr freundlich und er bekam ein sehr leckeres Käse-Sandwich, zwei weich gekochte Eier, gebrühten Kaffee und einen frisch gepressten Orangensaft. Während des Frühstücks brütete er über dem Reiseführer und versuchte Informationen über den Grenzübergang in der Nähe der Stadt zu finden. Das schwach besuchte Restaurant leerte sich nach einer Weile ganz, und nun wurde Thomas auch noch die restliche Aufmerksamkeit des Personals zuteil. Höflich und mit unaufdringlicher Neugier beobachtete der Inhaber Thomas und ganz besonders dessen Recherche. Schließlich sprach er ihn schüchtern an und stellte die üblichen Fragen nach Herkunft, Ziel der Reise etc. Thomas erzählte seine eingeübte Legende und nutzte die Gelegenheit um den Wirt nach dem Grenzübergang *Chong Maek* zu fragen. Der Wirt erzählte, dass es dort einen kleinen Grenzposten gäbe, der den Übergang zu einem hinter der Grenze gelegenen Markt sehr unbürokratisch zulassen würde. Als er erfuhr, dass Thomas kein eigenes Fahrzeug besaß, empfahl er ihm zum Office des TAT, des Informationsbüros der *Tourist Authority of Thailand*, zu gehen und dort nach einem Fahrer zu fragen.

Im Büro des TAT arbeiteten eine junge Frau und ein Mann fortgeschrittenen Alters. Ein weiterer Mann verschwand in einem angrenzenden Büro gerade in dem Moment, als Thomas das Office betrat. Thomas wurde freundlich begrüßt und über seine Herkunft, seine Unterkunft und seine weiteren Reisepläne befragt. Der Mann machte einige Vorschläge für Tagesausflüge, unter anderem zu *Wat Phra Viharn*, einem thailändischen Tempel auf kambodschanischem Territorium, der eine außergewöhnliche Sehenswürdigkeit sein musste. Als Thomas dies jedoch ausschlug, war er ein wenig enttäuscht und wusste nicht mehr so recht, was er dem merkwürdigen Farang jetzt noch anbieten sollte. Thomas erklärte, dass er einfach nur einen Fahrer suchte, der ihn zum Grenzübergang *Chong Maek* fahren würde. Die junge Mitarbeiterin warf schüchtern ein, dass der Übergang überhaupt keinen Besuch lohnen würde, da dort, außer ein paar Verkaufsbuden mit schlechter laotischer Ware, praktisch nichts Sehenswertes wäre. Vielmehr gäbe es auf thailändischer Seite sehr viele einzigartige Sehenswürdigkeiten, die man von Ubon aus alle mit wenig Aufwand besichtigen könnte.

Thomas beharrte auf seinem Wunsch, und als die beiden Mitarbeiter merkten, dass es keinen Sinn machte, ihn umstimmen zu wollen, bot sich einer von ihnen an, ihn persönlich nach *Chong Maek* zu chauffieren. Er verschwand kurz im hinteren Raum und bat seinen Chef ihm für den Rest des Tages freizugeben. Dann ging er mit Thomas zu einem in der Nähe geparkten Pick-up und schon fuhren sie los.

Die Fahrt durch die bezaubernde Landschaft war ein Genuss für Thomas. Da der Fahrer im Laufe der Fahrt bemerkte, dass Thomas sich gerade für die ganz normalen, alltäglichen Dinge in der thailändischen Provinz begeistern konnte, fing er an von seiner Heimat und von seinem Leben zu erzählen. Er war sechsundfünfzig Jahre alt und hatte zwei Kinder, die beide in Bangkok lebten und offenbar gut bezahlte Jobs hatten. Er erzählte dies mit einem deutlich anklagenden Unterton. Es missfiel ihm sehr, dass die Jugend sich immer mehr von den guten Traditionen des Familienlebens abwandte und nur noch den materiellen Dingen nachliefen. Er selbst hatte früher eine kleine aber dennoch einträgliche Farm besessen. Weil jedoch keines seiner Kinder daran dachte, diese Farm einmal zu übernehmen, und weil er selbst vor ein paar Jahren durch eine Krankheit geschwächt war, hatte er sein Land verkauft und den Job beim TAT angenommen. So konnte er finanziell abgesichert, jedoch ohne eine richtige Familie leben. Besonders verbittert war er darüber, dass er seine Enkelkinder nur bei seltenen Familienfeiern zu sehen bekam, und so an deren Aufwachsen und Entwicklung nicht teilhaben konnte.

Nach einer kurzweiligen Fahrt kamen sie schließlich an dem kleinen Grenzposten an. Erst jetzt, als Thomas seinen Rucksack nahm und den Fahrer bezahlen wollte, verstand der, dass Thomas die Absicht hatte, nach Laos einzureisen. Er versuchte Thomas zu verstehen zu geben, dass das nicht möglich sei. Man konnte in Chong Maek nur bis zu einem Markt kurz hinter der eigentlichen Grenze gehen, dort Einkäufe tätigen und etwas essen. In dem zugänglichen Grenzstreifen stand auch ein Grenz-Pavillon, in dem der kleine Grenzverkehr zwischen den benachbarten Dörfern geregelt wurde.

Thomas jedoch hatte die Information erhalten, dass auch Touristen dort ein Einreisevisum bekommen könnten. Nach einer kurzen Diskussion begleitete der Fahrer Thomas zu diesem Pavillon, um zu übersetzen und sich selbst ein Bild von der Lage zu machen. Leider behielt er recht! An eine Einreise war nicht zu denken, und auch ein sehr vorsichtiger Bestechungsversuch half nicht weiter.

Enttäuscht verließen sie das Gebäude und schlenderte über den Markt. Sie besahen sich die vielen Marktstände, die in vor Regen und Sonne geschützt unter großen Planen untergebracht waren, wodurch das Flair und der Eindruck von einer riesigen Zeltstadt entstanden. An niedrigen Tischen sitzend, aßen sie Hühnerfleisch mit Reis und Gemüse, dazu tranken sie Lao-Bier. War es schon in Thailand billig, gut essen zu gehen, so war die Zeche hier geradezu lächerlich.

Es war eben erst Mittag. Thomas war niedergeschlagen und wusste nicht, wie es nun für ihn weiter gehen sollte. Der Fahrer bemerkte das und schlug Thomas vor, ihn mit dem Auto nach Mukdahan zu fahren. Er fragte nicht nach dem Grund für die Reise nach Laos. Mukdahan war die nächste große Stadt in Richtung Norden und hier gab es eine Möglichkeit, über den Mekong zur laotischen Stadt Savannakhet überzusetzen. Der Fahrer versprach, sich dort um die Formalitäten zu kümmern und verlangte für die einhundertsiebzig Kilometer lange Strecke tausend Baht. Das war für ihn sicherlich sehr viel Geld, für Thomas jedoch ein völlig angemessener Preis. So willigte er ein und die beiden brachen gleich nach dem Essen auf.

Wat Pho, Massage und eine lange Reise

Dr. Grünzel saß auf dem Rücksitz des alten Lexus und ließ sich von Khun Duan zum *Wat Pho* chauffieren. Er hatte sich jeweils eine aktuelle Ausgabe von *Bangkok Post* und *The Nation* gekauft und versuchte sich ein wenig in die Tagespolitik Thailands einzulesen. Insgeheim fürchtete er aber, irgendwelche Neuigkeiten über seinen Sohn Florian in den englischsprachigen thailändischen Zeitungen zu finden. Dieses würde nämlich mit ziemlicher Sicherheit bedeuten, dass eher früher als später davon etwas nach Deutschland durchsickern würde. Zu seiner großen Erleichterung fand er in keiner der beiden Gazetten Meldungen über einen weißen Drogenabhängigen. Khun Duan parkte den Wagen in einer kleineren Seitenstraße neben dem Tempel und begleitete Grünzel dort hinein. Er löste zwei Eintritts-Tickets und führte Grünzel direkt durch den großen Tempelhof zu den Massage-Räumen. Da es noch früh am Morgen war, brauchten sie nicht einmal lange zu warten bis Grünzel an der Reihe war. Während der sich entkleidete und auf die Massageliege legte, nahm sich Khun Duan für die Dauer der Behandlung frei, um in den Tempel zu gehen und dem großen liegenden Buddha seinen Respekt zu erweisen und ein paar Räucherstäbchen und Lotusblumen zu stiften.

Gut zwei Stunden später wusste Dr. Grünzel, was der Anwalt gemeint hatte, als er ihm eine Massagebehandlung im *Wat Pho* ans Herz legte. Grünzel hatte den Eindruck, dass gerade einmal eine viertel Stunde vergangen war, fühlte sich aber so, als ob er fünf Stunden lang in der Sonne geschlafen hätte. Seine Haut spannte am ganzen Körper, aber seine Glieder und seine Muskeln waren völlig locker, entspannt und leicht. Fantastisch! Er fühlte sich wie neu geboren. Auf dem Weg zum Wagen passierten sie ein hübsches, kleines Bistro. Grünzel blieb stehen und warf einen neugierigen Blick in den zur Straße hin offenen Raum.

»Komm wir nehmen einen Kaffee«, sagte er zu Khun Duan und bedeutete ihn, auf einem zierlichen Metallstuhl an einem der beiden Tische, die sich vor dem Café auf dem Bürgersteig befanden, Platz zu nehmen. Er selbst ging in das Café hinein und winkte die Bedienung herbei, eine etwa fünfund-dreißigjährige, groß gewachsene Thailänderin. Grünzel bestellte einen Cappuccino und Duan einen grünen Tee. Die Getränke waren ausgezeichnet! Grünzel rührte eine Weile in seinem Kaffee herum und blickte nachdenklich vor sich hin. Er leckte den Löffel ab und legte ihn auf den Rand der Untertasse.

»Ich komme so nicht weiter, das dauert alles viel zu lange!«, sagte er halb zu seinem Fahrer und halb zu sich selbst:
Duan sah ihn fragend an.

»Der Rechtsanwalt ist ein Bandit, ich vertraue ihm nicht! Ich habe nicht die Zeit auf seine Spielchen einzugehen, ich muss selbst etwas unternehmen«.
Khun Duan konnte sich keinen Reim aus dem Gesagten machen. Dr. Grünzel war gerade einmal zwei Tage in Thailand und schon wurde er unge-duldig. Was waren das für komische Menschen aus Deutschland, die immerzu durch die Gegend hetz-ten und nie Zeit hatten.
Dann kam Grünzel zur Sache.

»Duan, du kennst dich aus hier in Thailand. Du

musst mich zu diesem verdammten Gefängnis nach Khon Kaen fahren, in dem mein Sohn schmort. Wir müssen einen Weg finden, wie wir ihn da herausboxen können«.

Duan war überrascht über diese Worte. Der Deutsche hatte wir gesagt. Das war eine unerwartete Vertraulichkeit, nahm ihn aber auch in gewisser Weise in Verantwortung und legte ihn ungefragt auf eine Position fest. So etwas mögen Thailänder überhaupt nicht, und ein Chauffeur, der zwei Tage zuvor noch in durchgewetztem Anzug für einen Hungerlohn Hotelgäste zum Flughafen gebracht hatte, war mit so viel Veränderung in seinem gleichförmigen, aber vertrauten Leben absolut überfordert. Thailänder hassen es, sich überfordert zu fühlen!

»Ich werde mit der Hotel-Limousine bestimmt nicht so weit fahren dürfen«, versuchte er sich herauszuwinden. »Und es wird mehrere Tage dauern, bis wir in Khon Kaen sind und bis wir herausgefunden haben werden, was wir tun können!«

»Da mach dir mal keine Sorgen!«, antwortete Grünzel souverän. »Ich werde ein passendes Auto mieten und Hotels wird es ja wohl auch in Khon Kaen geben. Ich werde deinen Tagessatz verdoppeln und du wirst eine Menge Spesen haben!«

Was Spesen genau waren wusste Duan nicht, aber was es für ihn und seine Familie bedeuten würde, wenn er unerwartet etliche Tausend Baht dazuverdienen würde, das war ihm sofort klar. Obwohl ihm dieser komische, launische Fremde und seine unangenehme Art mit Problemen umzugehen nicht ganz geheuer war, willigte er angesichts dieses verlockenden Angebotes schließlich doch ein.

In seinem Gehirn war Grünzels Logistik-Maschinerie bereits in vollem Gange. Glasklar stellte er in seinen Gedanken alle strategischen und praktischen Notwendigkeiten für diese Expedition ins Ungewisse zusammen. Er musste auf alles gefasst sein und er musste jede Situation beherrschen! Er würde es ausschließlich mit fremdartigen Menschen, Sitten und Gebräuchen, mit andersartigen Gedankengängen und mit einer exotischen Umgebung zu tun haben. Das alles machte ihm überhaupt keine Angst. Was ihn wirklich belastete, war die drohende Begegnung mit seinem Sohn und die Aussicht, dass sich nichts wirklich ändern würde. Der Gedanke, dass Florian wieder einmal durch seine Hilfe aus der Patsche geholfen werden würde und dass sich dieses immer und immer wiederholen würde, machte ihn wahnsinnig! In seine düsteren Überlegungen hinein schrillte sein Mobiltelefon. Es war Schlüter mit einer Neuigkeit, die der ganzen Situation einen neuen Aspekt gab.

»Es gibt einen möglichen Komplizen«, sagte der wichtig.

»Ihr Sohn hatte den Namen eines deutschen Architekten verraten, mit dem er sich offenbar kurz vor seiner Festnahme am Flughafen Don Muang getroffen hatte. Möglicherweise gehören noch ein weiterer Europäer und ein Thailänder zu der Bande, von denen gibt es aber nur vage Augenzeugen-Beschreibungen.«

Grünzel platzte vor Ungeduld.

»Möglicherweise, möglicherweise!«, polterte er. »Was heißt möglicherweise. Woher haben sie ihr Wissen und wo stecken diese Kerle?«

»Möglicherweise ...«, Schlüter korrigierte sich:

»Die Polizei geht davon aus, dass der Architekt ein Bahn-Ticket nach Ubon Ratchathani gekauft hat. Ich hatte heute Morgen eine Unterredung mit einem Kriminalbeamten, der in der Angelegenheit ermittelt. Der Komplize ihres Sohnes hat in einem unauffälligen Touristen-Hotel gewohnt und ist vor zwei Tagen untergetaucht.«

Sie verabredeten sich für den Abend zu einem Treffen im Restaurant des *Hotel Oriental*, um diese neuen Informationen auszuwerten und das weitere Vorgehen zu besprechen.

Das Ambiente des berühmten Hotels versetzte Grünzel in die Welt der wohlhabenden Weltenbummler vergangener Tage. Selbst ein mit Problemen beladener deutscher Manager konnte sich dem Zauber dieser Kulisse nicht vollständig entziehen. Während der Unterhaltung machte sich Grünzel eifrig Notizen, stellte viele Fragen, mischte sich jedoch diesmal nicht weiter in die strategischen Überlegungen des Rechtsanwaltes ein. Er würde sich ein wenig das schöne Land ansehen und Schlüters weitere Anweisungen abwarten, sagte er und lobte bei dieser Gelegenheit die gute Idee, ihn zu der herrlichen Massage in den Tempel geschickt zu haben. Schlüter war mit sich und der Situation sehr zufrieden.

In Grünzels Gedanken waren die Rollen jedoch etwas anders verteilt und sein Schlachtplan sah auch deutlich anders aus als die Strategie des Advokaten, so der denn überhaupt eine hatte. Schlüter sollte ihn schön weiter mit Informationen versorgen und ihn über die Ermittlungen der Polizei auf dem Laufenden halten. Er selbst wollte eine schwache

Stelle in der Vollzugsanstalt finden und seinen Sohn freikaufen. Wenn es wirklich noch weitere Beteiligte gäbe, was Grünzel eigentlich bezweifelte, weil sein Sohn viel zu unzuverlässig für eine organisierte Bande war, dann würde dies die Sache nur noch unnötig verzögern können. Andererseits war er schon ziemlich erpicht darauf, alle Erkenntnisse darüber rechtzeitig zu erfahren. Falls nämlich sein Plan, Florian zu befreien, aus irgendwelchen Gründen scheitern sollte, so könnte man vielleicht dessen Rolle in der Verbrecherclique herunterspielen. Grünzel war sich zu einhundert Prozent sicher, dass, wenn es Personen gäbe, die sich gegen ihn stellen würden, er in jedem Fall als überlegener Sieger hervorgehen würde.

Am nächsten Morgen ging Dr. Grünzel noch vor dem Frühstück an die Rezeption des Dusit Thani und fragte nach einer Autovermietung. Selbstverständlich wurde ihm dort direkt ein Mietwagen angeboten. Er wurde in einen kleinen Besprechungsraum gebeten, man reichte ihm etwas Tee und Gebäck und ein Chinese zeigte ihm eine Mappe mit den Fotos und Daten von zu vermietenden Autos. Alle Fahrzeuge waren so gut wie neu, waren von einer englischen Versicherungsgesellschaft Vollkasko versichert und sie kosteten, im Vergleich zu deutschen Mietwagen, ein Trinkgeld. Grünzel entschied sich für einen 3er BMW und war sehr zufrieden mit dem Angebot und dem Service. Während der Wagen für ihn vorbereitet wurde, genoss er gelassen sein Frühstück.
Khun Duan saß bereits abseits an einem kleinen Tisch mit nur zwei Stühlen und löffelte nachdenk-

lich eine Suppe. Er hatte schlecht geschlafen und er steigerte sich langsam in eine regelrechte Angst vor der bevorstehenden Tour hinein. Er wünschte sich, dass irgendetwas passieren würde, was ihn aus diesem Schlamassel befreite, ohne dass er dabei sein Gesicht verlieren würde. Er bemerkte bei seiner Grübelei nicht dass Grünzel, der ihn dort schon vor einer ganzen Weile entdeckt hatte, hinter ihn an den Stuhl getreten war. Als der ihn ansprach, zuckte Khun Duan zusammen wie ein Delinquent, wenn der Henker an die Zellentür klopfte. Grünzel eröffnete ihm, dass es nun Zeit sei, aufzubrechen und erwähnte ganz nebenbei, dass er von nun an einen nagelneuen BMW fahren durfte. Doch statt der erwarteten Euphorie schlug Grünzel die blanke Panik entgegen. Jetzt sollte Duan auch noch die Verantwortung für ein unerschwingliches Millionärsauto aufgebürdet bekommen. Als sie dann eine Stunde später den BMW übernehmen sollten, bemerkte Grünzel, dass Khun Duan als einziges Gepäckstück eine halb volle Plastiktüte bei sich hatte. Grünzel wurde langsam ärgerlich.

»Wo zum Teufel hast du dein Gepäck für die Reise?!«, fuhr er ihn an.

»Wäsche noch nicht trocken!«, antwortete der bockig.

»Welche verdammte Wäsche soll nicht trocken sein?! Ich habe dir zwei Anzüge und diverse Hemden gekauft. Das kann doch nicht alles auf der Wäscheleine baumeln! Wir werden möglicherweise eine oder zwei Wochen unterwegs sein. Wie willst du mit dem Anzug, den du anhast und den paar Sachen in deiner Tüte die ganze Zeit auskommen?!«

Grünzel lief rot an, aber nun antwortete Duan gar

nicht mehr, sondern sah nur stur auf den Boden.

»Komm steig ein, ich kaufe dir unterwegs alles Nötige. Aber lass uns jetzt um Gottes willen losfahren!«

Nachdem Khun Duan eine halbe Ewigkeit gebraucht hatte um den elektrisch verstellbaren Sitz in die richtige Position zu bringe, die Spiegel einzustellen, die ganzen Knöpfe und Schalter auszuprobieren und das automatische Schaltgetriebe zu verstehen, setzte er den Wagen langsam in Bewegung. Er reihte sich vorsichtig in den dichten Verkehr ein und fuhr sehr langsam die Rama IV Road entlang in Richtung Westen. Er bog in die Phaya Thai Road ein und fuhr weiterhin sehr sehr langsam. So langsam, dass sich unaufhaltsam Druck in Dr. Grünzel aufbaute und er dann irgendwann kurz vorm Explodieren war.

»Ich gehe schon mal vor, du kannst ja mit dem Wagen nachkommen!«, platzte es schließlich aus ihm heraus, aber Khun Duan verstand nicht, was er damit meinte. Weitere zehn Minuten später war Grünzels Geduld dann endgültig am Ende und seine Nerven lagen blank.

»Fahr mal links ran, und halte an!«, blaffte er ihn an. »Ich fahre weiter!«

Khun Duan überhörte den Befehl und setzte die Fahrt fünf Stundenkilometer schneller als zuvor fort.

»Ich habe gesagt du sollst anhalten, verdammt noch mal!«, schrie ihn Grünzel jetzt an.

»Ich bin Fahrer!«, gab Duan kleinlaut zurück. »Auto neu, muss ich erst lernen.«

»Anhalten!«, brüllte Grünzel.

»Ich bin Fahrer!«, antwortete Duan stur.

Jetzt platzte Grünzel der Kragen. Er griff in das Lenkrad, riss es nach links und zog die Handbremse an. Dann schlug er den Schalthebel auf die Park-Position und der Wagen blieb krachend und ruckend, mit quietschenden Rädern, schräg auf der linken Fahrspur stehen. Wenn Grünzel nicht den Bruchteil einer Sekunde gezögert hätte, so hätte er Khun Duan mit der flachen Hand ins Gesicht geschlagen. Sie standen so inmitten hupender Autos und ein paar endlos erscheinende Sekunden lang verharrten sie regungslos. Dann ergriff Khun Duan seine Tüte, die auf dem Rücksitz lag, und verließ, ohne ein Wort zu sagen, den Wagen.

Grünzel sprang vom Beifahrersitz auf und schrie ihm hinterher:

»Komm zurück! Du kommst sofort zurück!«

Khun Duan verschwand in der Menschenmenge auf dem Gehsteig. Grünzel musste dem Gehupe und den wütenden Drohgebärden der übrigen Verkehrsteilnehmer nachgeben. Er rutschte herüber auf den Fahrersitz und fuhr den Wagen langsam weiter. Er fuhr krachend über eine steile Auffahrt auf den Gehsteig und parkte den BMW zwischen zwei Verkaufsständen. Dann sprang er heraus und eilte im Laufschritt in die Richtung, in die Duan verschwunden war. Keuchend rief er immer wieder dessen Namen. Er lief und lief, aber von Duan war nichts zu sehen. Grünzel blickte in jede Seitenstraße und in jeden Geschäftseingang. Allmählich ähnelten immer mehr Passanten dem schmächtigen Fahrer und Grünzel musste immer genauer hinsehen, um zu erkennen, dass es dann doch nicht der Gesuchte war. Schweiß lief ihm den Nacken herunter. Er rannte schneller und schneller, bis er nicht mehr konnte. Seitenstiche schmerzten, er musste sich an einem Strommast festhalten. Ihm wurde ein wenig schwarz vor Augen und er hatte Mühe seinen Puls zu verlangsamen. Allmählich beruhigte er sich wieder. Er blickte auf und schaute durch die Scheibe einer Telefonzelle genau in das ernste Gesicht von Khun Duan, der ihn schon eine ganze Weile, mit dem Telefonhörer in der Hand, beobachtet hatte.

»Duan, du Dummkopf, warum läufst du denn weg?!«, hauchte Grünzel durch die geschlossene Tür. Dann öffnete er die Telefonzelle und redete beruhigend auf Duan ein. Er entschuldigte sich förmlich und bat den Thailänder wieder zurück zum Wagen zu kommen und die Fahrt mit ihm zusammen fortzusetzen.

Khun Duan lamentierte noch eine ganze Weile und nötigte Grünzel sich wieder und wieder zu entschuldigen. Dann kam Grünzel instinktiv die rettende Idee: Er führte Khun Duan an einen Tisch neben einer Garküche und sie aßen erst einmal etwas. Grünzel bestellte sich ein gegrilltes Hähnchen mit Reis und Khun Duan orderte etwas, das nach Krautsalat aussah und irgendwie scharf roch. Sie aßen schweigend und Grünzel hatte die zweite rettende Eingebung. Er fing unvermittelt, und völlig grundlos an zu lachen. Diese ganze Situation war irgendwie völlig skurril und absurd. Duans Gesicht hellte sich auf und bald darauf stimmte er in das Gelächter mit ein. Sie lachten beide aus vollem Herzen. Das Lachen wirkte wie ein Regenschauer, der die verstaubte und stickige Luft nach einem heißen Tag reinigt und einen Neuanfang signalisiert.

An diesem Tag fuhren sie die endlos erscheinenden

zweihundertsechzig Kilometer bis Khorat. Khun Duan fuhr und Grünzel hielt ihn die ganze Zeit über mit Konversation bei Laune und vor allem wach. Er fragte ihn über seine Familie aus, über seine Vergangenheit und über die Lebensumstände im Stadtteil Bang Kholem, wo er aufgewachsen war, und wo er zusammen mit seiner Familien immer noch lebte. Grünzel sah ein, dass er sich an die Umstände anzupassen hatte, um in diesem verrückten Land überhaupt einen Schritt weiter zu kommen. Es war ihm klar geworden, dass er künftig sein Temperament zügeln musste, um bei diesen thailändischen Mimosen nicht gegen Windmühlen zu laufen. Alles Eigenschaften, die seinem Naturell überhaupt nicht entsprachen und die ihm große Überwindung abverlangten.

Für die wunderschöne Landschaft, die entzückenden Ortschaften die sie passierten, für die Gerüche und Geräusche, die durch die Fahrzeugkabine und die Klimaanlage abgetötet wurden, hatte er keinen Sinn. Als sie endlich in der hereinbrechenden Nacht die Stadt erreicht hatten und Khun Duan auf weitere Anweisungen wartete, wurde Grünzel mit einem Mal klar, wie schlecht er eigentlich auf diesen Trip vorbereitet war. Konnte man in Bangkok noch alles mit ein paar Baht und ein paar energischen Worten regeln, so musste man in der Provinz schon selbst sehen, wo man blieb. Gab es überhaupt akzeptable Hotels in einer thailändischen Kleinstadt? Jetzt musste Khun Duan sein Können unter Beweis stellen.

Sie fanden ziemlich schnell ein recht vornehmes Hotel mitten in der Stadt. Nicht nur die Zimmer waren den Preis von tausend Baht wert, auch das klimatisierte Restaurant entsprach durchaus Grünzels Geschmack. Nur Duan fühlte sich wieder einmal etwas deplatziert, fand aber rasch das volle Verständnis des Kellners, der ihm ein paar thailändische Köstlichkeiten aus der Küche besorgte, die mit großer Sicherheit nicht auf der Speisekarte zu finden waren.

Dr. Grünzel schlief in dieser Nacht unruhig. Er war über Khun Duans Loyalität im Zweifel. Es war ihm nicht verborgen geblieben, dass der Fahrer unruhig, unzufrieden und nicht zuletzt auch unzuverlässiger geworden war. Andererseits wusste er auch ganz genau, dass er auf einen Vertrauten mit fundierter Kenntnis über das Land angewiesen war. Er hatte Duan reichlich mit materiellen Dingen versorgt. An dieser Stelle gab es mit Sicherheit keine Defizite. Dass er im Umgang mit ihm Fehler gemacht hatte, das war ihm schon bewusst. Wie er ihn aber besser oder richtiger behandeln sollte, konnte er hingegen kaum einschätzen.

Grünzels Gedanken wurden vom Läuten seines Mobiltelefons unterbrochen. Es war wieder einmal Schlüter, der ihn um diese frühe Zeit mit frischen Neuigkeiten versorgte. Der Anwalt hatte ihn schon vergeblich in dem Bangkoker Hotel Dusit Thani aufgesucht, und nun war er sehr überrascht darüber, dass der Manager, ohne sich offiziell von Schlüter abgemeldet zu haben, nach Khorat abgereist war. Schlüter war zugetragen worden, dass der Architekt, Thomas Defries, definitiv in einem Tourist-Office in Ubon Ratchathani einen Wagen mit Fahrer für einen Tagesausflug gechartert hatte. Das war eine Meldung, die Grünzels weiteres Vorgehen beeinflussen musste. Er wollte weiter nach Norden fahren aber, wie er nun von Schlüter erfuhr, lag Ubon weiter östlich. Und zwar noch etliche Autostunden von ihrem derzeitigen Aufenthaltsort entfernt. Er fragte Schlüter nach dessen Meinung. Der Anwalt hatte die Befürchtung, dass Grünzels Alleingang die Lage für ihn selbst schwieriger machen würde. Andererseits hatte er nicht die Möglichkeit schnell genug selbst nach Ubon zu kommen. Und dass dieser deutsche Architekt eine Schlüsselfigur in dieser Angelegenheit war, war ihm indessen klar. Also versuchte er Grünzel einzuspannen und hoffte, dass der ihm brav Bericht erstatten, selbst aber nichts Unüberlegtes unternehmen würde. Dr. Grünzel war seinerseits hin und her gerissen zwischen dem Gedanken, seine Fahrtroute so weit zu verlassen, um einem Phantom nachzujagen, und dem Entschluss, auf schnellstem Weg das Gefängnis in Khon Kaen aufzusuchen. Er rief Khun Duan in dessen Zimmer an und bat ihn in das Hotelrestaurant zu kommen, um dort die neue Lage zu besprechen.

Eine halbe Stunde später saßen die beiden zusammen an einem Tisch und frühstückten. Khun Duan schlug Grünzels neue Idee nach Ubon zu fahren gründlich auf den Magen. Die Nudelsuppe, die der verständnisvolle Kellner extra für ihn besorgt hatte, wollte ihm nicht mehr schmecken und ein flaues Gefühl breitete sich in seinem Magen aus. In einer Mischung aus Verzweiflung, Übermüdung und Bockigkeit rührte er mit den Essstäbchen in seiner Suppe herum und sagte kein Wort.

Grünzel fühlte sich auch nicht besonders fit. Auch er hatte ein flaues Gefühl im Magen, allerdings hatte das seine Ursache eindeutig im Darmbereich. Auch er war übermüdet, erschöpft und außerdem schon wieder sehr gereizt.

»Na dann ist ja alles klar und wir können in einer halben Stunde aufbrechen!«, sagte er in das Schweigen hinein, stand auf und ging auf sein Zimmer um sich abfahrbereit zu machen.

Khun Duan war danach zumute, einfach den nächsten Zug zu besteigen und nach Bangkok zurückzukehren. Das war natürlich viel leichter gedacht, als getan. Erstens hatte er noch gar kein Geld von Grünzel bekommen und seine paar Baht, die er sich als Notgroschen für unterwegs eingesteckt hatte, waren schon fast vollständig für ein Fläschchen *Mekong* am Vorabend draufgegangen. Zweitens hatte er, Angst ganz alleine hier in der Provinz. Er war vorher noch nie aus Bangkok heraus gekommen und er empfand die Leute aus dem Isaan als unberechenbare Idioten. Nicht zuletzt fürchtete er den Gesichtsverlust, wenn er ohne etwas in den Händen zu halten, frühzeitig wieder in Bang Kholem auftauchen würde, nachdem er vor seiner Abreise leichtfertig mit seinem Abenteuer geprahlt hatte. Ihm blieb also gar nichts anderes übrig als weiter zu machen wie bisher. Seine äußerst üble Laune konnten diese Überlegungen allerdings nicht aufhellen.

Der Highway 226 von Khorat nach Ubon Ratchathani war teilweise in schlechtem Zustand. Der Verkehr war sehr unterschiedlich stark, manchmal gab es allerdings regelrechte Rallyes zwischen Bus- oder Lkw-Fahrern, die ohne Rücksicht auf andere Verkehrsteilnehmer beide Spuren der Straße in Anspruch nahmen. Khun Duan ließ sich durch diese Fahrweise inspirieren und legte ein ganz anderes Tempo vor, als noch am Tag zuvor. Vielleicht war es auch seine Gemütsverfassung, die ihn aggressiv fahren lies. Grünzel war dieser rasante Fahrstil nun auch wieder nicht recht, und er mischte sich andauernd in die Fahrweise des Fahrers ein. Khun Duan blieb stur und raste, ohne Rücksicht auf Verluste, die holperige und kurvenreiche Piste entlang – immer schön dicht am Vordermann dran. Dr. Grünzel schlug dieses Geschaukel noch mehr auf den Magen und auf einem stark abschüssigen Straßenstück musste er schließlich Khun Duan zum Anhalten zwingen. Noch bevor der verstand, worum es überhaupt ging, war Grünzel schon aus dem Wagen gesprungen und übergab sich ächzend und stöhnend am Straßenrand. Sein spärliches Frühstück, aber auch das komplette Abendessen vom Vortag gelang so die Flucht in die Freiheit! Als Grünzel wieder im Wagen saß und sich den Schweiß von der Stirn tupfte, fühlte er sich elend und krank. Schlagartig hatte er Fieber bekommen und er fühlte sich so schwach, dass er Mühe hatte, die Tür zu zubekommen. Khun Duan hatte etwas Mitleid und fuhr nun wieder wie ein normaler Mensch. Er hatte das Gefühl seinem Chef helfen zu müssen, wusste jedoch nicht wie. Grünzel hing wie ein nasser Sack im Beifahrersitz und hatte die Augen geschlossen. Er hantierte ständig an der Klimaanlage herum, holte sich schließlich seine Jacke aus dem Kofferraum. Ihm war abwechselnd heiß und kalt, irgendwann schlief er einfach ein.

An einer großen Tankstelle, die von einer Vielzahl von Verkaufsständen, einem Restaurant und einem kleinen Einkaufszentrum umgeben war, hielten sie an, um zu tanken und sich etwas auszuruhen. Während Duan sich um den Wagen kümmerte, rannte Grünzel los um eine Toilette zu suchen. Dort entleerte er sich nun von der Rückseite unter Schweißausbrüchen und deutlich zu vernehmendem Stöhnen. Nach einer viertel Stunde taumelte er wieder zurück zum Auto und ließ sich dort völlig erschöpft in den Sitz fallen.

Khun Duan erschrak beim Anblick seines Chefs. Die vormals rosarote Haut des Farang war nun graugrün und seine Augenhöhlen tief und lilafarben. Er sah den Fahrer an wie ein hilfloses, verendendes Tier.

»Find a doctor, please!«, hauchte Grünzel und schloss sogleich wieder die Augen.

Khun Duan rannte herüber in das Restaurant und fragte nach einem Arzt. Mit einem Zettel in der Hand kam er zurück und fuhr sofort los zu der nahe gelegenen Kleinstadt Si Saket. Er musste noch ein paar Mal nach dem Weg fragen, fand aber schließlich die Praxis eines Englisch sprechenden Arztes.

Die Arztpraxis bestand aus einem zur Straße hin offenen Warteraum, in dem auf klapprigen Plastikstühlen mehrere Patienten warteten. An einer Wand hing ein kleiner Fernsehapparat, auf dem eine thailändische Seifenoper lief. Eine Arzthelferin fragte Khun Duan nach dem Befinden des ausländischen Mannes, dem man sein Leiden schon von Weitem her ansehen konnte. Sie verschwand kurz in einem angrenzenden Behandlungszimmer, kam dann aber sehr rasch wieder zurück und führte Grünzel zu dem jungen, relativ groß gewachsenen Arzt. Der Doktor sprach langsam und sehr gut verständlich, fragte Grünzel nach seinen letzten Mahlzeiten und horchte seinen Bauch mit einem Stethoskop ab. Dabei wirkte er keinesfalls beunruhigt, eher so, als ob er bei einem Fremden gar keinen anderen Befund erwartet hätte.

»You have got an Amoebas Ruhr from unclean food and should take some antibiotics«, eröffnete er dem Patienten.

Dann fügte er noch eine ausgiebige Erläuterung darüber an, wie und warum es bei Ausländern immer wieder zu solchen Infektionskrankheiten käme, wie man sich dagegen schützen könne, und dass das alles gar nicht so schlimm sei. Er gab ihm noch den Rat, viel zu trinken und mehrmals täglich Elektrolyt-Getränke gegen den Salz- und Mineralverlust zu sich zu nehmen. Die entsprechenden Medikamente bekam der Patient gleich vor Ort, abgezählt und in Plastiktütchen ver-packt, zusammen mit den besten Genesungswünschen ausgehändigt. Die ganze Behandlung hatte nur zwanzig Minuten gedauert und kostete, inklusive Medikamenten, gerade ein-mal hundertfünfundsiebzig Baht, wobei Khun Duan den Preis unverschämt hoch fand! Dr. Grünzel ver-schlief die weitere Fahrt bis Ubon Ratchathani und Khun Duan fürchtete sich ein wenig vor den grun-zenden Geräuschen, die er dabei machte. Ohne sei-nen Chef zu wecken, fragte sich Khun Duan zu einem angemessenen Hotel durch. Das Ratchathani Hotel lag mitten in der Stadt, nicht weit vom Mae-nam-Moon entfernt. Es hatte sehr saubere und ordentliche Zimmer, einen Coffeeshop im Erdge-schoss und sogar einen Lift für die fünf Stockwerke. Der Preis spielte bei Grünzel sowieso keine Rolle, er war einfach nur froh endlich in ein vernünftiges Bett zu kommen.

Khun Duan auf Abwegen

Khun Duan war unglaublich erleichtert, diesen fürchterlich anstrengenden und ungehobelten Farang für ein paar Stunden los zu sein. Er hatte von dem Geld, welches Grünzel ihm fürs Tanken in die Hand gedrückt hatte, noch fast neuntausend Baht übrig. Der reiche Irre hatte ja überhaupt kein Gefühl für Preise! Der schmiss mit dem Geld um sich, als ob es Sand an einem Badestrand wäre! Khun Duan nutzte die Gelegenheit, um einmal auszuprobieren, was Spesen sind, und dazu suchte er sich zunächst ein schönes Straßenrestaurant auf dem Nachtmarkt aus, der um diese Zeit gerade geöffnet wurde. Er trug noch die Hose nebst Hemd und Krawatte des Anzuges, in dem er seinen Job zu verrichten pflegte. Damit fiel er natürlich auf inmitten der kleinstädtischen Bevölkerung, die sich nach getaner Arbeit etwas legerer, wenn auch tadellos gepflegt kleidete. Seine schicke Armbanduhr tat ihr Übriges. So dauerte es nicht lange, bis er von dem Personal des Essenstandes auf seine Herkunft angesprochen wurde. Es war Khun Duan ein regelrechtes Bedürfnis einmal seinen ganzen aufgestauten Frust über seinen Dienstherren loszuwerden, und das tat er dann auch ausgiebig, unter dem heiteren Gejuchze der größer werdenden Menschentraube um ihn herum. Insbesondere die Stelle, wo er in Bangkok einfach den BMW verlassen und Grünzel zwischen den hupenden Autos alleine stehen gelassen hatte, sowie die Geschichte, wie der Farang sich kotzend und mit Durchfall wie ein Straßenköter erniedrigte, musste er auf Wunsch der Zuhörer mehrfach wiederholen. Die Begeisterung über den reichen, dicken Deutschen, der polternd, grunzend und ohne jegliche menschliche Züge, von einem Fettnäpfchen ins nächste stolperte und neben dem feingliedrigen, gepflegten, wohlerzogenen und gebildeten Khun Duan aus der großen Metropole Bangkok wie ein Monster aus einer chinesischen Oper wirkte, war so groß, dass Khun Duan ein wenig an den Dimensionen manipulierte. So gehörte es selbstverständlich dazu, dass der Farang vor Angst über die rasante Fahrweise der Thailänder, und insbesondere der Khun Duans, die ganze neue Luxuskarosse von oben bis unten vollgekotzt hatte. Ebenso lustig war die Schilderung der Essgewohnheiten des Ausländers, der beim Verzehr von *Gai Pat Met Mamuang* in Tränen ausgebrochen war und wie ein Irrer Wasser in sich hineingeschüttet hatte, wodurch die vermeintliche Schärfe nur noch schlimmer wurde. *Gai Pat Met Mamuang* – Hühnerfleisch mit Cashewnüssen und Mango-Soße! Das war eines der mildesten Gerichte Thailands! Was würde wohl passieren, wenn sich der Mann erst an ein Curry, oder gar an die berühmte Tom Yam-Suppe wagen würde! Nach der Geschichte, wie der dicke Deutsche schlafend im Auto seine feine Anzughose, und den Autositz gleich mit, vollgemacht hatte, weil er seinen Durchfall nicht mehr unter Kontrolle hatte, fielen nach und nach immer mehr Zuhörern auch diverse lustige Geschichten und Erlebnisse mit merkwürdigen Ausländern ein. Ein älterer Mann gab eine Begebenheit zum Besten, wo er einen Australier mit dem Boot zum Menam Moon-Staudamm fahren sollte. Der Mann hatte sich aber in affenartiger Geschwindigkeit so dermaßen mit Mekong-Rum volllaufen lassen, dass er es gar nicht bemerkte, dass der Thai-länder ein paar Kreise auf dem Fluss gedreht hatte und dann seelenruhig wieder zum Ausgangspunkt der Tour zurückgekehrt war. Der besoffene Mann hatte ihm nicht nur den vollen Preis für die Fluss-fahrt bezahlt, sondern auch noch ein ordentliches Trinkgeld gegeben.

Ein anderer Mann berichtete von einem Israeli, der sich, mit nacktem Oberkörper, auf die Schulter der großen Buddhastatue im Tempel gesetzt und von seinem Kumpel fotografieren lassen hatte. Beide wurden von der Polizei festgenommen und saßen noch bis zu diesem Tage im Gefängnis von Khon Kaen.

»Im Gefängnis von Khon Kaen?«

Khun Duan fühlte sich schlagartig in die Realität zurückgeholt.

»Wir wollen auch zum Gefängnis von Khon Kaen!«

Er hatte total vergessen, die ganze Angelegenheit von Grünzels missratenem Sohn zu erzählen. Nun sind Neugierde und Sensationslust zwei sehr stark ausgeprägte Schwächen der Thailänder, und so kam es, dass er nicht nur einen großartigen Beitrag zur Erheiterung der Leute auf dem Nachtmarkt liefern, sondern auch noch um eine spannende Geschichte ergänzen konnte.

Auf die Frage, warum sie von Khorat aus ausgerechnet über Ubon nach Khon Kaen fahren würden erzählte er, dass sie von einem Komplizen erfahren hatten, der hier in der Stadt gesehen worden war.

Nun meldete sich ein Zuhörer zu Wort, der berich-ten konnte, dass er gerade an diesem Tag einen

Farang nach *Chong Mek* bringen sollte, der die Grenze nach Laos überqueren wollte, dort jedoch abgewiesen worden war.

Khun Duan rückte aufgeregt auf seinem Stuhl hin und her, als der Mann ihm dann erzählte, dass er den Fremden nach Mukdahan gefahren hatte und vor einer Stunde erst von dort zurückgekehrt war. Er berichtete weiter, dass der Farang ein sehr netter Mann war, der sehr an den thailändischen Sitten und Gebräuchen interessiert war, stets darum bemühte, sich korrekt und angepasst zu verhalten. Er sagte, dass der Ausländer einen Freund suchte, der nach Laos gereist war und zu dem er den Kontakt verloren hatte. Die ganze Beschreibung wollte nicht so recht zu einem Rauschgiftschmuggler und Bandenmitglied passen.

Khun Duan war ein wenig irritiert und auch etwas enttäuscht. Er hätte es lieber gesehen, wenn der Mann vom TAT einen richtig bösen, ungehobelten Gangster beschrieben hätte. Zu gerne hätte er mit seinem Wissen vor Grünzel geglänzt, aber so wusste er nicht recht etwas mit dieser Neuigkeit anzufangen. Zunächst wollte er einmal darüber schlafen, dann würde sich vielleicht zeigen, welchen Wert die aufgeschnappten Informationen für ihn hätten. Als kleinen Absacker bestellte Duan eine große Flasche Mekong, Soda, einen riesigen Kübel voller Eiswürfel und genug Gläser für alle Anwesenden. Er genoss die Bewunderung, die er für seine Erzählungen, seine urbane Herkunft, seine Großzügigkeit und nicht zuletzt für seine weltmännische Erscheinung von den Leuten erfuhr. Er hatte an diesem Abend viel Sanuk gehabt, interessante Neuigkeiten erfahren und jede Menge Gesicht gewonnen!

Am nächsten Morgen wurde Duan von lautem Klopfen an seiner Tür geweckt. Ein Blick auf seine Armbanduhr ließ ihn erschrecken, es war bereits acht Uhr dreißig und Grünzel war bestimmt längst mit dem Frühstück fertig und wartete auf ihn. Als er die Tür öffnete, stand ein Hotelangestellter vor ihm und wies ihn im Flüsterton darauf hin, dass Grünzel seit mehr als einer Stunde im Restaurant auf ihn wartete und jetzt laut zu schimpfen und fluchen begonnen hatte. Es wäre wohl besser, wenn sich der Fahrer etwas beeilen würde. Und das tat Khun Duan dann auch! Leider hatte sich Grünzel immer weiter in Rage gebracht und so überschüttete er ihn gleich zur Begrüßung mit einer Schimpftirade ohnegleichen.

»Und wo, zum Teufel, hast du eigentlich das teure Mobiltelefon, welches ich dir extra für deine Arbeit bei mir gekauft habe?!«, brüllte er. »Das hast du doch schon bei unserer Abfahrt in Bangkok nicht mehr bei dir gehabt! Ich bin doch nicht blöd! Los sag' schon!«
Das gesamte Hotelpersonal musste mit anhören, wie der Farang den Fahrer zusammenstauchte, doch der stammelte nur panisch unzusammenhängende Sätze. Er hätte das Handy zu Hause liegen gelassen, da er davon ausgegangen war, dies bei ihrer gemeinsamen Reise nicht zu benötigen. Sie wären ja die ganze Zeit über zusammen, und da brauchte er doch kein Telefon. In Wirklichkeit jedoch war Duan die Handhabung dieses technischen Spielzeugs viel zu kompliziert, und so hatte er es kurzerhand seiner Tochter geschenkt, die ihm dafür überglücklich um den Hals gefallen war.
Grünzel war die Krankheit vom Vortag in keiner

Weise mehr anzumerken. Im Gegenteil: Er war in Höchstform! Er hatte ausgiebig gefrühstückt, war voller Energie und Boshaftigkeit. Er kommandierte Khun Duan herum, befahl ihm den Wagen vorzufahren und dirigierte ihn zielstrebig durch die Stadt. Er musste irgendwoher neue Informationen erhalten haben, machte aber keinerlei Andeutungen dazu. Schließlich hielten sie vor dem TAT. Khun Duan wollte unbedingt wissen, was Grünzel dort wollte und bot sich scheinheilig als Übersetzer an, da ganz sicher niemand in solch einer kleinen Stadt Englisch sprechen würde. Als sie das Office betraten, erkannte er gleich an einem Tresen gegenüber des Eingangs den Mann wieder, der ihm am Vorabend über den Farang erzählt hatte, den er nach Laos bringen sollte. Als der Mann aufblickte und Khun Duan ebenfalls erkannte, machte der ihm ein Zeichen, dass er inkognito bleiben wollte. Grünzel kam gleich zur Sache. Er hatte gehört, dass ein Mitarbeiter des TAT einen Europäer mit dem Auto gefahren hätte, und wüsste nun gerne Näheres über den Fremden und über dessen Reiseziel.

Der Mann sah fragend zu Khun Duan herüber, und als der erneut, und sehr entschieden, abwehrende Zeichen machte, sagte er ausweichend, dass er einen Mann zu einigen Sehenswürdigkeiten in der näheren Umgebung gefahren hatte. Sie hätten sich kaum unterhalten, da sie Verständigungsschwierigkeiten gehabt hätten. Im Übrigen wüsste er nicht, wo der Mann gewohnt hatte und wo er sich jetzt befände.

Grünzel kochte vor Wut. Er merkte ganz genau, dass der Mann ihm etwas vorspielte. Diese ausweichende Art der Thailänder, diese Sturheit und Verschlossenheit, immer wenn sie etwas aus irgendwelchen Gründen partout nicht wollten, machte ihn rasend. Hielten die ihn für blöd? Wenn man schon log, dann sollte man dies auch so tun, dass der andere es nicht bemerkte! So fühlte er sich auch noch verschaukelt, und das machte ihn wahnsinnig.

Grünzel verließ das Office türknallend, ohne sich verabschiedet zu haben. Beim Herausgehen dankte Khun Duan dem TAT-Mitarbeiter auf Thai. Sie fuhren zum Hotel zurück und Grünzel telefonierte von seinem Zimmer aus. Nun gab es für Khun Duan endlich eine Gelegenheit zu frühstücken. Nicht weit vom Hotel entfernt gab es eine hervorragende Suppenküche, in der man eine fantastische Sen-Lek-Mu-Nudelsuppe bekommen konnte, und bei einer Sen-Lek-Mu-Suppe konnte man so richtig schön entspannen und abschalten. Khun Duan rührte die Suppe nur einmal ganz kurz vertikal mit den Stäbchen durch, damit die unterschiedlichen Geschmacksnoten der einzelnen Zutaten eine perfekte Mischung eingingen aber trotzdem ihre Eigenständigkeit behielten. Es war eine große Kunst solch eine Suppe zu komponieren, es war aber auch eine Kunst diese Suppe in der Schale so vorzubereiten, dass sie dem Gaumen diese unnachahmliche Symphonie vorspielte. So konnten nur Thailänder eine Suppe kochen und so konnten auch nur Thailänder solch eine Suppe genießen! Duan aß langsam und bedächtig und er dachte in Ruhe über seine Situation nach. Er konnte und wollte seinem Arbeitgeber jetzt nicht mehr erzählen, was er am Abend zuvor erfahren hatte. Andererseits bohrte die Neugierde über den vermeintlichen Komplizen von Florian Grünzel in ihm. Dazu kam ein permanentes Gefühl der Demütigung durch Dr. Grünzel, was sich in ihm aufstaute und langsam Rachegelüste in ihm aufkommen lies. Aber wie konnte er seinen Wissensvorsprung in irgendeiner Weise nutzen? Wenn sie doch endlich in Khon Kaen diesen verfluchten Sohn finden, und wieder nach Hause, nach Bangkok, fahren könnten, damit dieser elendige Job endlich erledigt wäre! Er hatte noch nie in seinem Leben so viel Geld verdient, aber er hatte sich auch noch nie so erniedrigen lassen müssen wie in dieser kurzen Zeit an der Seite von Dr. Grünzel. Insgeheim beneidete er die Kollegen, die mit netten Farang kurze, übersichtliche Ausflüge machten und neben ihrem bescheidenen, aber einträglichen Salär des Öfteren mehr oder weniger üppige Trinkgelder einstecken durften. Ein neues, bisher unbekanntes Gefühl gesellte sich zu den anderen: Er bekam Heimweh!

Grünzel war fertig mit dem Telefonat, er war extrem schlecht gelaunt und sein Magen-Darm-Trakt fing erneut an zu rumoren. Es war zwar lange nicht so schlimm, wie am Vortag, aber es reichte, um ihm ein starkes Unwohlsein zu bereiten. Er stand vor Khun Duans Hotelzimmer und pochte gegen die Tür. Laut rief er den Namen des Fahrers, klopfte noch ein paar Mal und trat schließlich laut fluchend gegen die Tür. Dann ging er zum Fahrstuhl, als dieser aber nach mehreren Minuten immer noch nicht da war, rannte er die Treppe herunter bis ins Erdgeschoss, wo er im Speisesaal nach Duan suchte. Er fragte einen herbeigeeilten Kellner, der ihm antwortete, das Khun Duan vor einer halben Stunde das Hotel verlassen hatte. Grünzel rannte auf die Straße, sah sich in alle Richtungen um und fragte schließlich den Kellner, der ihm bis zur Eingangstür gefolgt war:

»Which direction?«

Der Kellner sah sich ebenfalls unsicher um und zeigte schließlich nach links. Als Thailand unerfahrener Farang konnte Grünzel nicht ahnen, dass ein Thailänder niemals zugeben würde, dass er eine Frage nicht mit Sicherheit richtig beantworten könne. In solch einer Notlage pflegt man in Thailand die richtige Antwort zu erraten und dann irgendeine Angabe, die allerdings mit genauso großer Wahrscheinlichkeit richtig wie falsch war, zu machen. Also eilte Grünzel die Straße herunter und hielt Ausschau nach dem Gesuchten. An der nächsten Kreuzung ging er nach links und suchte weiter. Ohne die Passanten zu beachten, fluchte er sich dabei in Rage. Wie konnte es dieser Mistkerl wagen, ihn einfach im Hotel sitzen zu lassen! Als ob er sich in den letzten Tagen nicht schon genug Frechheiten geleistet hätte! Grünzel rannte kreuz und quer durch die Stadt und hatte eigentlich keine rechte Ahnung mehr, wo er sich befand und wie er zum Hotel zurückfinden sollte. Er war blind vor Wut. Als er wieder einmal an einer Straßenkreuzung angelangt war und sich suchend umsah, wurde ihm schwarz vor den Augen. Sein Kreislauf war kurz davor zu kollabieren und er war am Dehydrieren. Er hielt sich an einem Eisengeländer fest, welches den Gehweg im Kreuzungsbereich von der Straße trennte, und japste nach Luft. Ein Passant sah ihn an, blieb neben ihm stehen und führte Grünzel dann an einen Tisch, der zu einer Garküche gehörte. Dort setzte er ihn auf einen klapprigen Plastikstuhl und rief einige Sätze auf Thai. Ein anderer Mann brachte ihm eilig ein Glas Wasser. Bald war er umringt von besorgten Thailändern, die leider alle kein Wort Englisch sprachen. Grünzel trank das Glas in einem Zug leer und sein Kreislauf erholte sich langsam wieder. Er bedankte sich bei den Helfern und beteuerte immer wieder, dass alles Okay sei. Der Inhaber der Garküche stellte eine Schale Suppe vor ihm auf den Tisch. Der Duft der Suppe regte Grünzels Appetit an. Zunächst dachte er nur daran, dass er jetzt unbedingt Salz zu sich nehmen müsse, aber die Suppe schmeckte dermaßen gut, dass er sie mit großem Appetit in sich hinein schlürfte. Er fühlte sich nach dieser kleinen Mahlzeit gestärkt und sogar seine Nerven beruhigten sich wieder einigermaßen. Als Grünzel sich umdrehte, um nach der Rechnung zu fragen, sah er ein bekanntes Gesicht an einem Tisch, nur wenige Meter hinter seinem Rücken: Es war sein Fahrer, der dort regungslos saß und ihn mit großen, ängstlichen Augen ansah! Normalerweise wäre Grünzel jetzt aufgesprungen und hätte ein riesiges Theater gemacht, aber sein Erschöpfungszustand, die Überraschung und nicht zuletzt der gute Geschmack, den er noch auf der Zunge spürte, ließen ihn ganz ungewohnt reagieren. Er sprach zu Duan in ruhigem Ton:

»Are you ready? We must go to Mukdahan.«
Eine Stunde später befanden sie sich auf dem Highway in Richtung Mukdahan. Kurz vor dem Ende der Stadt brachte Khun Duan den Wagen unvermittelt am Straßenrand zum Stehen. Grünzel beobachtete verblüfft, wie der Fahrer von einem kleinen Mädchen eine Blumengirlande aus Jasminblüten kaufte, die er dann an den Rückspiegel im Auto befestigte. Er machte ein kurzes Wei und setzte die Fahrt fort.

»Was soll das jetzt schon wieder?!«, fragte Grünzel.

»Blumen besänftigen die bösen Geister«, antwortete Duan wie selbstverständlich.

»So ein Quatsch!«

In Grünzel baute sich schon wieder etwas Druck auf.

»Komisch, bei uns in Deutschland muss kein Mensch irgendwelche bösen Geister beruhigen, und dort gibt es viel weniger Unfälle als bei euch hier!«

Khun Duan schwieg.

»Die Blumen stinken!«, stichelte Grünzel weiter. »Die riechen wie ein billiges Parfüm.«

Khun Duan zeigte keinerlei Regung.

»Wie ein Schwulen-Parfüm!«, ergänzte Grünzel.

Als Duan immer noch nicht reagierte, riss Grünzel einfach den Blütenkranz ab und schmiss ihn aus dem Fenster.

In Khun Duans Augen war in diesem Moment ein ganzer dunkler Himmel voller Gewitterblitze zu sehen, aber er beherrschte sich weiter und vermied jede sichtbare Regung. In Gedanken entschuldigte er sich bei den Geistern und bat sie gleichzeitig um Hilfe gegen den verhassten Farang. Ein wenig erschrak er darüber, dass er dabei den Gedanken formulierte, die Geister mögen Grünzel den Tod bringen!

Sie zogen es von nun an beide vor zu schweigen, weil ihnen klar war, dass jede Form der Unterhaltung unweigerlich zu einer Auseinandersetzung führen würde. Jeder der beiden ging seinen eigenen Gedanken nach. Grünzel war nach einem weiteren Telefonat mit dem Anwalt Schlüter und einem ausgiebigen Telefongespräch mit seinem

Freund, dem Anwalt und Justiziar seiner Firma, unsicherer denn je. Er schwankte zwischen dem eigentlichen Ziel, seinen Sohn auf direktestem Weg aus dem Gefängnis zu holen, um dann so schnell wie möglich das Land zu verlassen, und der weiteren Jagd nach einem Phantom, dem angeblichen Komplizen. Zu Letzterem gab es ständig neue Informationen, die mal relativ konkret waren, häufig jedoch eher Zweifel an der wirklichen Existenz dieses Architekten aufkommen ließen. In Ubon, wo Schlüter sehr genaue Hinweise über den Aufenthalt und die Tätigkeiten des Fremden gegeben hatte, war der Architekt scheinbar überhaupt niemandem bekannt. Auch zu dem angeblichen Fahrer des TAT war nichts herauszubekommen. Die Beschreibungen des Komplizen an sich waren mehr als dürftig. Grünzel zweifelte langsam an der Zuverlässigkeit von Schlüters Quellen. Er würde jetzt, wo sie sich nun schon einmal so weit von der direkten Route nach Khon Kaen entfernt hatten, noch ein letztes Mal in Mukdahan Nachforschungen anstellen. Aber wenn diese ebenso erfolglos bleiben sollten wie bisher, wäre eine weitere Zeitverschwendung nicht mehr zu rechtfertigen.

Khun Duan hingegen war nach wie vor neugierig auf den Gesuchten, über dessen Existenz er ja sicher wusste. Vielleicht gab es ja eine Möglichkeit den Fremden gegen Grünzel auszuspielen. Dabei würde es Duan ausschließlich um eine bescheidene Rache an dem gehassten Geldgeber gehen.

So verging die Autofahrt wie im Fluge; keiner der beiden hatte die Idee, eine der obligatorischen Essenspausen an einer der vielen Raststätten am Wegesrand zu machen, geschweige denn ein Auge für die wunderschöne Landschaft entlang des Highways. Als sie in Mukdahan eintrafen und Duan seinen Chef fragend ansah, befahl der ihn ein Hotel anzusteuern, welches er von Schlüter am Telefon genannt bekommen hatte. Es war schon wieder ein chinesisches Hotel, was Khun Duan ärgerte. Warum mussten diese Farang in Thailand unbedingt immer chinesische Hotels, Restaurants und Geschäfte aufsuchen? Warum fuhren sie überhaupt nach Thailand, wenn sie die Thailänder so wenig respektierten?!

Das Hotel war nicht besonders modern, aber für die Provinz ausreichend gepflegt und komfortabel. Als Grünzel jedoch einen Blick in sein Zimmer, und vor allem in das Bad warf, war er über die Schäbigkeit, das Provisorium der Armaturen und Einrichtung sehr verärgert. Die Dusche bestand aus einer verrosteten Brause, die direkt neben dem sitzbrillenlosen Klo unbeweglich an der Wand befestigt war, und vor sich hin tropfte. Der Raum hatte weder die gebuchte und bezahlte Klimaanlage, noch ließ sich die Balkontür öffnen um wenigstens etwas Luft von draußen hereinzulassen. Wutentbrannt rannte er die Treppe herunter zur Rezeption und beschwerte sich lautstark und wortgewaltig. Niemand verstand ihn! Einer der beiden Angestellten, die dort ihren Dienst taten, verschwand nach einer Weile in einem Nebenraum. An seine Stelle trat ein anderer Mann, der allerdings eben so wenig Englisch verstand. Ein weiterer europäisch aussehender Mann betrat die Eingangshalle und wartete darauf bedient zu werden. Es kamen nach und nach immer mehr Hotelangestellte herein und betrachteten wortlos, wie Grünzel allmählich

144

vor ihren Augen explodierte. Schließlich drehte der sich um, und noch im Heraufeilen der Treppe brüllte er nach Khun Duan.

Der andere Ausländer hatte die ganze Szene beobachtet und stand nun irritiert am Rezeptionstresen. Er wollte eigentlich erfragen, wo man in Mukdahan einen Travellerscheck einlösen könne, aber da hier offenbar niemand Englisch sprach, wusste er nun auch nicht weiter. Doch zu seiner großen Verwunderung wurde er sogleich in perfektem Englisch angesprochen und nach seinem Wunsch gefragt. Der freundliche Hotelmitarbeiter bot ihm an den Scheck selbst einzulösen, gab aber lächelnd zu, dass die Thai-Farmers-Bank eine Straße weiter einen günstigeren Kurs und niedrigere Gebühren hätte. Thomas, so hieß der Ausländer, war von so viel Zuvorkommenheit nach dem eben Erlebten völlig irritiert.

Grünzel hatte mit seinem Geschrei und Gepolter Khun Duan, der es sich auf dem Bett bequem gemacht hatte, aus dem Schlaf gerissen. Duan selbst war über sein großzügiges Zimmer mit allem Komfort überrascht. Nun musste er leider feststellen, dass das Personal die Räume verwechselt hatte, und so zog er dann zerknirscht in das Zimmer ein, in welches man Grünzel gesteckt hatte. Aber war dieser kleine Irrtum ein Anlass dafür, dermaßen auszuflippen? Für einen Thailänder gab es überhaupt keinen Grund so lächerlich die Kontrolle über sich zu verlieren!

Nachdem die beiden ihre Unterkünfte getauscht hatten, war Duan nicht mehr in der Laune, sich einem Nickerchen hinzugeben. Grünzel hatte sich für ein-zwei Stunden zurückgezogen und Duan ermahnt, sich nicht aus seiner Reichweite zu entfernen. Aber war eine Straßenküche um die Ecke außerhalb Grünzels Reichweite? In Khun Duans Augen nicht, und ein kleines Hungergefühl musste schließlich auch bekämpft werden! Trotzdem musste er eine ganze Weile laufen, da es in dieser Stadt um die frühe Abendzeit noch keine Straßenküchen gab. Schließlich fand er ein einfaches Restaurant, das zur Straße hin offen war. Leider waren alle Tische besetzt. An dem einzigen Tisch, an dem noch Stühle frei waren, saß ein Farang, der ein Soda-Wasser trank. Duan sah sich Hilfe suchend um, und noch ehe er einen Entschluss fassen konnte, kam ein Kellner herbei und setzte ihn einfach an den Tisch zu dem Farang. Beide lächelten sich verlegen an. Khun Duan bestellte Som Tam, während Thomas Schweinefleisch mit Knoblauch und Pfeffer bekam. Beide verspeisten ihre Gerichte genüsslich, wobei sie sich verholen aus den Augenwinkeln beobachteten. Als Thomas sich an einem Reiskorn verschluckte, fragte Khun Duan schüchtern aber besorgt:

»Phet?!«

Aber Thomas konnte ihn beruhigen. Er sagte, dass er sich in knapp zwei Wochen Aufenthalt in Thailand allmählich ein bisschen an das scharfe Essen gewöhnt hat. Nun war das Eis gebrochen und Duan fragte neugierig, wo der Farang herkam und was er in Thailand machte. Thomas erzählte eine Kurzform seiner Geschichte mit der eingeübten Legende. Khun Duan ahnte allmählich, wen er vor sich hatte. Vor Aufregung rückte er auf seinem Stuhl hin und her. Um sicherzugehen, dass er sich nicht irrte, stellte er dem Fremden ein paar Fragen wie zum

Beispiel die, ob der Deutsche schon einmal Ubon besucht hatte, und wo in Thailand er sonst schon überall gewesen war. Thomas Antworten ließen keinen Zweifel zu: Er war der angebliche Komplize von Grünzels Sohn Florian. Duan platzte vor Neugier! Er musste jetzt unbedingt überlegt vorgehen und an dem Farang dran bleiben. Am meisten interessierte ihn natürlich in diesem Moment, ob das angebliche Ziel Laos stimmte, und was der Mann dort vorhatte. Er versuchte ihn möglichst geschickt in ein Gespräch zu verwickeln. Nachdem sie beide aufgegessen hatten, drohte ein Ende des Gespräches. Wenn der Farang nun bezahlte und ging, dann wäre es für Duan sehr schwierig, den Fremden nicht aus den Augen zu verlieren. Aber zum Glück fragte der nach einem Mekong mit Cola, und als der Wirt seinem Wunsch bestätigte, fügte er noch die Frage hinzu, ob der Thailänder auch einen Mekong trinken wolle. Sicher wollte der und natürlich freute er sich über diese Einladung.

Thomas gab Khun Duan und sich selbst ein paar Eiswürfel in die Gläser, goss Mekong darüber, erinnerte sich dann daran, dass die meisten Thailänder ihren Mekong mit Soda statt mit Cola tranken. Also bestellte er schnell noch zwei Flaschen Soda dazu. Sie prosteten sich mit »Chook dee – viel Glück« zu, und so begann ein netter gemeinsamer Abend.

Thomas bekam im Laufe der Unterhaltung das Gefühl, dass der neue Bekannte mehr als nur den üblichen Small Talk von ihm wollte. Es verunsicherte ihn zunehmend. Warum stellte der Thailänder so viele Fragen? Warum trug er einen Anzug mit Krawatte? War er etwa ein Polizist? Was gegen diese Annahme sprach, war die Tatsache, dass der Mann ziemlich ungeniert mit dem Mekong umging und langsam immer lockerer und ungehemmter wurde.

Khun Duan wiederum wurde aus dem Farang von Anfang an nicht recht schlau. Er war sehr höflich und hatte wirklich ausgezeichnete Manieren, was ihn als Gangster irgendwie unglaubwürdig machte. Duan hatte schon viele ausländische Kriminalfilme im Fernsehen bewundert. Aber die Verbrecher in diesen Filmen hatten sich völlig anders verhalten als der Fremde mit dem schwer zu merkenden Namen Thomas, und sie sahen auch wirklich anders aus als sein Gegenüber. Wahrscheinlich begünstigt durch die Erschöpfung nach all dem Stress mit Grünzel, wirkte der Mekong an diesem Abend rasant berauschend. Duan merkte, dass er an Konzentration verlor und zum Abschweifen neigte. Vor lauter Erzählen verlor er sein Ziel aus den Augen, den vermeintlichen Komplizen auszufragen, merkte das selbst, konnte jedoch nicht wirklich etwas dagegen tun. Zu allem Übel machte ihn sein Schwips auch noch albern und leichtsinnig.

Thomas verwarf bald seinen anfänglichen Argwohn. Der Thailänder stellte sich immer mehr als sehr netter Kerl heraus. Zudem hatte er eine Gewitztheit und einen Scharfsinn, den Thomas auf seiner Reise bisher noch nicht kennengelernt hatte. Er fing an, seinen Gesprächspartner wirklich zu mögen. Natürlich wirkte auch bei ihm der Alkohol enthemmend. Und er wirkte auf die Blase – bei beiden! In immer kürzeren Intervallen mussten sie sich gegenseitig entschuldigen. Nun war das Problem in diesem Restaurant, dass die Toilette ein Verschlag im hinteren Bereich des Raumes war, der durch eine

Betonstufe und eine viel zu niedrige Tür zu erreichen war. Dieser Türrahmen war für einen normal gebauten Thailänder bestimmt keine große Barriere, für einen groß gebauten Europäer hingegen schon! Bereits bei seinem ersten Toilettenbesuch stieß sich Thomas, für alle Anwesenden gut zu beobachten, den Kopf. Dieses Schauspiel wiederholte sich aber bei jedem weiteren Toilettengang und zu allem Übel stieß sich Thomas den Kopf von Mal zu Mal stärker. Zunächst übersahen die Gäste diese Ungeschicklichkeit höflich, dann nahmen sie, mit ihrerseits schmerzverzerrten Gesichtern Anteil an dessen Leid, irgendwann aber konnten sie ein Lächeln und schließlich unverhohlenes Lachen nicht mehr zurückhalten. Der unentwegt beschäftigte Wirt nahm überhaupt keine Notiz von Thomas Havarien, schließlich aber, durch die Gäste darauf aufmerksam gemacht, beobachtete er einen dieser Patzer. Er schüttelte den Kopf und sagte:

»Quam rääk bpen quam prasopgan, quam song bpen quam ngo!«

Ein platzregengleiches Gelächter setzte bei den Gästen ein, und auch Khun Duan konnte sich nicht mehr halten vor Lachen. Als Thomas wieder an seinem Platz angekommen war, bestand er darauf, dass Khun Duan ihm erklärte, worüber die Gäste so gelacht hätten. Etwas verlegen übersetzte der:

»Das erste Mal ist für die Erfahrung, beim zweiten Mal ist es Dummheit!«

Dabei grinste er von einem Ohr zum anderen. Thomas konnte nicht anders als ebenfalls laut zu lachen, was wiederum Duan die Scheu nahm, es ihm gleich zu tun. Dies war wieder so ein Moment, wo es Thomas sehr bedauerte, die thailändische Sprache nicht zu beherrschen. Er bat Khun Duan, ihm den Satz in lateinischer Schrift in sein Reisetagebuch zu schreiben. Thomas hatte dies in Ubon begonnen, da er langsam anfing, mit seinen vielen Erlebnissen und Eindrücken durcheinander zu geraten. Als Lesezeichen hatte er ein Foto benutzt, auf dem seine Tochter zusammen mit seiner Ex-Frau abgebildet war. Dieses Foto fiel nun aus dem Heft heraus, direkt vor Duans Nase. Natürlich musste Thomas nun lange und ausführlich von seiner gescheiterten Ehe erzählen. Khun Duan schilderte später sein eigenes Leben in Bang Kholem, die Art wie er mit seiner Familie zusammen das Leben meisterte, wie er an seinen Job kam. In diesem Augenblick erinnerte er sich an den cholerischen Chef und die drohenden Worte, den Hotelbereich nicht zu verlassen, damit er ihn leicht finden konnte.

Khun Duan erschrak! Wie viel Zeit mochte seit dem Verlassen des Hotels vergangen sein?! Hastig verabschiedete er sich von Thomas mit großem Bedauern und dankte für das nette Gespräch. Dann huschte er in die Dunkelheit und verschwand aus Thomas Blickfeld.

Khun Duan war auf eine weitere Moralpredigt eingestellt und hatte schon große Angst vor Grünzels Wutausbruch. Aber es kam noch schlimmer als er befürchtet hatte. Als er in die Hotellobby platzte, sah er Grünzel an der Rezeption stehen und telefonieren. Als der Duan sah, drehte er sich zu ihm um und machte eine fürchterliche Drohgebärde, während sein Kopf feuerrot anlief. Noch bevor Duan einen Fluchtversuch unternehmen konnte, knallte Grünzel dem Hotelangestellten den Telefonhörer in den Arm und eilte Duan entgegen. Dabei schrie er ihn an:

»Gib mir den Schlüssel! Gib mir den Schlüssel von meinem verfluchten Auto!«

Duan holte den Schlüssel aus seiner Hosentasche hervor und reichte ihn Grünzel mit zitternden Händen. Grünzel kramte ein paar fünfhundert Baht Scheine aus seiner Brieftasche und streckte sie Duan entgegen.

»Du bist gefeuert!«, schrie er ihn an.

Da Duan nicht schnell genug reagierte, warf er ihm die Scheine vor die Füße, drehte sich auf der Stelle um und lief die Treppe hinauf zu seinem Zimmer.

Duan sammelte die Geldscheine vom Boden auf und starrte Grünzel nach. Alle Anwesenden hatten diese Szene schweigend beobachtet. Obwohl ihm sein Fehlverhalten völlig bewusst war, fühlte sich Duan öffentlich gedemütigt. Wie stand er jetzt da vor all diesen Leuten?! Verlegen grinsend ging er zum Treppenhaus herüber und stolperte mit wackeligen Schritten in sein Zimmer.

Erst allmählich wurde ihm bewusst, in was für einer Situation er sich jetzt befand. Aus den zwei Wochen, für die er bei seinem eigentlichen Arbeitgeber freigenommen hatte, wurde nun schon nach knapp einer Woche ein unbezahlter Urlaub. Er saß in Mukdahan, mitten in der Provinz, ohne Auto und mit weitaus weniger Geld in der Tasche, als er sich zuvor ausgerechnet hatte. Er würde mit dem Bus und mit der Eisenbahn zurück nach Bangkok fahren, seinen Nachbarn, Freunden und seiner Familie eine Erklärung für alles liefern müssen. Wie sollte er sich jetzt verhalten, sollte er noch versuchen einen Nachtbus zu bekommen, oder bis zum nächsten Tag warten? Gab es überhaupt Nachtbusse hier auf dem

Lande?

Duan fiel allmählich die Decke auf den Kopf. So untätig in einem schäbigen Hotelzimmer herumzusitzen und nichts tun zu können machte ihn wahnsinnig. Ihm fiel ein, dass er noch nie den berühmten Mekong gesehen hatte, den Fluss, der mächtiger sein sollte als der Maenam Chaopraya. Dieser müsste sich eigentlich nur einen Spaziergang vom Hotel entfernt befinden. Vielleicht könnte er seinen Kopf etwas frei bekommen, sich von der aufkeimenden Panik ablenken, wenn er mal an die frische Luft käme. Zunächst musste er aber unbedingt aus seiner Dienstkluft herausschlüpfen und sich etwas bequemer kleiden. Es war ihm lästig geworden, ständig durch sein Aussehen als wohlhabender Großstadtmensch eingeschätzt zu werden. Leider führte er keine große Auswahl an Kleidungsstücken in seiner Plastiktüte mit sich, und zu dem versprochenen Einkauf mit Grünzel war es nicht gekommen. In Baumwollhose und kurzärmeligem, weißen Hemd machte er sich auf. An der Rezeption hatte man ihm die Richtung gezeigt und auch erwähnt, dass es am Mekongufer einen großen Markt gäbe. Als er gerade das Hotel verlassen wollte, kam ihm völlig unerwartet Thomas entgegen, der ebenfalls in diesem Hotel wohnte. Sie waren beide überrascht und auf die Frage wohin er denn aufbrechen wollte, antwortete Khun Duan, dass er sich ein wenig die Beine am großen Fluss vertreten wollte. Thomas fragte spontan, ob Duan etwas dagegen hätte, wenn er ihn begleiten würde, da er selbst auch noch nie am Mekong gewesen war. Und so machten sie sich zusammen auf den Weg.

Duans Stimmung hellte sich schlagartig auf. Es war

doch wesentlich angenehmer jetzt nicht alleine, sondern in netter Gesellschaft zu sein. Von dem Rausschmiss erzählte Duan erst einmal nichts, den musste er selbst erst noch verkraften.

Ohne dass sich eine rechte Unterhaltung zwischen ihnen entwickelte, schlenderten die beiden durch die schmalen Straßen der Kleinstadt zum Flussufer. Dort kamen sie gleich an eine mächtige Promenade mit einer endlosen Brüstung aus Beton. Tief unterhalb der Uferböschung zog der Mekong an ihnen vorüber. Von hier oben konnte man die kleinen Boote beobachten, auf denen ameisengroß Fischer ihre Wurfnetze sortierten und für den nächsten Tag vorbereiteten. Ein Fährboot setzte unbeleuchtet herüber nach Laos. Nach rechts setzte sich diese unerwartet prächtige Uferpromenade mit einer unendlichen Reihe hell leuchtender Laternen noch kilometerweit fort. Man konnte das Ende von diesem Standort aus nicht sehen. Der Markt hatte leider bereits geschlossen, aber es waren noch Hunderte von Menschen unterwegs. Eine Gruppe Jugendlicher übte nach der Musik aus einem riesigen Kassetten-Radio eine Tanz-Choreografie. Die Jungs und Mädchen waren ganz stolz darauf, dass ein Farang ihnen zusah und sogar applaudierte. Genauso wie ein paar Jungen, die mit ihren Skateboards an einer anderen Stelle halsbrecherische Kunststücke vorführten. Da machte es auch nichts aus, dass einem der Skater nach einem Sturz der Knöchel gefährlich anschwoll. Mit schmerzverzerrtem Gesicht wurde weitergemacht – schaute ja schließlich nicht jeden Tag ein Farang zu!

Florian Grünzel

Vu Hei war ein Bastard. Er war der Sohn einer Chinesin und eines Vietnamesen. Der Vater war als Angehöriger einer vietnamesischen Minderheit Anfang der Siebziger Jahre des letzten Jahrhunderts vor den Roten Khmer aus Kambodscha geflohen und hatte im Osten Thailands bei einem Smaragdschürfer Asyl gefunden. Er musste hart für seinen Unterhalt schuften und führte bei seinen chinesischen Gastgebern ein sklavenähnliches Dasein. Er hatte sein Schicksal so klaglos und dankbar hingenommen, dass er das Mitleid und die ständige Aufmerksamkeit der Tochter des Hauses gewann. Als die Smaragdmine dann versiegte und der Besitzer dies nicht wahrhaben wollte, kam der schnell in wirtschaftliche Schwierigkeiten und verlor seinen Wohlstand und sein Ansehen in der Gemeinde. Für den Flüchtling gab es keine Arbeit und keine Herberge mehr und so suchte er sich eine andere Beschäftigung, die ihm ein bescheidenes aber freies Leben ermöglichte. Eines Tages konnte er sogar die Tochter seines ehemaligen Sklaventreibers heiraten, und aus dieser Ehe gingen Vu-Hei sowie drei weitere Geschwister hervor. Hei litt als Erstgeborener ganz besonders unter der mangelnden Akzeptanz der elterlichen Verbindung in der Kleinstadt. Die chinesische Gemeinschaft erkannte den armen vietnamesischen Flüchtling nicht als Ihresgleichen an und in der thailändischen Gesellschaft nahm er einen niedrigen Rang ein. Einen Platz noch unterhalb der Chinesen, die aufgrund ihrer Geschäftstüchtigkeit und ihrer streng reglementierten Lebensweise beargwöhnt wurden. Ja selbst die Khmer-

Minderheit war in der Hierarchie höher eingestuft als dieses unglückselige Paar. Sohn Vu Hei fand kaum Freunde, keine Anerkennung, keine Berufsausbildung, so auch kein Einkommen, welches ihm ein selbstständiges Leben hätte ermöglichen können. Er tat das Einzige, was einem Menschen in solch einer Situation übrig blieb: Er ging auf die Suche nach seinem Glück in der verheißungsvollen Stadt Bangkok. Er war gerade erst siebzehn Jahre jung und so musste er sich auch dort von ganz weit unten seinen Weg bahnen. Vu war in einem Slum am Rande der Stadt untergekommen, wo die Kinder und die Jugendlichen eine eigene, von den Eltern wenig beeinflusste Gesellschaftsordnung bildeten. Es waren ganz harte mafiöse Strukturen, in denen man einen Platz fand oder aber gnadenlos unterging. Es ging schon bei den ganz Kleinen im wahrsten Sinne des Wortes um Leben oder Tod. Vu Hei war von schmächtiger Statur und er war ein Neuling, der zudem ganz alleine, ohne Verwandte oder Freunde dastand. Aber er hatte eine ganz besondere Stärke: Er war sprachbegabt. Er sprach fließend Mandarin, Vietnamesisch, Thai und Khmer, aber auch sein Englisch war außergewöhnlich gut und schließlich verstand er zumindest auch ganz passabel Lao. Diese Gabe, gepaart mit einem diplomatischen Fingerspitzengefühl und seiner völligen Unabhängigkeit machten ihn prädestiniert für Aufgaben als Kurier, Kundschafter und Vermittler in schwierigen Angelegenheiten der verschiedenen Banden. Ein weiterer Aspekt, nämlich sein völlig fehlender Respekt vor ethnischen Empfindsamkeiten, seine mangelnde Fähigkeit sich unterordnen zu können und sein tief liegender Hass auf die Gesellschaft machte ihn im Laufe der Zeit gefährlich und mächtig. Vom Drogenkurier arbeitete er sich zum Drogenhändler empor. Und wäre er nicht hin und wieder durch drogenabhängige Farang, deren Mentalität er überhaupt nicht nachvollziehen konnte, in Schwierigkeiten gebracht worden, dann wäre er bestimmt einer der ganz Großen in dieser Stadt geworden.

Vu Hei fand eine treue Frau, die Geliebte, Freundin, Vertraute und Komplizin für ihn wurde. Er baute sich ein Haus mitten im Slum, den man sich nicht als Wellblechhütten-Siedlung vorstellen darf, sondern eher als eine chaotische Ansammlung von verschiedenartigen Holzhäusern, mit ebenso chaotischer Wasser- und Stromversorgung. Vu Hei's Haus sah man an, dass er es zu etwas gebracht hatte und Vu Hei's Haus war eine kleine Machtzentrale, die jeder kannte.

Vu Hei erlaubte sich keine Fehler oder Nachlässigkeiten mit Ausnahme jener Missverständnisse, die es beim Umgang mit Farang gelegentlich gab. Einer dieser Farang hieß Florian Grünzel, und der wurde Vu Hei fast zum Verhängnis. Zunächst war Florian nur ein ganz normaler Süchtiger, der durch einen Insidertipp zu Vu Hei kam, um sich mit Heroin mit synthetischen Drogen zu versorgen. Dann ergab es sich einmal, dass Florian bei einem kleinen Geschäft mit ein paar Amerikanern behilflich war und auch als Kurier fungierte. Der reibungslose Ablauf dieser Aktion und der chronische Geldmangel Florians ließen Vu Hei leichtsinnigerweise annehmen, dass der Farang für regelmäßige Gefälligkeiten, die er dann in Naturalien vergütet bekam, geeignet wäre. Da dies auch eine ganze Weile gut ging, ließ sich Vu Hei dazu verleiten, Florian bei einem richtig großen Geschäft als Kurier einzusetzen. Er argwöhnte schon eine ganze Weile lang, dass seine eigenen Leute von der Drogenpolizei beobachtet würden. Florian sollte als Tourist getarnt nach Chiang Rai reisen und dort Kontakt mit einem Großhändler aufnehmen. Er wurde genauestens instruiert, da alles sehr geheim abgewickelt werden musste und auch in Chiang Rai vorerst noch niemand von dem neuen Kurier wissen sollte. Dazu bekam er einen größeren Geldbetrag, nämlich umgerechnet fast zwanzigtausend Euro, ein Auto und einen Beschützer an die Seite gestellt. Dieser war kambodschanischer Abstammung, Vu Hei noch aus seiner Jugendzeit her vertraut, und er war erst vor Kurzem zu der Truppe in Bangkok dazugestoßen. Er war ein richtiger Provinzganove, der zwar sehr gut mit seinem alten Armee-Revolver rumballern konnte, der aber zu wenig Grips besaß, um entscheiden zu können, wann er dieses zu tun oder besser zu lassen hatte. Er war auch zu dämlich, um zu merken, dass Florian sich an keinerlei Anweisungen hielt und sich bei einem Toilettenstopp mit Auto und Geld aus dem Staub machte. Während der Baller-Mann seelenruhig darauf wartete, dass Florian zurückkehren und ihn wieder mitnehmen würde, verstrich wertvolle Zeit um die Verfolgung Florians aufzunehmen.

Nun konnte man nicht unbedingt behaupten, dass Florian Grünzel viel von der Intelligenz und Gerissenheit seines Vaters geerbt hätte,, war es eher dessen Skrupellosigkeit. Vielleicht war es auch die Sucht, die sein Gehirn langsam angefressen hatte.

Auf jeden Fall dachte der Farang, dass er das Geschäft in Chiang Rai auch alleine und auf eigene Rechnung durchziehen könnte und dann nichts weiter passieren würde. Als er also an dem vorher vereinbarten Treffpunkt, einem schäbigen Hotel in der nordthailändischen Stadt, ankam und wie geheißen, nach einem Mann mit dem Spitznamen Indianer-Chang fragte, wurde er von den Hotelangestellten ziemlich verduzt angestarrt. Die Männer taten so, als hätte sie den Namen noch nie gehört, oder als ob sie Florian nicht verstanden hätten. Doch der behauptete frech, dass er und Indianer-Chang sich kennen würden und eine geschäftliche Verabredung hätten. Man vertröstet ihn auf später, man würde ihn in seinem Zimmer aufsuchen. Anschließend beratschlagten die Geschäftspartner miteinander, was sie mit diesem Gringo machen sollten. Ganz geheuer war ihnen dessen Auftritt nicht, da man in diesem tödlichen Gewerbe mit so viel Naivität eigentlich nicht rechnete. Aber einfach ignorieren konnten sie den Deutschen dann auch wieder nicht. Schließlich war er ja zielstrebig hierher gekommen und hatte nach Indianer-Chang gefragt. Eine gute Stunde später klopfte es an Florians Tür. Als er diese öffnete, starrte er in die finsteren Gesichter von drei dunkelhäutigen Muskelprotzen, die ihn einfach zur Seite stießen und die Zimmertür hinter sich verschlossen. Einer der Männer blieb dort stehen, ein weiterer ging sofort zum Fenster und beobachtete das Treiben auf der Straße. Der Dritte fing an, das Geschäft mit Florian abzuwickeln. Und das ging dann so vonstatten, dass er sich nach ein paar grundsätzlichen Fragen über Florians Kenntnisse über das Geschäft und über die

beteiligten Akteure, das Geld zeigen ließ, es über-
prüfte und dann an sich nahm. In gleichem Moment
zückten alle drei riesige Handfeuerwaffen. Sie sagten noch artig:

»Thank you!«, und verließen den Raum rück-
wärtsgehend.

Florian wagte es kaum zu atmen. Sein Puls klopfte
gefährlich in seinen Adern, und er konnte nur mit
großer Mühe seine Hintern-Rosette
zusammenkneifen. Als er schließlich realisierte, was
soeben geschehen war, fing er an zu schluchzen. Er
schmiss sich auf das Bett und heulte wie ein
Schlosshund. Nach und nach wurde ihm bewusst,
wie tief er seinen Hals in die Schlinge gesteckt hatte.
Schlimmer hätte dieses Abenteuer einfach nicht aus-
gehen können! Wenn Florian in der Lage gewesen
wäre, einen klaren Gedanken zu fassen, dann hätte
das Resümee folgendermaßen aussehen müssen: Er
hatte sich soeben einen der mächtigsten Bosse der
Bangkoker Drogenmafia zum Feind gemacht. Okay,
es war nur ein relativ kleiner mächtiger Gangster-
boss, aber immerhin! Er hatte sich um seine einzige
Drogenquelle gebracht, was wahrscheinlich sogar
noch schwerer wog. Dann hatte er noch genau hun-
dertzwanzig Baht in der Tasche, musste davon noch
zweihundertsiebzig Baht für das Hotelzimmer
bezahlen, musste irgendwie zurück nach Bangkok
kommen und schließlich auch noch etwas zu essen
und zu trinken kaufen. Zudem war es ratsam, mal
eben so ganz nebenbei ein neues Leben zu beginnen, und schließlich war es höchste Zeit, sein Visum
verlängern zu lassen. Dafür wiederum hätte er noch
einige tausend Baht für den Overstay bezahlen, aus
dem Land ausreisen und für ein neues Visum wie-

der einreisen müssen.

Aber Florian konnte in diesem Moment nicht klar denken, denn erstens war er in eine nackte Panik verfallen, und zweitens brauchte er jetzt ganz dringend einen Schuss! Nachdem er sich ausgeheult hatte, sprang er auf, raffte seine Plastiktüte mit den kümmerlichen Habseligkeiten und rannte aus dem Hotel. Er hatte ja noch das Auto! Er öffnete die, überraschenderweise unverschlossene Fahrzeugtür, startete den Wagen und raste davon in Richtung Bangkok. Ein Blick auf die Nadel der Tankuhr ließ ihn hoffen, zumindest bis Chiang Mai mit dem Sprit zu reichen. Dort gab es viele Touristen und da würde ihm schon etwas einfallen, wie er wieder zu Geld kommen würde. Er fuhr die bergige Strecke mit vielen, vielen Serpentinen so schnell es mit dem Wagen überhaupt ging. Er machte keine Pause und verlangsamte das Tempo in keiner Ortschaft. Er bemerkte auch nicht, dass er etliche Male nur mit viel Glück auf der Straße geblieben war, und nur dank der Ausweichmanöver zahlreicher Autofahrer keine Zusammenstöße verursachte. Florian kannte Chiang Mai von seiner ersten Thailandreise vor vier-fünf Jahren. Damals war er mit mehreren Freunden dort unterwegs gewesen, und damals hatte er noch mehr Kontrolle über sich und seinen Drogenkonsum als heute. Während er in die hereinbrechende Nacht fuhr, überlegte er fieberhaft, ob er sich noch an ein brauchbares Touristen-Hotel erinnern könnte, wo er eine Chance hatte, Geld zu schnorren. Und im Geldschnorren war er wirklich gut, das wusste er!

Er fand ein Hotel, das *Empres,* welches eigentlich ein paar Nummern zu vornehm für sein

heruntergekommenes Aussehen war. Bevor er den Versuch unternahm, dort einzuchecken, versuchte es Florian mit seiner Standardmasche, wohlhabend erscheinende deutsche Touristen anzuschnorren. Er hatte sich damals, vor Beginn seiner Reise nach Südost Asien, mit einem Päckchen Visitenkarten seines Vaters eingedeckt. Diese zeigte er, zusammen mit seinem Reisepass als Beleg dafür, dass er der Sohn des Managers war, potenziellen Opfern und erzählte eine auswendig gelernte Geschichte, um bei den Leuten Mitleid und Hilfsbereitschaft auszulösen. Dieses führte nach mehrmonatigem Üben und Verfeinern seiner Legenden in der Regel schon bei jedem zweiten oder dritten Versuch zum Erfolg. Es waren nicht immer die ganz großen Beträge, die er auf diese Weise zusammenbetteln konnte, aber es kam häufig ein Sümmchen zusammen, welches ihm für den Moment entscheidend weiterhalf. Im *Empres* hatte er relativ viel Glück, da eine vergnügte Reisegruppe gerade eingetroffen war, die durch die Reiseeindrücke und durch eine besonders gute Stimmung innerhalb der Gruppe, in Geberlaune war. Es waren fast fünftausend Baht, also rund einhundert Euro, die er sich an diesem Abend ›lieh‹, genug um damit die Fahrt nach Bangkok zu finanzieren und auch unterwegs nicht hungern zu müssen. Gegen Vorkasse bekam er für eine Nacht ein Zimmer, obwohl ihn der Hotelmanager am liebsten auf die Straße gesetzt hätte. Florian leerte die Halbliter-Flasche Mekong aus der Minibar in einem Zug und legte sich rücklings aufs Bett. Die Decke kreiste vor seinen Augen, bis er vor Erschöpfung einschlief.
Am nächsten Morgen wachte er sehr früh von

einem lauten Krachen auf. Sein Herz raste vor Schreck und er brauchte Minuten um sich zu sammeln und zu realisieren, wo er sich befand. Auf das Geräusch folgten Schreie, Gepolter und eilige Schritte den Flur entlang. Dann peitschte ein Pistolenschuss durch die Etage, das Wortgemenge und die Schreie wurden heftiger, bis sich die Situation wieder etwas beruhigte. Erst als sich das Geräuschpotpourri langsam von Florians Nachbarzimmer den Flur herunter in Richtung Treppenhaus bewegte, siegte seine Neugier. Er wagte herzklopfend einen Blick aus der spaltenweit geöffneten Zimmertür. Florian konnte erkennen, dass mehrere Polizisten, gefolgt von Hotelbediensteten einen Mann abführten. Einen Mann, den Florian sehr wohl erkannte: Es war sein kambodschanischer Begleiter, den er glaubte, abgeschüttelt zu haben! Der Mann war ihm trotz seiner unglaublichen Dummheit so dicht auf den Fersen! Wie hatte er so schnell in Erfahrung bringen können, wo sich Florian aufhielt? Wie war das allein technisch ohne Auto zu schaffen? Florian bekam es erneut mit der Angst zu tun, denn es wurde ihm klar, dass ihm von allen Seiten nachgestellt wurde. Sein Aufpasser hatte sich nur dadurch aus dem Rennen gebracht, dass er die falsche Zimmertür eingetreten, und damit seine Festnahme provoziert hatte. Aber es waren nicht alle Gangster aus Vu Heis Bande so beschränkt und ihm wurde jetzt klar, dass er von wütenden, zu allem bereiten Männern, durch das Land gejagt werden würde.

Vu Hei tobte schon einem Tag lang vor Wut. Er war unmittelbar nach Florians übereilter Flucht aus Chiang Rai telefonisch über den Vorfall dort oben im Norden unterrichtet worden. Nachdem Florians ausgetrickster Aufpasser zunächst telefonisch in Chiang Rai Nachforschungen über Florians Verbleib angestellt hatte, realisierten die Leute dort, dass der Farang, den sie gerade ausgenommen hatten, in irgendeiner Weise mit Vu Hei in Verbindung stand. Die Geschichte, die man dem dann aber erzählt hatte, unterschied sich in einem wesentlichen Detail von dem, was Florian in Wirklichkeit wiederfahren war. Demnach hatte der Farang das Rauschgift in vollem Umfang entgegengenommen. Vu Hei hatte sich zwar über den merkwürdigen und unüblichen Anruf gewundert, wirklich erkannt, dass er hereingelegt worden war, hatte er jedoch erst in dem Moment, als der Aufpasser sich schließlich von seinem Rastplatz aus gemeldet und über Florians Verschwinden beklagt hatte. Vu Hei war nicht nur über Florians Betrug wütend, sondern auch über die Dummheit seines Aufpassers und viel mehr noch darüber, dass er wieder einmal einem dieser unberechenbaren Farang auf den Leim gegangen war. Er schwor sich selbst und allen anwesenden Bandenmitgliedern, dass er den Weißen umbringen würde! Der blond gefärbte Deutsche hatte Vu Hei nicht nur bestohlen, er hatte ihn vor seinen ganzen Leuten lächerlich gemacht! Es mangelte bestimmt nicht an geeigneten Männern, die für diese Aufgabe infrage kamen, aber Vu Hei verspürte ein großes Bedürfnis diesmal selbst Hand an die Sache zu legen. Er rief ein paar Freunde im Norden des Landes an und instruierte diese, die nötigen Vorbereitungen zu treffen und Florian Grünzel aufzuspüren. Er selbst machte sich noch am gleichen Tag zusammen mit einer Handvoll Leuten im Auto auf den Weg in

Richtung Norden.

*

Florian hatte seine paar Habseligkeiten zusammengerafft und das Hotel fluchtartig verlassen. Er betankte den Wagen außerhalb der Stadt und raste weiter auf dem Highway nach Süden. Er hatte nicht geduscht, sein verschwitztes Hemd hatte dunkle Flecken in den Achselhöhlen, die schon leichte Salzränder bildeten. An einer größeren Raststätte versteckte er den Wagen hinter dem Gebäude und frühstückte erst einmal hastig. Er kaufte sich ein T-Shirt, das ihm knapp passte, und wusch sich notdürftig in den Toilettenräumen. Als er wieder auf den Highway zurückkehrte, hatten Vu Hei und seine Leute gerade mit hoher Geschwindigkeit eben diese Raststätte in der Gegenrichtung passiert. Aber davon ahnte keiner der Beteiligten etwas.
Florian schaffte es, ohne weitere Unterbrechungen, den Stadtrand Bangkoks zu erreichen. Indianer-Chang war indessen über Vu Hei`s Anreise informiert worden und sah sich gezwungen seinen Trumpf auszuspielen. Er hatte Florian zwei kleine Päckchen mit jeweils einigen Gramm minderwertigem Heroin in dessen Auto deponiert. Nun rief er einen Bekannten in Bangkok an, der wiederum der Polizei den Tipp gab, dass ein Ausländer, der mit einem Auto auf dem Weg in die Stadt war, Drogen bei sich hatte. Die Beschreibung war so präzise, dass es nahezu unmöglich war, dass Florian Grünzel den Ordnungshütern entkommen konnte. Damit wäre der Deutsche erst einmal aus dem Verkehr gezogen und die Beamten konnten

zufrieden sein, einen Drogensüchtigen frei Haus geliefert zu bekommen und einen schönen Fahndungserfolg verbuchen zu können.

Florian war fast von Sinnen, als er den Stadtteil Ding Daeng erreichte. Er war übermüdet, überanstrengt, übernervös und hatte starke Entzugserscheinungen. So bemerkte er erst im allerletzten Moment, dass er von einem Polizei-Auto gestoppt wurde. Er versuchte vergeblich auszuweichen, wobei er das Fahrzeug beinahe rammte. Zwei Polizeibeamte sprangen aus dem Fahrzeug und rannten mit gezogenen Revolvern auf Florian zu. Dann rissen sie die Tür auf, brüllten gleichzeitig Befehle auf Thai, die Florian nicht verstand, und zerrten den Jungen aus dem Auto. Zielsicher griff einer von ihnen unter den Fahrersitz und fischte die beiden Drogenbriefe heraus, die in Zeitungspapier eingewickelt und in einer Plastiktüte steckten. Der andere Polizist hatte den Farang gegen das Auto gedrückt und den Arm auf den Rücken gedreht. Mit der anderen Hand fixierte er Florian mit einem riesigen Polizeiknüppel und beobachtete, wie sein Kollege triumphierend den Fund in die Höhe hielt. Florian erkannte sofort, dass er hereingelegt worden war. Er spürte, wie der Druck des Polizisten durch die Ablenkung etwas nachließ, nutzte die Gelegenheit um sich blitzschnell aus der Umklammerung herauszuwinden, ließ sich fallen und rollte unter dem Auto hindurch. Der Polizist zögerte einen Augenblick und suchte nach dem Festgenommenen, erkannte dann, was passiert war und rannte um das Fahrzeug herum. Florian hatte sich jedoch in Panik wieder aufgerichtet und sprang über die etwa einen Meter hohe Fahrbahnbegrenzung aus Beton. Dann

165

rannte er so schnell er konnte, zwischen Häusern, Straßen, Hinterhöfen davon. Er nahm von der Umgebung kaum etwas wahr, versuchte einfach nur den Polizisten zu entkommen. Florian lief und lief, und er spürte, wie seine Kräfte nachließen. Neben einem Geschäftseingang stand ein Motorrad mit laufendem Motor, der Besitzer lud Stoffbündel vom Gepäckträger ab und trug sie in das Gebäude hinein. Ohne weiter nachzudenken, sprang Florian auf das Motorrad und raste davon. Instinktiv fuhr er aus der Stadt wieder heraus, aber als er gerade auf den Highway biegen wollte, sah er zwei weitere Polizisten auf die Fahrbahn springen. Florian hatte keine Zeit mehr auszuweichen oder umzudrehen. Er gab Gas, schloss die Augen und spürte, wie er erst einen starken Schlag abbekam und dann in hohem Bogen durch die Luft flog. Der erwartete harte Aufschlag blieb aus; Florian verlor vorher das Bewusstsein. Als er jedoch nur wenig später wieder zu sich kam, tastete er seinen Körper ab. Er hatte sich tatsächlich nichts getan, war völlig unverletzt! Florian war von dem Highway, der sich an dieser Stelle zu einer Hochstraße erhob, die dann in einer Höhe von etwa zehn Metern über der Stadt verlief, in einen Recycling-Hof gestürzt. Den Fall in die Tiefe hatte er deswegen schadlos überstanden, weil er in einem Berg von Plastikfolien weich gelandet war. Während er noch versuchte das eben Geschehene zu begreifen, hörte er schon Polizeisirenen und lautes Stimmengewirr. Florian riss sich zusammen, sprang auf und flüchtete zu Fuß weiter. Nun rannte er durch ein Gewerbegebiet, in dem der Verkehr ruhiger war, und in dem sich nur wenige Passanten auf der Straße befanden. In einem leer stehenden

Gebäude fand er Schutz. Hier kauerte er sich in die Ecke eines unmöblierten Raumes und wartete wimmernd auf die Nacht.

Irgendwann in den frühen Morgenstunden wachte er auf. Er fror, obwohl es immer noch annähernd dreißig Grad waren, und sein T-Shirt vom Schwitzen durchnässt war. Seine Glieder schmerzten, er hatte Hunger und Durst. Als er sich den Schweiß von der Stirn wischen wollte, bemerkte er, dass seine Hände stark zitterten. Er hörte unbekannte Geräusche und verfiel in eine panische Angst.

»Hier kannst du nicht bleiben, hier drehst du durch!«, sagte er sich.

Schon das Aufstehen und das Strecken der Glieder schmerzten. Florian sammelte alle noch verbliebenen Kräfte und schleppte sich aus dem Haus in die Morgendämmerung. Langsam ging er durch die leeren Straßen. Er hatte keine Ahnung, wohin er ging und wie lange er schon lief. Langsam erwachte das Leben in Bangkok.

Florian beobachtete, wie einen Mann sein Taxi an der Straßenkreuzung putzte. Ihm kam der Idee, dass er das Land verlassen müsse. In Thailand wurde er gejagt, was hatte er sonst für Möglichkeiten? Aber, wo hätte er hingehen sollen? Am wenigsten weit entfernt war Myanmar, aber dort herrschte ein Militär-Regime. Sehr gut zu erreichen und nicht besonders gut gesichert war die Grenze zu Malaysia. In dem Land gab es die härtesten Gesetze gegen Drogenmissbrauch, schon der Besitz kleinster Mengen Marihuana wurden mit dem Tod bestraft. Kambodscha im Süd-Osten war auch kein übermäßig reizvolles Ziel für einen drogenabhängigen Habenichts. Das Land war bettel-

arm und die Bevölkerung immer noch von der Pol
Pot-Zeit und den Folgen daraus traumatisiert. China, ganz oben im Norden, war indiskutabel, blieb
als einziges Land, welches man auf dem Landweg
erreichen konnte, Laos. Zumindest in der Hauptstadt Vientiane gab es genügend viele Touristen
und Backpacker, das wusste Florian. Er fragte den
Taxifahrer, ob der ihn zum Airport Don Muang fahren könne, der nur wenige Kilometer weit entfernt
war. Ein bisschen Geld hatte er noch übrig, doch
musste er noch einen etwas größeren Betrag zusam-
menschnorren, um nach Laos zu kommen und dort
eine Weile untertauchen zu können. Dafür war Don
Muang der geeignetste Platz in der Stadt. Hier
kamen und gingen täglich Tausende von Touristen,
die entweder völlig erschöpft von ihren Flügen,
oder aber im Begriff waren, schweren Herzens von
einem traumhaften Urlaubsland Abschied nahmen.
Nach kurzer Fahrt erreichten sie den riesigen
Gebäudekomplex. Florian zählte seine Barschaft
und beschloss, erst einmal in Ruhe zu frühstücken.
Es war um diese Zeit noch nicht viel los; der große
Run begann frühestens gegen zehn Uhr. Florian verschlang seinen McDonalds Hamburger, ohne so
etwas wie Geschmack zu verspüren. In seinen
Adern rauschte das Blut, sein Puls pochte in den
Schläfen. Immer wieder nickte er kurz ein, und
wenn er dann aufschrak, raste sein Herz. Nach
unzähligen Bechern Kaffee raffte er sich auf und
ging zum Terminal zwei. Er schlich um die
Abfertigungsschalter herum, fiel unter den braun
gebrannten, meist ebenfalls schlecht gekleideten
Heimkehrern nicht sonderlich auf. Er sah ein paar
geeignete Opfer und begann sofort routiniert mit

seiner eingeübten Masche. Doch die Touristen waren an diesem Tag ungewöhnlich unfreundlich und geizig. Nach mehr als einer Stunde hatte er gerade dreiundsiebzig Baht, also nicht einmal zwei Euro, und mehrere Androhungen von Prügel zusammenbekommen. Florian spürte, dass hier an diesem Morgen nichts zu holen war.

Entmutigt ging er hinunter zum Arrival-Terminal. Er mischte sich unter die Wartenden und beobachtete die eintreffenden Europäer. Die Stimmung bei den frisch angekommenen war gleich erheblich heiterer. Für Florians Betteltour wiederum war es hier zu hektisch und zu stark von Sicherheitsbeamten bewacht. Florian fror in der klimatisierten Halle. Er machte sich auf den Weg nach draußen, und als sich die gläserne Schiebetür öffnete, sah er einen Neuen auf einer Bank sitzen und sein Gepäck bewachen. Ein ideales Opfer.

*

In der deutschen Botschaft in Bangkok überflog ein Mitarbeiter die tägliche Liste der Deutschen, die in Thailand juristisch auffällig geworden waren. Es waren fast immer die gleichen Vergehen und das Botschaftspersonal musste nur in seltenen Fällen aktiv werden. Ein Attaché betrat den Raum.

»Hast du noch was für mich? Ich bin für zwei-drei Stunden weg«, fragte er.

Der Botschaftsangestellte nahm mehrere Schriftstücke aus einem Ablagekorb und reichte sie dem Attaché.

»Hier sind ein paar Anfragen wegen der Kanzler-Reise«, antwortete er. »Die Knast-Liste habe ich noch nicht weiter geprüft.«

Der Attaché nahm auch diese Liste an sich, warf ebenfalls nur einen flüchtigen Blick darauf. Doch dann stutzte er.

»Der hier.«

Er zeigte auf einen Eintrag.

»Der Name kommt mir bekannt vor!«

»Grünzel, Florian. Sagt mir überhaupt nichts!«

»Doch, doch, mit dem war irgendetwas.«

Der Attaché verließ das Büro, kam aber nach ein paar Minuten mit einem Schriftstück in der Hand zurück.

»Der Vater des Burschen ist ein Häuptling in der Frankfurter Wirtschaft. Wir hatten den Jungen vor ein paar Monaten wegen Overstays hier. Was wirft man ihm denn vor?«

Der Angestellte widmete sich wieder der Liste und las vor:

»Drogenbesitz und -Handel, Widerstand, oho, und hier, schwere Körperverletzung gegen einen Polizeibeamten, Diebstahl und noch ein paar Delikte! Da wird der Vati aber Augen machen!«

Der Attaché riss ihm die Liste aus der Hand und las ungläubig. Einen Moment lang schwieg er. Dann gab er eine knappe Anweisung:

»Wir unternehmen erst einmal gar nichts. Solange niemand explizit an uns herantritt, halten wir die Füße still! Wir haben im Moment ganz andere Probleme, das passt jetzt zeitlich überhaupt nicht!«

Er holte tief Luft, schüttelte den Kopf. Dann drehte er sich um.

»Ich bin weg!«, sagte er und verließ den Raum.

*

Florian Grünzel wurde von vier Polizisten vernommen, die alle recht gut Englisch sprachen. Von den Beamten, die ihn tags zuvor festgenommen hatten, hatte er eine ordentliche Tracht Prügel bezogen, und hätten die Kollegen von der Drogenfahndung nicht eingegriffen, wäre ihm wahrscheinlich Schlimmeres passiert. Es sprach sich sehr schnell auf der ganzen Polizei-Hauptwache herum, was der Gefangene angestellt hatte, und es machte sich daraufhin eine unverhohlene Wut bei den Kollegen breit. Der Farang musste in einer extra bewachten Zelle in einem Nebengebäude untergebracht werden, damit ihm nicht doch noch etwas zustoßen würde.

Florian saß also in einem Vernehmungszimmer und starrte die Beamten aus panisch geweiteten Augen an. Er blutete aus mehreren Wunden und er hatte dunkle, rotblaue Blutergüsse im Gesicht. Er stand sichtlich unter Schock. Doch das Höchste an Mitgefühl was er im Augenblick erwarten konnte war, dass er relativ professionell verhört wurde und dass man davon absah, ihm weitere körperliche Gewalt anzutun. Er war so eingeschüchtert, dass er seine üblichen Heulanfälle unterließ und auf jede Frage umgehend nach bestem Wissen antwortete. Eine kleine, nicht einmal an ihn selbst gerichtete Bemerkung erweckte in ihm wieder den Überlebensinstinkt: Ein Polizist sagte zu seinem Kollegen auf Englisch, dass er mit Sicherheit der erste Farang in diesem Jahr sein würde, der in der Todeszelle landen würde. Nun fing Florian doch an zu wimmern und zu zetern, suchte nach Ausflüchten und Ausreden. Als die Vernehmungs-Beamten ihn erneut nach Komplizen fragten, war er krampfhaft bemüht, sich an Namen von Leuten zu erinnern, auf die er möglicherweise Schuld abladen konnte, um seinen eigenen Kragen zu retten. Als Erstes fiel ihm Vu Hei ein, doch diesen Namen wollten die Polizisten überhaupt nicht hören. Sie machten sich noch nicht einmal Notizen dazu. Genauso ging es mit den wenigen übrigen Mitgliedern von Vu Heis Bande, an deren Namen er sich überhaupt noch erinnern konnte. Vielmehr interessierten sich die Beamten für Namen von weiteren Ausländern. Florian hatte jedoch eigentlich nur sporadisch mit Backpackern zu tun, von denen er nur jeweils die Vornahmen oder gar nur Spitznamen kannte.

»Thomas Defries«, brach er plötzlich hervor. »Mein Komplize heißt Thomas Defries«.
Er hatte den Namen auf dem Kofferanhänger des Deutschen gelesen, den er erfolglos hatte anschnorren wollen, kurz bevor er festgenommen wurde.

»Wo steckt dieser Thomas Defries?«, fragte einer der Polizisten.

»Ich habe keine Ahnung, wir haben uns in Bangkok getrennt«, log Florian weiter.
Die Polizisten sahen sich zweifelnd an. Dann versuchten sie mehr Details über den angeblichen Komplizen herauszubekommen, aber sie spürten sehr wohl, dass der Junkie nur unplausibles und widersprüchliches Geschwätz hervorbrachte.

»Wir überprüfen das!«, kam noch von einem der Beamten, dann ließ man Florian zurück in seine Zelle bringen.
Für die Polizei war es ein Leichtes herauszufinden, wo Thomas Defries untergekommen war. Es gab auf dem Flughafen ein gut vernetztes EDV-System, in dem man schnell herausfand, dass es den Namen wirklich gab, wann und mit welcher

Fluggesellschaft er eingereist war und welche Aufenthaltsadresse er bei der Einreise angegeben hatte. Letztere war zwar falsch, weil der Beamte bei der Passabfertigung den Namen auf Thomas Formular falsch gelesen hatte, aber nach weiteren zwei Tagen hatte man das richtige Hotel ermittelt. Es wurden zwei Kriminalbeamte zu dem Hotel entsandt, die ungeschickt genug waren dort für Unruhe und Fehlinformation zu sorgen, und die zu allem Übel auch noch den größten Teil von Thomas Gepäck wahllos mitnahmen. Die Untersuchung des Koffers und dessen Inhalt ergaben aber keinerlei Anhaltspunkte auf irgendeine Beteiligung an Florian Grünzels Aktivitäten. Es sah im Gegenteil alles ganz nach normalem Urlaubsgepäck aus. Auch der Umstand, dass Thomas erst unmittelbar vor Florians Festnahme eingereist war, entlastete ihn. Am nächsten Tag brachte ein Polizist den Koffer wieder zurück in das Hotel, doch Thomas Defries war bereits weitergereist, und niemand kannte dessen Reiseziel. Also blieb das Gepäckstück beim Hotelmanager, der ihn Thomas aushändigen sollte, wenn der sich wieder melden würde.

Eines Nachts wurde Florian Grünzel in seiner Zelle von Unbekannten zusammengeschlagen und dabei schwer verletzt. Es konnte nicht geklärt werden wer der oder die Täter waren, aber für den Leiter der Dienststelle stand nun fest, dass Florians Sicherheit hier in Bangkok nicht gewährleistet war. Noch am selben Tag wurde er in einem Krankenwagen nach Khon Kaen gebracht, wo er, nachdem er wieder einigermaßen hergestellt war, auf seinen Prozess warten sollte. Dies jedoch war bei Ausländern immer eine zeitaufwendige Angelegenheit, da man dabei alle diplomatischen Formalien einhalten musste und die ausländischen Regierungen selbstverständlich immer davon ausgingen, dass ihre Staatsbürger zu keinerlei Verbrechen fähig waren. Man unterlies es, aus gutem Grund, die Gefängnisleitung über Einzelheiten zu dem Gefangenen aufzuklären. Trotzdem gelang es Florian auch hier innerhalb weniger Tage, alle Mithäftlinge, sowie das komplette Wachpersonal gegen sich aufzubringen. Wie in wohl jeder Strafanstalt der Welt, so gab es auch hier strenge Hierarchien und Regeln unter den Gefangenen einerseits, und im gesamten Vollzugssystem andererseits. Ein Egozentriker wie Florian mit dessen Schwächen und dürftigen Sprachkenntnissen hatte hier keine Chance, sich irgendwo einzugliedern. Er musste zwangsläufig mit den anderen Gefangenen in Konflikt geraten. Dazu kam der Umstand, dass er durch die Inhaftierung einen kalten Entzug machte, was ihn zu einem Gewalttäter machte, der am Rande des Wahnsinns stand. Die Zeit im Knast war für Florian die Hölle, und er war immerhin realistisch genug zu begreifen, dass er hier nicht lebend herauskommen würde. Nach und nach verließen ihn seine Kräfte. Er bekam wenig zu essen, wovon er das Meiste nicht einmal vertrug. Er wurde krank, hatte Fieber und litt an Insektenstichen, die eitrige Beulen bei ihm verursachten. Nach wenigen Tagen schwand seine Überlebenschance in dem Gefängnis sukzessiv.

*

Vu Hei hatte über Umwege und mit viel Mühe

herausfinden können, wo Florian steckte. Er hatte seinen dämlichen Aufpasser von der Polizeiwache in Chiang Mai freigekauft, was ihm weitere Kosten in Höhe von fünftausend Baht eingebracht hatte. Der Mann war stinksauer auf den Farang und hätte diesem mit bloßen Zähnen das Genick durchgebissen, wenn er ihm begegnet wäre.

Nun standen sie also vor dem Gefängnis, etwa vier Kilometer außerhalb Khon Kaens, und verhandelten mit einem der Wärter. Doch in diesem speziellen Fall ließ sich einfach nichts machen. Der verhasste Gefangene besaß aus unbekannten Gründen eine besondere Immunität. Jeder Mensch in dieser Vollzuganstalt hätte mit Freude zugesehen, wenn die Gangster dem Blonden das Lebenslicht ausgeblasen hätten, aber der stand unter dem Schutz von ganz hoher Stelle. Wütend zogen sich Vu Hei und seine Leute vorläufig zurück.

Alle Wege führen nach Nong Khai

Dr. Grünzel raste mit seinem BMW, welcher das Lenkrad auf der falschen Seite hatte – jedenfalls nach deutschen Maßstäben – in Richtung Khon Kaen. Er hatte die Nase voll von all diesen Ignoranten, die ihn ständig mit unpräzisen, unzuverlässigen Informationen versorgten und von seinem eigentlichen Ziel abhielten. Die Menschen hier in den Tropen waren einfach nicht in der Lage schnell und effizient zu handeln. Sie waren halt Bananenfresser. Nicht ein einziger Mensch war ihm in den letzten Tagen begegnet, der nicht in irgendeiner Weise Versager oder Weichling war. Grünzel wollte endlich Ergebnisse sehen und dann dieses mückenverseuchte, unhygienische Land verlassen. Dass Menschen um den halben Erdball reisten, um hier Urlaub zu machen, war ihm unbegreiflich. Aber was waren das auch für Urlauber! Zum Beispiel solche Nieten wie sein Sohn eine war. Die Klimaanlage des Autos lief auf höchster Stufe, aber Grünzel hatte das Gefühl, dass sie überhaupt keine Kühlung erzeugte. Er fummelte daran herum und geriet dabei auf den Seitenstreifen der Straße, wo er beinahe mit einer rollenden Suppenküche zusammenstieß. Fluchend brachte er den Wagen zum Stehen. Er fummelte weiter an der Klimaanlage herum, aber es änderte sich nichts an der Temperatur im Fahrzeug. Grünzel hatte Durst, aber natürlich nichts zum Trinken dabei. Also startete er wieder und suchte langsam fahrend nach irgendeinem Geschäft. Reklametafeln gab es genügend, aber nicht überall da, wo für Coca Cola geworben wurde, gab es auch wirklich welche zu kaufen. Und wenn sie dann auch noch kalt sein sollte, dann sah es ganz schlecht aus. An einer Art Kiosk kaufte er schließlich eine Pepsi, die wohl eine ähnliche Temperatur hatte, wie das Kühlwasser seines BMW. Der Schweiß lief ihm den ganzen Körper herunter; er war klatschnass. Die warme Brause schmeckte ekelerregend, der Durst war jedoch einfach zu groß. Grünzel merkte, wie sein Kreislauf langsam in die Knie ging. Das Schwitzen wurde immer schlimmer, aber nun fröstelte ihn gleichzeitig. Er setzte sich wieder in sein Auto, drehte die Rückenlehne ganz nach hinten, ließ den Motor und die Klimaanlage laufen und schlief ein. Nach einer Weile wachte er wieder auf, weil er fror. Die eben noch unzulängliche Aircondition hatte indessen den Innenraum auf Schlachthausniveau heruntergekühlt.

»Was für ein Scheißland!«, hauchte er, und dann dämmerte er wieder ein.

Jemand klopfte an die Scheibe. Grünzel blinzelte nach links und sah einen Polizisten neben dem Wagen stehen. Mit großer Kraftanstrengung hob er seinen Arm und drückte den Knopf des elektrischen Scheibenhebers.

»Sir, are you okay?«, fragte der Beamte.

»Yes, yes, I am okay!«, antwortete Grünzel schwach. »It is too hot! I want to sleep for half an hour and then go on driving.«

Der Polizist sah ihn noch einen Moment lang fragend an, nickte dann und ging zurück zu seinem Pick-up.

Es war viel zu heiß und der Europäer stand mitten in der prallen Mittagssonne und schlief im Auto! Was sollte der Polizist von ihm denken? Egal! Grünzel fühlte sich zu schwach, um weiter darüber nach-

177

zudenken. Als er dann das nächste Mal aufwachte, war es bereits dunkel und nur die Straßenlaternen und ein paar beleuchtete Reklameschilder erhellten die Straße. Grünzel fühlte sich besser. Er nahm noch einen Schluck von der ekeligen Pepsi, richtete dann seine Sitzlehne wieder auf und machte sich auf, weiter zu fahren. Das leise Piep-Geräusch, welches er schon die ganze Zeit unbewusst wahrgenommen hatte, kam von der Tankanzeige. Es bedeutete ihm, dass der Sprit so gut wie verbraucht war.

»Auch das noch!«, schimpfte Grünzel. Er wäre eigentlich bereit für einen erneuten Wutausbruch gewesen, fühlte sich aber letztlich immer noch zu schwach dafür. Langsam fuhr er weiter die Straße hinunter in der Hoffnung, eine Tankstelle zu finden. Kurz bevor der BMW den letzten Tropfen verdampft hatte, fand er eine, und fuhr an eine der Zapfsäulen. Ein junges Mädchen saß auf einem Schemel davor und döste. Als der Wagen angehalten hatte, sprang sie auf und öffnete den Tankdeckel. Dann fragte sie ihn etwas auf Thai. Grünzel verstand kein Wort. Sein Angst einflößender Gesichtsausdruck und sein ständiges »what?!«, brachte das Mädel dazu immer leiser zu sprechen, bis sie ganz schwieg. Sie zeigte mit dem Finger auf die Zapfsäule.

»Ja Tanken!«, sagte Grünzel nun auf Deutsch. »Man guck nicht so bescheuert, sondern tank den Wagen endlich voll! Mein Gott ist die dämlich!«
Von ihren Hilferufen alarmiert kam ein junger Mann angelaufen, informierte sich kurz über das Problem und fragte dann Grünzel:

»What gasoline you want?«

»What gasoline you want«, wiederholte Grünzel

halb zu sich selbst. »Woher soll ich das wissen! Do you have super?«

Der Junge und das Mädchen sahen sich fragend an.

»Diesel?«, fragte der Junge schließlich.

»No Diesel! Verdammt noch mal, das ist doch kein Diesel!«, knurrte Grünzel. »No Diesel, Super! Suuu-per!«

»Ninetyfive?«, versuchte es der Junge erneut.

»I don't know Ninetyfive!«, erwiderte Grünzel genervt. »What is Ninetyfive? My car needs suuuper!«

Der Junge zögerte einen Moment lang, dann nahm er einen Zapfhahn aus der Säule und füllte den Tank voll.

Grünzel zahlte und in stiller Übereinkunft sagte keiner von ihnen mehr ein Wort.

Der BMW sprang anstandslos wieder an und der Motor schien sich mit *Ninetyfive* zufriedenzugeben.

Die Straße war nicht gerade das, was man in Deutschland unter dem Begriff Bundesstraße, oder gar Autobahn kategorisieren würde. Außerdem machte die Dunkelheit Grünzel sehr zu schaffen. Die Scheiben der Autos in Thailand sind in der Regel mit einer dunklen Folie beklebt, die das grelle Tageslicht abhalten soll. Am Tage ist das ja auch eine nützliche Angelegenheit, aber nachts machte dies das Fahren zu einem Blindflug. Ein weiteres Handicap waren für den Deutschen die Verkehrsschilder. Es war nicht so, dass sie nur in thailändischer Schrift verfasst waren. Nein, das Problem bestand darin, dass jedes Schild von einem anderen Schildermaler entworfen, gepinselt und – was viel schwerer wog – auch in lateinische Schrift übersetzt worden war. Auf dem einem Schild stand

Kalasim, auf einem anderen *Karasim*, dann wieder *Khala Sim* oder *Karasih*. Genauso verhielt es sich mit der angegebenen Richtung. Viele Schilder standen erst hinter einem Abzweig, andere hundert Meter davor, und wieder andere wohl noch beim Schildermaler zu Hause. So fuhr Grünzel schließlich mehr nach seinem Gefühl als nach dem, was ihm die Verkehrszeichen weiß machen wollten.

Gegen Mitternacht hatte er immer noch keine größere Stadt erreicht. Er musste sich eingestehen, dass es keinen Sinn machte, weiter durch die Dunkelheit zu irren, und so suchte er ein Hotel. Er fand eines und es war ihm ausnahmsweise einmal egal, dass es eine heruntergekommene Bruchbude war. Die Hauptsache war, dass diese Odyssee erst einmal ein Ende hatte.

*

Thomas und Khun Duan verstanden sich auf Anhieb gut. Duan hatte schon unzählige Farang kennengelernt. Er konnte recht gut mit ihnen umgehen und auf die verschiedenen Charaktere eingehen. Ja, irgendwie bewunderte er sie sogar wegen ihres Selbstbewusstseins und ihrer Coolheit. Außerdem verdienten alle Farang unverschämt viel Geld und konnte jede Frau haben, die sie wollten. Dieser Farang aber war deutlich anders als die anderen, die er kennengelernt hatte. Er war bescheiden, höflich und ging sehr respektvoll mit anderen Menschen um. Er bezahlte für Khun Duan alles, was der aß und trank und gab ihm dabei das Gefühl, von einem Freund eingeladen zu sein, und nicht als armer Thailänder von einem reichen Farang ausgehalten zu werden. Sie hatten eine Menge Spaß zusammen und auch beim Humor fanden sie die gleiche Wellenlänge. Duan trank für gewöhnlich nicht viel Alkohol, schon alleine, weil der zu teuer angesichts seines bescheidenen Gehaltes war. Aber sowohl er als auch Thomas mochten *Sang Som* und bereis zum zweiten Mal an diesem Tag gönnten sie sich gemeinsam ein Fläschchen davon. Für Duan war es ein sehr erleichterndes Gefühl, nach all den Querelen mit Grünzel endlich mal wieder frei und unbeschwert zu sein. Er hätte am liebsten die ganze letzte Woche aus seinem Gedächtnis gestrichen, aber letztendlich war die Sache ja auch noch gar nicht richtig ausgestanden. So hatten beide ein kleines Geheimnis voreinander, allerdings wusste Duan ein wenig mehr über Thomas als umgekehrt. Eben dieses bisschen Wissen machte Khun Duan jetzt neugierig darauf mehr über seinen neuen Freund zu erfahren, ja am liebsten die ganze Geschichte aus Thomas Sicht zu hören. Doch wie sollte er den fremden Mann ausfragen, ohne dessen Misstrauen zu erwecken?

»Kennst du einen Mr. Grünzel?«, fragte er nach einer Weile scheinheilig.

Thomas überlegt, schüttelte dann aber den Kopf.

»Nein, den Namen habe ich noch nie bewusst gehört!«

Khun Duan wurde nachdenklich.

»Das ist ein Manager aus Frankfurt«, bohrte Duan weiter. »Der hat einen Sohn, der sich hier in Thailand aufhält.«

Thomas wusste nicht so recht, worauf Duan hinaus wollte. Schließlich sagte er:

»Ich komme aus Hamburg, das ist ganz im Norden Deutschlands. Frankfurt ist bestimmt fünfhundert Kilometer weiter südlich.«

»Der Sohn heißt Florian, hast du bestimmt noch nie von ihm gehört?«

Thomas verneinte und hatte auch keine Ahnung, warum Duan derartige Fragen stellte. Duan grübelte darüber nach, warum der Farang diesen Grünzel nicht kannte. Wusste der überhaupt, dass er gejagt wurde? Jetzt traute er sich, etwas konkreter zu werden:

»Florian Grünzel ist ein Drogendealer.«

Thomas verstand noch immer nicht, was das mit ihm zu tun hatte. Doch als Duan sagte, dass Florian Grünzel in Bangkok auf dem Flughafen verhaftet worden war, da dämmerte es allmählich bei ihm. Nun bekam er einen Schreck.

»Bist du von der Polizei?«, fragte er ängstlich, doch Duan grinste amüsiert.

»Nein ich bin der Fahrer von Grünzel. Von dem Papa Grünzel.«

Dann verbesserte er:

»Ich war der Fahrer von Mr. Grünzel!«

Thomas überlegte einen Moment. Vielleicht wusste der Thailänder, warum auch er von der Polizei gesucht wurde, ob es da Zusammenhang gab.

»Die Polizei sucht mich, aber ich weiß nicht warum. Ich habe nach der Landung am Don Muang nur kurz mit einem Deutschen gesprochen, der Geld von mir erbetteln wollte. Dann kamen zwei Polizisten und haben ihn festgenommen. Mehr weiß ich auch nicht!«

Duan konnte sich keinen Reim aus der Geschichte machen. Wenn der Sohn nach seinem Vater kam, dann musste man mit allem rechnen.

»Was willst du jetzt machen?«, fragte Duan.

Thomas zögerte, bevor er weiter sprach. Die beiden kannten sich erst wenige Stunden und schon zeigte sich eine Verbindung zu anderen Geschehnissen und zu anderen Personen. War das wirklich Zufall, oder handelte es sich doch um irgendeine beabsichtigte Verflechtung?

»Ich bin mit einem Freund nach Thailand gefahren, der jetzt in Laos ist. Der kennt sich in Thailand sehr gut aus und er spricht sogar Thai. Meine letzte Hoffnung ist, dass der mir helfen kann. Deshalb will ich so schnell wie möglich nach Laos reisen.«

Duan überlegte.

»Wo ist denn dein Freund in Laos?«, fragte er.

»Ich habe keine Ahnung!«, gab Thomas zu. »Ich weiß nur, dass die beiden nach Vientiane geflogen sind und dort mit einem Auto abgeholt werden sollten.«

»Die beiden?«, fragte Duan erstaunt.

»Ach ja, mein Freund Nils hat einen Freund, der eigentlich aus Laos stammt, aber in Thailand lebt. Also, die beiden sind sozusagen ein Paar.«

Khun Duan grinste.

»Das ist in Thailand kein Problem! Hier gibt es viele Männerbeziehungen.«

Thomas füllte die Gläser erneut mit *Sang Som*, Eiswürfeln und Sodawasser. Sie prosteten sich zu, tranken beide einen ordentlichen Schluck und dachten über die neu gewonnenen Erkenntnisse nach. Plötzlich hatte Khun Duan eine Idee.

»Ich kann dir vielleicht helfen«.

Er zögerte einen Moment und sagte dann:

»Mr. Grünzel hat mich gefeuert und jetzt habe ich praktisch keinen Job mehr. Das Problem ist nur, dass ich überhaupt kein Geld habe. Er hat mich nicht bezahlt!«

Duan war nicht wohl bei dieser kleinen Lüge, aber aus seiner Sicht war der Betrag, der viel niedriger ausgefallen war, als er erwartet hatte, so viel wert wie gar keine Bezahlung. Mit dem wenigen Geld und natürlich mit der Schmach, die er erlitten hatte, konnte er seiner Familie nicht unter die Augen treten.

»Wie viel Geld brauchst du denn?«, fragte Thomas naiv.

Das war wieder so eine gemeine Frage, die nur ein Farang stellen konnte. Was sollte er jetzt sagen? Würde er eine zu hohe Summe nennen, würde der Farang denken, dass er geldgierig wäre und er würde den Respekt vor ihm verlieren. Würde er einen zu niedrigen Betrag nennen, würde Thomas denken er wäre zu dumm oder keine höhere Bezahlung wert, und dann würde er auch den Respekt verlieren!

»Ich muss zurück nach Bangkok fliegen«, sagte Duan diplomatisch. »Und ich habe kaum Kleidung dabei. Außerdem kann ich mir kein Hotel und kein Essen leisten.«

So das reichte, um an die Großzügigkeit des Deutschen zu appellieren. Nun kam es darauf an, ob er ihn richtig oder falsch eingeschätzt hatte.

Für Thomas waren das ganz gut nachvollziehbare Wünsche. Die Aussicht von einem Einheimischen mit guten Englischkenntnissen geführt zu werden war sehr verlockend, und bisher hatte er kaum Geld in diesem Urlaub ausgegeben. Also einigten sie sich beide darauf, gemeinsam bis nach Laos zu fahren. Khun Duan seinerseits war sich sicher, dass er den

Fremden ohne viel Mühe über die Grenze bringen würde.

Es war spät geworden, die wenigen Restaurants und Geschäfte wurden nach und nach geschlossen. Duan und Thomas nahmen den letzten Rest des *Sang Som* für den Rückweg mit. Sie alberten herum und stolperten durch die spärlich beleuchteten Straßen. Als sie das Hotel erreicht hatten, wurde der letzte Schluck des edlen Rums geteilt. In der abgedunkelten Hotellobby schliefen drei Männer des Hotelpersonals unter Moskitonetzen und schnarchten laut vor sich hin. Thomas und Duan versuchten kichernd einen von ihnen zu wecken, der ihnen die Zimmerschlüssel geben sollte. Die Herren schliefen jedoch dermaßen fest, dass sie sich schließlich die Schlüssel selbst hinter der Rezeption hervorholen mussten. Thomas konnte es sich dann nicht verkneifen, einem der Hoteljungs die leere Sang Som Flasche in den Arm zu legen. Die Vorstellung, was dessen Kollegen am nächsten Morgen beim Wecken wohl denken würden, und wie sich der arme Kerl rechtfertigen müsste, ließ die beiden die ganze Fahrstuhlfahrt über Tränen lachen. So verabschiedeten sich die beiden Männer vergnügt voneinander. Sie hatten an diesem Abend sehr viel *Sanuk* gehabt!

*

VU Hei konnte seine Wut kaum im Zaum halten. Er lief in seinem Hotelzimmer auf und ab wie ein Tiger hinter Gitterstäben und wurde dabei von seinen Leuten vom Sofa aus beobachtet. Wie konnte es angehen, dass man in diesem Gefängnis niemanden fand, der sich gegen eine wirklich beachtliche Geldsumme erkenntlich zeigen würde!? So etwas war ihm noch nie passiert! Er hatte das Verlangen – ja die Pflicht – einen Gefangenen für dessen Betrug und Ehrverletzung zu bestrafen und diese Landeier aus dem Nord-Osten stellten sich dem entgegen.

»Und wenn wir mit einem Lkw ein Loch in die Gefängnismauer fahren?«, fiel einem seiner Männer ein.

Vu Hei bleib einen Moment lang nachdenklich stehen. Dann setzte er seinen Marsch in entgegengesetzter Richtung fort.

»Das mit dem Lkw ist blöd, Lek, aber du hast recht. Wir holen ihn da raus und machen ihn draußen fertig!«

»Mein Cousin ist auch in diesem Gefängnis«, warf Mau ein. »Wir können den auch gleich mitnehmen!«

Vu Hei war damit nicht einverstanden. Er wollte so wenig Risiko wie möglich eingehen. Er wollte Florian aus der Anstalt herausholen, ihn nach seiner eigenen Methode darüber befragen, wo das Rauschgift abgeblieben war, und ihn dann vor den Augen seiner Männer erschießen. So sah sein Plan aus und davon wollte er sich auch nicht abbringen lassen.

Der nächste Tag verging mit Vorbereitungen. Es wurde nun doch ein Lkw besorgt, wie Lek vorgeschlagen hatte, nur dass das jetzt Vu Heis Idee war. Dann kundschaftete Mau aus, wo der Gefangene überhaupt untergebracht war. Er brauchte dafür den ganzen Tag.

Gegen vier Uhr in der darauf folgenden Nacht gab es plötzlich eine Verpuffung und ein anschließendes Feuer direkt im Eingangsbereich des Gefängnisses. Das Wachpersonal geriet in helle Aufregung und man behinderte sich gegenseitig beim Löschen des

Brandes, während andere Beamte mit Gewehren in den Händen nach Angreifern suchten. Gleichzeitig mit der kleinen Explosion fuhr der Lkw auf der Rückseite des Gemäuers mehrmals gegen die dicke Außenwand, in der schließlich ein kleines Loch entstand. Auf der anderen Seite warteten schon – angeführt von Mau's Cousin – annähernd fünfzig Gefangene auf ihre Befreiung. Sie ließen sich jetzt auch nicht mehr davon abhalten, einer nach dem anderen, durch das Loch zu klettern und das Weite zu suchen. Der Einzige, der nicht unter den Wartenden war, war Florian Grünzel. Er war auch der Einzige, den keiner der Gefangenen informiert hatte, und der tief und fest in seiner Gefängniszelle schlief. Nun sollte sich einer von Vu Heis Männern auf die Suche nach Florian machen. Wertvolle Zeit verstrich, aber keiner wollte freiwillig in das Gefängnis gehen. Schließlich war die Wachmannschaft auf den Ausbruch aufmerksam geworden und Vu Hei und seine Leute mussten unverrichteter Dinge selbst fliehen.

Ein Wachmann sah in allen Zellen nach welche, und wie viele Gefangene freigekommen waren. Dafür schloss er jeden Raum auf, sah nach und schloss den Raum wieder zu. Drei der Zellen ließ er jedoch geöffnet zurück, da dort alle Gefangenen entwischt waren. Alle, bis auf Florian Grünzel, der zusammengekauert in einer Ecke auf dem Fußboden schlief! Es wurde ganz großer Alarm ausgelöst und die Polizei von Khon Kaen um Hilfe gebeten. Die gesamte, langsam erwachende Stadt wurde in Aufregung versetzt.

Florian hatte schließlich auch irgendwann

mitbekommen, dass etwas passiert war. Ungläubig ging er durch die offen stehende Zellentür den Gang herunter. Als ihm mehreren bewaffneten Polizisten im Laufschritt entgegen kamen, versteckte er sich schnell hinter einem Wäschewagen. In den anderen Zellen begannen die Gefangenen laut zu schreien und mit allen möglichen Gegenständen gegen die Gittertüren zu schlagen. Es war ein ohrenbetäubender Lärm und die Wachmannschaft war hoffnungslos damit überfordert, die Situation in den Griff zu bekommen. Einigen der Gefangenen gelang es schließlich, eine Zellentür gewaltsam zu öffnen. Die nun Flüchtenden überwältigten einen Wachmann, und nun begannen sie, andere Zellen von außen zu öffnen. Das Chaos wurde immer größer, die Wachleute ergriffen in Panik selbst die Flucht. An der Hauptwache hatten sich nur eine Stunde nach dem Ausbruch Angehörige, Neugierige und erste Vertreter von Presse und Rundfunk eingefunden, die mit lautem Geschrei nach Informationen verlangten. Sie wurden zurück auf den Bürgersteig gedrängt. Florian konnte einfach an ihnen vorbeigehen und mit ruhigen Schritten in Richtung Stadt entkommen. Ein paar Stunden später saß er im Zug nach Nong Khai. Er saß zusammengekauert an einem Fenster und starrte vor sich auf den gegenüberliegenden Sitz. Er war grau im Gesicht, hatte graue Bartstoppeln auf Kinn und Wangen. Die übrigen Reisenden sahen ihn an wie den leibhaftigen *Phi Bop*, den Geist aus der thailändischen Mythologie, der Menschen quält und ihre Organe frisst. Als der Schaffner hereinkam und die Tickets der Passagiere kontrollierte, sah Florian noch nicht einmal auf. Nach mehrmaliger Ansprache durch den Kontrolleur schüttelte er einmal kurz den Kopf, bereit sich erneut festnehmen und zurück in das Gefängnis bringen zulassen. Er hatte nicht mehr die Kraft, irgendetwas zu unternehmen. Doch ein Fahrgast, der ihm schräg gegenübersaß, bezahlte für ihn den Fahrschein, ohne sich mit einem Wort an Florian selbst zu wenden. Florian rang sich ein Lächeln als Dank ab, aber es muss wie eine Grimasse gewirkt haben.

Die anderen Mitreisenden bekamen Mitleid mit dem halb toten Farang. Sie gaben ihm wortlos von ihrem Essen und Trinkwasser ab, was Florian überrascht aber dankbar annahm.

Allmählich fand sich Florian damit ab, dass er der Gefangenschaft entkommen war. Durch das gute Essen war er so weit zu Kräften gekommen, dass er wieder denken konnte. In ihm keimte ein schwacher Überlebenswille auf. Wenn er es schaffen würde, über die Grenze nach Laos zu kommen, so dachte er, dann wäre er fürs Erste in Sicherheit. Aber was würde dann kommen? Er konnte doch nicht den Rest seines gerade erst neu gewonnenen Lebens auf der Flucht verbringen! Die Vorstellung, nirgendwo zu Hause zu sein, keine Freunde, keine Familie zu haben, an keinem Ort willkommen zu sein und von niemandem vermisst zu werden, deprimierte ihn sehr. Nie zuvor hatte er eine derartige Sichtweise gehegt. Nach dem kalten Drogenentzug im Gefängnis drehten sich aber auch seine Gedanken zum ersten Mal seit vielen Jahren nicht darum, den nächsten Schuss zu organisieren. Auch das war für ihn eine neu gewonnene Freiheit, die ihn mehr bedrückte als erleichterte. Mit Tränen in den Augen ließ er seinen Blick aus dem Fenster in die unendliche Weite streifen.

*

Thomas und Khun Duan waren früh aufgestanden. Sie hatten gemeinsam Suppe zum Frühstück gegessen und sich anschließend von einem Tuk-Tuk zum Busbahnhof fahren lassen. Nachdem sie vorher Tickets an einem der vielen Fahrkartenschalter gekauft hatten, bestiegen sie einen AC-Bus nach Nong Khai. Die Fahrscheine hatten Platznummern, und aus unerklärlichen Gründen wurden Khun Duan und Thomas nicht nebeneinander, sondern jeweils auf einen Fensterplatz hintereinander gesetzt.

Obwohl die Klimaanlage mit ihrem durchdringenden Fauchen kalte Luft in das Innere blies, war es zu dieser frühen Tageszeit schon drückend heiß. Die Sonne brannte schräg von links durch die Scheiben. Der Bus-Boy führte einen etwa dreißigjährigen Mann den Gang entlang und setzte ihn auf den Sitz neben Thomas. Sie musterten sich kurz aus den Augenwinkeln, aber keiner der beiden sagte ein Wort. Es war immer eine komische, beklemmende Stimmung, wenn man sich in diesen Überlandbussen auf eine längere Tour einrichtete. Kaum einer der Passagiere sprach; die sonst immer gerne für ein Schwätzchen aufgelegten, neugierigen und Spaß liebenden Thai blickten stumm vor sich hin. Alles konzentrierte sich auf den erlösenden Moment, wenn sich der Bus langsam, hupend in Bewegung setzte. Dann kam plötzlich Leben in das Gefährt. Man fing vergnügt an zu schnattern, packte seine diversen Speisen aus, die noch rasch vor dem

Einsteigen an den vielen Essensständen gekauft und heiß dampfend in Plastikbeutel und Styroporverpackungen verstaut worden waren. Es wurden Sitzplätze getauscht und es wurde den anderen von den eigenen Köstlichkeiten angeboten und natürlich auch von deren Speisen genascht.

Thomas beobachtete diese ganzen Dinge amüsiert. Er hatte diese Atmosphäre und dieses sympathisch quirlige Treiben schon vom ersten Tag an in Thailand lieben gelernt. Der Fremde neben ihm rückte nervös auf seinem Sitz hin und her. Thomas tippte darauf, dass er Engländer war, und lag damit völlig richtig. Der Engländer drehte sich nach endlosen Minuten des Schweigens schüchtern zu ihm hin und murmelte fragend:

»Holland?»

»Germany«, antwortete Thomas genauso lakonisch. Dann fragte er: »Where are you from?«

»London«, kam als Antwort.

»Ah, long dong!«, entfuhr es Thomas, was auf Deutsch so viel wie langer Schwanz, im Sinne von Penis, bedeutete.

Der Engländer wiederholte leise und gequält:

»London«, blickte dann genervt aus dem gegenüberliegenden Fenster. Egal, mit was für einem Landsmann man es zu tun kriegte, jeder nannte zunächst das Land, aus dem er kam. Vielleicht wurde danach auch noch das Bundesland, der Staat oder die nächstgrößere Stadt erwähnt, meistens jedoch auch dies nur bei einem unübersehbaren Interesse des Gesprächspartners daran. Die einzige Spezies auf dieser Welt, die garantiert nur mit dem Städtenamen antwortet, war der Londoner. Er würde nie im Leben auf die Idee kommen, dass ein

Einbaumfahrer aus Irian-Jaya möglicherweise wegen einer Ziegenpeter-Erkrankung in seiner Kindheit dem Geografieunterricht in der Klasse 8 D gerade in der Woche fern bleiben musste, als die europäischen Hauptstädte mit ›L‹ an der Reihe waren. Oder aber, dass Amerikaner im Allgemeinen überhaupt keinen Schimmer davon hatten, dass sich als nichtfeindlich eingestufte Länder außerhalb der USA befinden konnten. Womit sich London, Paris oder Berlin ergo in einem bisher noch nicht bereisten Bundesstaat der USA befinden mussten.

Der Bus fing langsam an zu rollen. Einer der beiden Busbegleiter, die beide nur etwa siebzehn bis achtzehn Jahre alt waren, hangelte sich weit aus der vorderen Tür heraus und warb lautstark rufend um weitere Fahrgäste. So schlich man noch eine ganze Weile die Straßen entlang, bis der Bus auf die Hauptstraße einbog und endlich an Fahrt gewann. Die Tür wurde geschlossen und der Busboy setzte sich zu seinem Kollegen in die erste Sitzreihe. Innerhalb weniger Sekunden fielen beide Begleiter in einen tiefen Schlaf.

Als ganz sicher war, dass in dieser Stadt keine weiteren Passagiere zusteigen würden, schnappte sich der Engländer wortlos seine Taschen und wechselte in eine freie Sitzreihe schräg rechts vor Thomas. Zunächst blieb er dort regungslos sitzen, aber nach wenigen Minuten schaute er nervös suchend auf den Boden unter sich. Dann sah er sich verlegen um, als wollte er einen anderen freien Platz erspähen, rutschte nervös hin und her und schien mit seinem Platz überhaupt nicht zufrieden zu sein.

Ein Thailänder, der gegenüber dem Gang von Thomas saß, grinste die ganze Zeit amüsiert. Als er Thomas Blick kreuzte, machte er eine Gebärde wie jemand, der gerade erbricht, und zeigte dann lachend zu dem Engländer. Und tatsächlich wehte in diesem Moment ein leichter Gestank von Erbrochenem herüber.

»Tja, ist wohl nicht dein Tag heute!«, dachte Thomas und grinste vielsagend zurück. Khun Duan, der die ganze Szene beobachtet hatte, kam jetzt lachend zu Thomas nach vorne. Dort blieb er sitzen und sie unterhielten sich angeregt.

*

Dr. Grünzel fand kaum Schlaf. Er litt wieder einmal unter Kreislaufproblemen und unter der unerträglichen Hitze. Mitten in der Nacht war er aufgestanden, war an den schnarchenden Hotelangestellten vorbei gegangen und hatte einen Spaziergang durch den schlafenden Ort gemacht. Begleitet wurde er von einem Rudel laut kläffender Hunde, die ihn zunächst sogar angreifen wollten. Doch da kannten sie Dr. Grünzel schlecht! Er pflegte eine Umhängetasche mit sich zu führen, worin er alle wichtigen Sachen, die er auf Reisen brauchte, aufbewahrte. Diese Tasche um sich schwingend ging er selbst auf die Tiere los, woraufhin sie noch lauter bellend die Flucht ergriffen und ihn dann in sicherem Abstand durch die Straßen begleiteten. Eines dieser Viecher jedoch lief ganz friedlich an Grünzels Seite und wurde von ihm mit Keksen belohnt, was Neid, Uneinigkeit und Spaltung in die Meute brachte. Grünzel sprach mit den Hunden, woraufhin allmählich Ruhe in den Haufen kam. Nach einiger Zeit hatte er sie alle mit seinen Keksen zu Freunden gemacht. Das war ganz nach Grünzels Gusto: Aus aggressiven Gegnern, mithilfe kleiner Geschenke, verbündete zu machen. Wie im wirklichen Leben!

»Mal ehrlich«, sagte er zu seinen Begleitern, »ich bin auch irgendwie wie ihr! Ich bin auch ein armer Hund, der sehen muss, wo er bleibt. Nur, dass ich schlauer bin als ihr Viecher. Ich benutze meine Zähne nur zum Essen und meinen Verstand zum Kämpfen!«

Den Hunden war's egal, nur dass die Kekse schon alle waren, das störte sie ein wenig.

»Andererseits kämpft ihr wenigstens gemeinsam und ich immer nur alleine!«, sinnierte Grünzel weiter. Er hatte schon in den letzten beiden Tagen unter einer für ihn untypischen Nachdenklichkeit gelitten. Der einzige Mensch, mit dem er gewöhnlicherweise über seine Probleme zu sprechen pflegte, war sein Anwalt. Über seine inneren Nöte begann er nun also, mit einer Meute von Straßenkötern zu reden.

Grünzel fühlte sich einsam. Unweigerlich blickte er zum Himmel auf und sah die unzählig vielen Sterne. Das letzte Mal, dass er einen Sternenhimmel gesehen hatte, war in seiner Jugend, vielleicht in seiner Studentenzeit. Seine Blicke suchten Halt in der unendlichen Weite. Ihm wurde die Dreidimensionalität des Universums bewusst.

»Wie verschwindend klein und kurzlebig wir Menschen doch sind«, sagte er zu sich selbst und zu den Hunden. »Was mache ich hier eigentlich, Tausende von Kilometern entfernt von Zuhause?!« Er musste an sein schönes Haus und an seine Firma denken. Er hatte es in vielen anstrengenden Jahren zu Reichtum, Ansehen und Macht gebracht, und nun stand er hier am Ende der Welt, hielt einen Vortrag vor ein paar wildfremden Hunden, und alles, was war, zählte nicht mehr. Und seine Kinder? Warum waren die so anders als er, warum waren sie so verschieden? Seine Tochter Annette war sehr ruhig und zielstrebig. Er hatte stets ihre geradlinige Art, ihren Fleiß und ihre Zuverlässigkeit geschätzt. Aber er kannte sie eigentlich überhaupt nicht! Nie hatte sie sich ihm in irgendeiner Angelegenheit anvertraut. Sie war für ihn früher eine angenehme, unauffällige Untermieterin in seinem Haus gewesen, mehr eigentlich nicht. Ein einziges Mal hatte sie ihm gegenüber Emotionen gezeigt, und das war, als er ihrer Hochzeit fern bleiben, weil er zu einem für ihn wichtigen Kongress reisen wollte. Ihre Tränen hatten ihm damals solch einen Schrecken eingejagt, dass er dem Symposium absagte.

Und sein Sohn? Er hatte schon Probleme damit gehabt, dass der Bengel als Neugeborener keine Nacht ohne Geschrei vergehen ließ. Grünzel war damals gerade dabei seine Position in der Firma abzusichern und er litt stark unter dem Schlafentzug. Als Folge des Schlafmangels und des nervenaufreibenden Verhaltens des Säuglings war er gereizt, unkonzentriert und machte leichtsinnige Fehler. Wahrscheinlich war schon damals seine bis heute anhaltende Ablehnung gegen den Sohn entstanden. Florian hatte zu ihm aufgeblickt, wollte ihm alles recht machen. Aber je mehr er sich darum bemühte, desto mehr ging er dem Vater auf die Nerven, und desto mehr litt er auch unter dessen Nichtbeachtung und unter dessen Abstoßreaktionen. All diese Gedanken erzählte Grünzel in dieser Nacht den Hunden eines kleinen, armen Dorfes im Isaan.

Deprimiert ging er zurück zu seinem Hotel. Die Hunde folgten ihm nicht, sie hatten sich schon während seines kleinen Vortrages leise aus dem Staub gemacht.

Am nächsten Morgen stand er früh auf. Er war zwar gerade erst vor zwei Stunden richtig tief in den Schlaf gekommen, aber sein Wecker erinnerte ihn daran, dass er wichtige Aufgaben zu erledigen hatte. An ein Frühstück war nicht zu denken, ja, es gab noch nicht einmal Kaffee in dieser Absteige.

Grünzel stieg müde und nachdenklich in seinen BMW und fuhr los, weiter in die Richtung, die er am Abend zuvor eingeschlagen hatte. Er würde schon irgendwie ankommen, sagte er sich, und fuhr einfach drauf los. Die Sonne stand tief und blendete ihn. Ein Tag, der nicht mit Fluchen begann, war für Dr. Grünzel eine Seltenheit. Dies war so ein Tag, dabei wäre seine Verfassung allemal Grund genug für ein schönes morgendliches Fluchkonzert. Stattdessen entdeckte er die Schönheit der dörflichen Landschaft, die sich Nebel dampfend daran machte, den Menschen einen Tag zu bereiten, der ihr bescheidenes aber glückliches Leben in Ruhe und Zufriedenheit fortführte, genauso wie es seit Tausenden von Jahren geschah.

»Wenn diese dummen Hunde doch sprechen könnten«, dachte Grünzel, »sie hätten mir bestimmt viel von dem verrückten Leben dieser Hinterwellter erzählen können! Diese Tölen, diese geduldeten Schmarotzer, sehen und hören doch alles!«

Er stellte sich gerade vor, wie die verlausten Vierbeiner sich über ihre Beobachtungen der Menschen unterhielten, und über diesen absurden Gedanken musste sogar ein Herr Grünzel schmunzeln. Zum ersten Mal seit seiner Ankunft in Thailand stellte er das Autoradio an. Zwischen dem Sprach-Singsang der Moderatoren wurde thailändische Popmusik gespielt. Diese Musik wirkte hier in der bezaubernden Landschaft heiter, ermutigend und gute Laune verbreitend. In Grünzels Schwermut mischte sich langsam aber merklich eine ihm unbekannte Sehnsucht nach irgendetwas, das ihm fremd und trotzdem vertraut erschien. Der einsame Mann fuhr von Gedanken und Gefühlen zerrissen die lange, schnurgerade Straße entlang in Richtung Unendlichkeit.

*

Vu Hei und sein unglückseliger Haufen krimineller Versager planten einen weiteren Versuch, sich an Florian Grünzel zu rächen. Wenn es denn so schwer war, den Gefangenen zu entführen, dann würde es bestimmt eine Möglichkeit geben ihn an Ort und Stelle umbringen zu lassen. Der Tod Florians war unumgänglich um Vu Heis Gesicht und Ehre wieder herzustellen. Die Männer saßen gerade in ihrem großzügigen Hotelzimmer in Khon Kaen zusammen, als es plötzlich an der Tür klopfte. Schnell nahm jeder seine Position in dem Raum ein, um mit vorgehaltener Pistole einem möglichen Angreifer begegnen zu können. Mau öffnete die Tür einen Spalt weit, drehte sich dann grinsend zu den anderen um und ließ seinen Cousin und sechs weitere entflohene Häftlinge herein.

»Ihr seid ja wohl völlig durchgedreht!«, polterte Vu Hei los. Er tobte vor Wut! Wie konnten die Männer so blöde und gleichzeitig so dreist sein, hierher zu kommen?! In seiner Wut richtete Vu Hei seinen Revolver auf die Schläfe von Maus Cousin, dessen verlegenes Grinsen in Panik einfror. Nun schnatterten und lamentierten die mehr als zehn Banditen alle durcheinander. Schrecken und Überraschtheit darüber, dass ihr Boss zu solch einer Handlung fähig war, mischte sich in ihr Entsetzen.

»Du verfluchter Idiot! Du hast uns die ganze Tour vermasselt, und du verdammtes Rindvieh wirst die Sache wieder in Ordnung bringen!«, schrie Vu Hei. Mit bebender Stimme wimmerte der Sträfling um Gnade.

»Was sollte ich denn machen?«, winselte er. »Ich konnte die anderen nicht zurückhalten! Ich tue alles, was ihr wollt, aber erschießt mich nicht, Meister Vu!«

Dabei legte er seine Hände zu einem Wei über dem Kopf zusammen, die höchste und unterwürfigste Respektsbekundung, die überhaupt möglich war. Vu Hei ließ sich davon nicht beeindrucken. Angewidert von so viel Erbärmlichkeit schlug er dem Mann mit seinem Revolver auf den Kopf. Aus einer Platzwunde blutend brach dieser zusammen und wurde sogleich von Mau und einem weiteren Bandenmitglied umsorgt.

Vu Hei stellte sich breitbeinig mit verschränkten Armen mitten in den Raum. Seinen Revolver hielt er weiterhin drohend in der Hand.

»Ihr werdet euch noch heute der Polizei stellen und zurück in den Knast gehen!«, bestimmte er. »Und derjenige, der den blonden Farang umbringt, der wird von mir persönlich aus dem Gefängnis freigekauft und erhält zusätzlich zwanzigtausend Baht von mir direkt auf die Hand.«

Und als er bemerkte, dass sein Befehl auf den Unwillen der Sträflinge stieß, fügte er noch hinzu:

»Und wenn ihr nicht freiwillig zurück in den Knast geht, dann werde ich euch dort eigenhändig abliefern!«

Vu Hei hatte gerade seine Ansprache beendet, als draußen von der Straße her die Sirenen mehrerer Polizeiautos zu hören waren. Nun machte sich Panik breit unter den Gangstern. Alle liefen durcheinander. Sie versuchten über den Gang nach draußen zu gelangen, einige von ihnen kletterten über die Feuerleiter auf das Dach. Doch gerade weil sie in ihrer Panik so viel Lärm und Geschrei machten und wie die Hühner durcheinanderliefen, war es für die Polizei eine Sache von gerade einmal zwanzig Minuten alle Männer festzunehmen. Alle, bis auf Vu Hei, der sich völlig entnervt auf das Bett seines Zimmers gelegt hatte und dort einfach wartete, bis die Polizei wieder abgerückt war. Lek und Sompong wurden dabei erwischt, wie sie versuchten, den kaputten Lkw wieder flottzukriegen, der immer noch an der beschädigten Gefängnismauer stand. Sie hatten sich ausgerechnet, noch ein hübsches Sümmchen für das Fahrzeug zu bekommen, wenn es ihnen gelänge, den Wagen zu verkaufen.

*

Duan und Thomas hatten eine teilweise sehr amüsante Busfahrt nach Nong Khai. Der Busfahrer war ganz offensichtlich völlig übermüdet. Von ihren Plätzen aus konnten die beiden das Gesicht des Fahrers im Innenspiegel beobachten und sehen, wie dessen Augen immer wieder zufielen, und sein

Kopf auf die rechte Schulter kippte. Zunächst hatte Duan den Fahrer noch durch Zurufe geweckt, dann aber angefangen mit Cashewnüssen nach ihm zu werfen. Die übrigen Fahrgäste wurden irgendwann darauf aufmerksam, lachten sich halb tot und fingen ihrerseits auch an den Fahrer mit kleinen Gegenständen zu bewerfen. Als ein Rastplatz in Sicht kam, fuhr der Busfahrer auf den Parkplatz und fiel sofort auf dem Lenkrad in tiefen Schlaf. Thomas hatte die ganze Zeit über Angst, aber diese wurde von den anwesenden Thailändern in keiner Weise geteilt. Nach einer halben Stunde fühlte sich der Busfahrer wieder fit; nach kurzer Fahrt begann das Spielchen jedoch von Neuem.

In Nong Khai angekommen ließen sich die beiden zu einem Hotel fahren, welches in Thomas Reiseführer als die beste Alternative für Komfort bevorzugende Backpacker angepriesen wurde. Das Hotel war wirklich sehr gut, lag schön zentral und wurde von einem Ladyboy geführt. Sie machten sich frisch und gingen danach, wie vorher verabredet, zu Fuß an den Mekong um den Markt zu besuchen. Duan brauchte unbedingt ein paar Kleidungsstücke und sie beide hatten Hunger. Sie aßen ein paar Fleischspieße und bummelten die vielen, dichtgedrängten Marktstände entlang. Man konnte hier wirklich alles kaufen. Thomas fragte sich, wie solche Berge von Waren in solch einer relativ kleinen Stadt ihre Käufer fanden. Während Duan sich mit ein paar leichten Baumwollhosen und schicken Hemden, sowie neuer Unterwäsche und Toiletteartikel eindeckte, fand Thomas viele schöne Souvenirs, die er am liebsten alle gleich gekauft hätte. Da der Verlauf seiner weitere Reise noch sehr im

Ungewissen lag, verzichtete er jedoch lieber darauf. Auch hier hatten die beiden wieder viel zu lachen. Einmal wurden sie für ein schwules Pärchen gehalten, was Duan zu einem fürchterlich albernen Getucke veranlasste, welches wiederum den halben Markt erheiterte. Ein anderes Mal gab es an einem Verkaufsstand mit gerösteten Insekten, Kakerlaken und Maden viel zu lachen, als Thomas vor Ekel das Gesicht verzog, während Duan sich die widerlichen Krabbeltiere provokant genüsslich in den Mund stopfte. Zuerst stöhnte er dabei vor Entzücken, tat dann aber plötzlich so, als würden die Viecher in seinem Mund zu krabbeln beginnen. Auch hier hatten sie beide ihren Spaß und waren im Nu von einer Schar lachender Einheimischer umringt. Khun Duan konnte ein richtiger Clown sein, wenn die Umstände dafür stimmten und er sich wohlfühlte. Und mit Thomas als Gefährten fühlte er sich pudelwohl.

Kurz hinter dem nördlichen Ende des Marktes fanden sie ein Restaurant, welches bei Thomas ungläubiges Erstaunen auslöste. Auf einer Aufstelltafel wurden Schnitzel, Bratwürste und Brathering angepriesen. Außerdem German Schwarzbrot und Sauerkraut. Wer zum Teufel würde hier oben in der entlegensten Ecke des Isaan solche Dinge kaufen? Das Restaurant hatte dann auch noch den schönen Namen Nobbis Restaurant, eigentlich ein Grund mehr, einen großen Bogen um das Etablissement zu machen. Aber bei allem Zweifel sah das zur Straße hin offene Restaurant sehr einladend aus. Die typische Isaan-Musik verbreitete eine angenehme Atmosphäre und die thailändische Bedienung wirkte sehr freundlich und verbindlich. Also setzten sich die beiden Männer an einen Tisch und studierten die Karte. Bei den Worten Schweinefilet mit Kartoffeln lief Thomas dann doch das Wasser im Munde zusammen. Verlegen fragte er Duan, ob es einen Thailänder beleidigen würde, wenn er ein deutsches Gericht bestellen würde. Duan lachte und wollte das gleiche Menü auch probieren. Er hatte, außer bei McDonalds, wo es ihm überhaupt nicht geschmeckt hatte, noch nie westliches Essen gegessen und entsprechend groß waren seine Erwartungen.

Die Teller wurde von einem groß gewachsenen Europäer mit Schnauzer und Bartstoppeln im Gesicht gebracht. Es war Nobbi, der Inhaber des Geschäftes, der den Tisch erst dann verließ, als die beiden das Essen probiert hatten und durch genüssliches »Aah!« und »Hmmm!« zu verstehen gegeben hatten, dass es dem Koch wieder einmal perfekt gelungen war. Auch Duan war sehr angenehm über den Geschmack, und vor allem über das riesige Filetstück überrascht. Die Fleischmenge einer Portion wäre normalerweise unter einer ganzen thailändischen Familie aufgeteilt worden.

Zu dieser Tageszeit waren sie die einzigen Gäste. Als sie mit dem Essen fertig waren und ein Bier für Thomas und ein Mineralwasser für Duan bestellt hatten, setzte sich Nobbi zu ihnen und fragte, woher sie kamen und wohin sie wollten. Thomas ergriff das Wort und erzählte, dass sie auf dem Weg nach Vientiane waren. Vientiane war die Hauptstadt von Laos und die Brücke, die in Nong Khai über den Mekong dorthin führte, war die bis dahin einzige Landverbindung von Thailand nach Laos. Nobbi berichtete den beiden, dass es immer wieder nicht angekündigte Schließungen der Brücke gab, die dann manchmal tagelang, manchmal aber auch für mehrere Wochen den Grenzverkehr blockierten. Zurzeit gäbe es gelegentlich Behinderungen, aber im Großen und Ganzen wäre der Grenzübergang offen.

»Nimm mir die Frage bitte nicht übel«, sagte Thomas etwas verlegen, »aber wie kommt man auf die Idee hier oben im Niemandsland eine Gaststätte mit deutscher, gutbürgerlicher Küche zu eröffnen?«

Nobbi grinste, er hatte diese Frage schon des Öfteren gestellt bekommen.

»Das ist ganz einfach zu erklären. Ich habe meine Frau in Deutschland kennengelernt. Wir sind nach mehreren Jahren und über Aufenthalte in verschiedenen Ländern hier in Nong Khai gelandet, und hier gefällt es uns einfach. Nun darfst Du als Farang in Thailand praktisch überhaupt nicht arbeiten. Und wenn Du eine Möglichkeit gefunden hast Geld zu verdienen, indem du zum Beispiel ein Restaurant öffnest, welches offiziell deiner thailändischen Frau gehört, dann kannst du nur etwas anbieten, womit du keinem Thailänder Konkurrenz machst. Also habe ich angefangen Bratwürste, Schwarzbrot und so weiter herzustellen und zu verkaufen. Du musst wissen, dass Vientiane nur einen Steinwurf von hier entfernt ist. Und in Vientiane arbeiten Hunderte von Ausländern bei UNO und allen möglichen Hilfsorganisationen. Die können nach ein paar Monaten Aufenthalt hier oben keinen Reis mehr sehen und sie kommen schließlich alle zu mir und reißen mir die Sachen aus den Händen. Nur so gelingt es mir, hier schon seit Jahren ein einträgliches Leben führen, ohne irgendeinem Thailänder das eigene Einkommen streitig zu machen.«

»Und kommen auch Einheimische zum Essen zu dir?«, fragte Thomas.

»Ja, na klar!«, antwortete Nobbi bestimmt. »Besonders meine riesigen Schnitzel haben es denen angetan. Du hast vielleicht bemerkt, dass meine Schnitzel aus Filetfleisch bestehen! Ich mache alles selber, und bei mir gibt es nur das Beste! Und gerade beim Essen haben die Thailänder höchste Qualitätsansprüche. Die mögen mein Essen! Wenn Thailänder zu mir ins Restaurant kommen, dann ist das für sie nichts Alltägliches, sondern etwas ganz Besonderes, und dann sind sie auch bereit meine etwas höheren Preise zu bezahlen.«

Nobbi war voll in seinem Element. Er war ein Gastwirt, wie er im Buche steht. Er spendierte noch jedem von ihnen einen Drink, dann entschuldigte sich der Wirt und verschwand in der Küche.

Thomas und Duan beratschlagten ihr weiteres Vorgehen. Duan schlug vor, dass er mit einem Tuk-Tuk zur Grenze fahren sollten, um dort die Lage erst einmal auszukundschaften. Thomas wollte sich im Hotel ein wenig ausruhen, später vielleicht noch ein Internet-Café aufsuchen und danach ein paar Dinge einkaufen. Er bezahlte bei einer jungen, schüchternen Thailänderin, die alle Preise einzeln und nacheinander in der Küche erfragen musste. Dann trennten sie sich und verabredeten, sich abends hier bei Nobbi wieder zu treffen.

Duan fand kurz vor der Auffahrt auf die Friendship-Bridge ein paar Agenturen, die unter anderem Pass- und Visaformalitäten erledigten. Eines dieser Büros weckte von der Aufmachung her sein Vertrauen. Er erzählte, dass er sich hier in Nong Khai mit einem Farang treffen wollte, um gemeinsam nach Laos zu fahren. Dabei behauptete er, dass der Farang noch nicht eingetroffen sei und er die Wartezeit schon einmal dafür nutzen wollte, ein paar Informationen einzuholen. Eine ältere, rundliche Frau erklärte ihm in allen Einzelheiten, welche Papiere sie benötigten, wie viel alles zusammen kosten würde und wie der Grenzübertritt dann vonstattengehen würde. Das es sich dabei nicht um einen normalen Grenzübertritt zwischen zwei Nachbarländern, sonder um die Einreise in ein von einem Militärregime beherrschtes Land handelte, wurde bei ihren Ausführungen klar. Trotzdem erweckte sie den Eindruck, als ob dies alles eine ganz alltägliche Routine wäre. Scheinheilig fragte Duan nun, was denn wäre, wenn ein Farang kein gültiges Visum für Thailand mehr hätte. Aber auch das schien für die Frau nichts Ungewöhnliches zu sein. Für zweitausendfünfhundert Baht war auch das unbürokratisch zu bewerkstelligen. Das war alles, was Duan in Erfahrung bringen wollte. Damit war es offensichtlich möglich, ohne offizielle Ausreise und damit ohne Überprüfung der Identität, das Land zu verlassen. Zufrieden fuhr Duan zurück in die Stadt und gönnte sich ein lecker-scharfes *Som Tam*.

Thomas hatte sich im Hotel für eine Stunde schlafen gelegt. Danach fand er ein Internet-Café direkt neben dem Gebäude. Für lächerliche zehn Baht sah er seine E-Mails durch. Neben unzähligen Werbe- und Spammails fand er auch einen Brief von seiner Tochter, der ihn sehr beunruhigte. Darin schrieb sie, dass jemand aus Thailand bei seiner Frau Katrin angerufen und nach ihm gefragt hatte. Sie selbst hatte unzählige Mal versucht ihn anzurufen, hatte aber immer nur seine Mailbox erreicht. Thomas nahm sein Mobiltelefon aus der Tasche und stellte fest, dass es ausgeschaltet war. Der Akku war völlig leer, das Handy machte nicht einmal die Andeutung, als wolle es angehen. Thomas überlegte, wann er das Telefon zuletzt am Ladegerät gehabt hatte und als ihm einfiel, dass das noch in Hamburg gewesen sein musste, grübelte er darüber nach, wer ihn wohl schon alles vergeblich versucht hatte anzurufen. Er schickte Marike eine beruhigende E-Mail zurück, in der er ihr die Sache mit seinem Mobiltelefon erklärte und dann in Kurzform seine bisherige Reise schilderte. Über seine Sorgen und Schwierigkeiten schrieb er kein Wort.

Thomas ging zurück in sei Zimmer und suchte das Ladegerät in seinem Rucksack. Doch dann fiel ihm ein, dass das Gerät nicht bei den Sachen gewesen war, die ihm der Hotelpage Khun Bom in Bangkok aus seinem Zimmer gerettet hatte. Er blickte auf die Armbanduhr und überlegte, ob er wohl in Nong Khai irgendwo solch ein Ladegerät kaufen könnte. Er war sehr besorgt, dass möglicherweise Nils versucht, hatte ihn zu erreichen und sich nun ebenfalls Sorgen machte. So ging er zügig durch die Kleinstadt in Richtung Mekongufer, wo sich der Markt, wo sich aber auch viele kleine Läden befanden. Thomas hatte Glück. Sein Handy war ein Gerät, welches auch in Thailand sehr verbreitet war und in einem großen Elektrogeschäft fand er das passende Netzteil. Nun war er schon auf halbem Weg zu Nobbi. Langsam schlenderte er an den bunten Marktständen entlang und betrachtete die unzähligen, oft skurrilen Auslagen.

»Hello handsome man!«, rief ihm eine Marktfrau nach, worauf ein lautes Gekicher von allen Seiten begann. Verlegen grinste Thomas zurück und antwortete schüchtern:

»Sawadi khrab.«

»Aaah, farang phut thai dai! – Der Fremde kann Thai sprechen!«, kam die anerkennende Antwort, aber leider verstand Thomas diese nicht.

Dann hörte er von überallher Zurufe in thailändischer Sprache, ein Potpourri aus Geschnatter, Gekicher und lauten Rufen. Thomas wusste nicht genau, ob sich die Leute über ihn lustig machten, oder ob sie sich über seinen exotischen Anblick freuten und nur vergnügt waren.

»Hey handsome man, I want to be your girlfriend!«, hörte er von etwas weiter hinten, und nun überschlug sich das Gelächter förmlich.

Eine vielleicht dreißigjährige Frau, die an einem Stand mit Holzschnitzereien stand, sprach ihn in gutem Englisch an und fragte, wo er herkäme. Thomas sagte es ihr und dann musste er die Legende seiner Reise erzählen. Die anfängliche Vergnügtheit ebbte langsam ab und wich einem neugierigen Interesse. Natürlich folgten sehr schnell die üblichen Fragen nach Familienstand und Beruf. Dass der Ausländer ganz alleine durch dieses riesige, fremde Land reisen musste, verstand hier niemand. Man hatte mit einem einsamen Reisenden Mitleid. Die Frau fragte weiter nach dem Hotel, in dem er wohnte, und nun hatte Thomas den Eindruck, dass sie mehr von ihm wollte als nur eine unverbindliche Unterhaltung aus reiner Neugierde. Er sagte, dass er weiter gehen müsse, um sich mit einem Freund zu treffen. Die junge Frau entledigte sich blitzschnell ihrer Schürze und einer Geldtasche, die vor ihrem Bauch hing, warf diese einem etwa zehn Jahre alten Mädchen zu und erklärte, dass sie ihn begleiten wollte. Nun war Thomas in der Klemme. Wie sollte er die Frau loswerden, ohne unhöflich zu sein? So sehr er sich auch um Erklärungen bemühte, die Thailänderin wollte partout mitkommen. Endlich kam ihm eine rettende Idee:

»I will meet a lady!«, flüsterte er ihr zu, worauf hin sie sich beleidigt umdrehte und sich wieder ihrem Geschäft widmete. Als Thomas sich ein paar Meter entfernt hatte, rief sie ihm aber dann grinsend nach:

»If the lady no good, come back to me! I want to merry you and have you many baby!«

Das Gelächter der Marktleute begleitete ihn bis zur nächste Biegung des Weges.

Als Thomas Nobbi´s Restaurant betrat, traute er seinen Augen kaum. An der Bar saß ein kräftiger, glatzköpfiger Mann neben einer thailändischen Frau und prostete vergnügt dem Wirt zu.

»Joost! Nok! What are you doing here?!«

Joost drehte sich überrascht zu Thomas um, lief ihm entgegen und nahm ihn zur Begrüßung herzlich in den Arm.

»Wir besuchen Nok´s Eltern. Aber wie kommst du hierher?«

Joost sprudelte über vor Freude und auch Nok konnte man diese ansehen. Sie grinste die beiden fröhlich an. Die Drei begrüßten sich wie alte Freunde, die sich schon eine Ewigkeit lang kannten.

Nun musste Thomas seine ganze – diesmal allerdings wahre – Geschichte erzählen. Sie zogen um an einen größeren Tisch und die beiden lauschten erstaunt Thomas Abenteuer. Auch Nobbi setzte sich zu ihnen und hörte zu. Als Thomas von der E-Mail seiner Tochter erzählte, bot ihm Nobbi an, sein Handy in einer Steckdose hinter dem Tresen aufzuladen.

»In Laos gibt es noch kein Mobiltelefon-Netz, welches Roaming mit westlichen Telefongesellschaften anbietet«, sagte er. »Man kann nur direkt an der Grenze thailändische Netzbetreiber empfangen, und das auch nur in der Nähe von größeren Städten.«

Khun Duan betrat das Restaurant und Thomas stellte ihn den anderen vor. Nun waren sie schon zu fünft, aber dabei sollte es an diesem Abend nicht bleiben. Als Nächste gesellte sich Noi, Nobbi´s Frau dazu. Auch ihr wurde Thomas Geschichte in Stichworten erzählt. Anschließend berichtete Duan, was er über den geplanten Grenzübertritt in Erfahrung bringen konnte. Es wurde hin und her diskutiert, was man wie am besten machen könnte. Nobbi gab zu bedenken, dass es mit den dürftigen Informationen über Nils und Chais Aufenthalt in Laos sehr schwierig sein dürfte, die beiden zu finden. Aber natürlich hatte er Freunde mit guten Beziehungen in Vientiane, und mit diesen wollte er gerne für Thomas in Verbindung treten. Duan fand die Idee, selbst nach Laos zu fahren, nach wie vor am besten. Offensichtlich hatte er Gefallen an dieser Art von Abenteuer gefunden. – Hatte da nicht jemand noch vor zwei Tagen Heimweh gehabt?

Die einfachste Idee hingegen kam von Nok, Joost´s Freundin:

»Warum versuchst du nicht mal, deinen Freund auf seinem Handy anzurufen?«

Thomas ging hinter den Tresen des Restaurants und

schaltete sein Mobiltelefon ein. Nach ein-zwei Minuten erschien das THAI-AIS-Logo auf dem Display und signalisierte hervorragende Empfangsqualität. Dann begann eine ganze Salve von Klingelzeichen, die den Eingang von unzähligen SMS-Nachrichten und noch mehr gescheiterten Anrufversuchen meldeten. Die SMS-Nachrichten forderten fast alle Thomas zum Rückruf auf. Erwartungsgemäß kamen etliche davon von Nils und auch von seiner Tochter Marike.

»hello thomas, how are you? i hope you are lucky and have found your friend in laos! good luck to you! dia«.

Über diese SMS von seinem neuen Freund aus Thonburi freute sich Thomas ganz besonders! Es waren aber auch entgangene Anrufe dabei, die ganz offensichtlich direkt aus Thailand kamen, und die Thomas keiner bekannten Person zuordnen konnte.

Thomas wählte Nils Telefonnummer. Er war jetzt ziemlich aufgeregt, glaubte aber nicht wirklich daran ihn zu erreichen.

»Tuut« – Pause – »Tuut«

Thomas wartete mehr als zehn Rufzeichen ab, dann suchte sein Daumen die rote Abbruch-Taste. Doch genau in diesem Moment hörte er ein leises »Hello!«

»Nils?«

Thomas konnte es kaum fassen, den Freund endlich zu hören.

»Ja, hallo Thomas! Ich versuche dich schon seit gestern zu erreichen!«, kam als Antwort.

»Ja, ich bin in Nong Khai!«

Thomas wusste gar nicht, was er zuerst erzählen sollte.

»Ich habe Schwierigkeiten in Bangkok bekommen!

Du erinnerst dich vielleicht an den Fixer, der mich am Flughafen angesprochen hatte. Der hat mir scheinbar irgendetwas angehängt, und nun sucht mich die Polizei!«

Nils schwieg einen Moment lang.

»Wo bist du in Nong Khai? Wo wohnst du?«

»Im Moment bin ich in einem Restaurant in der Nähe des Mekong. Nobbi´s Restaurant heißt das ...«

»Kenn´ ich!«, antwortete Nils. »Du, wir sind gerade in Vientiane direkt am Mekongufer und sehen uns den Sonnenuntergang an. Die Telefonverbindung ist sehr schlecht! Ich versuche, dich bei Nobbi zu erreichen! Ich leg erst mal auf, ich kann dich kaum verstehen!«

Ein lang gezogenes »Tuuuuut« zeigte, dass die Verbindung abgebrochen war.

Die anderen hatten schweigend das Gespräch mitverfolgt, aber nur Nobbi konnte die Satzfetzen verstehen. Aufgeregt erzählte Thomas, was er eben erfahren hatte. Dieses Telefongespräch hatte bei ihm ein Gefühl der Erleichterung ausgelöst, gleichzeitig aber auch eine neugierige Spannung. Wie würde es jetzt wohl weiter gehen?

Es kamen noch mehr Leute in das Restaurant, die sich teilweise schon kannten. Der niederländische Expat Hans, der Joost und Nok schon seit Jahren kannte, der Franzose Jacques, der mit Hans und Joost und Nok gut bekannt war, der thailändische Computer-Spezialist Chack, den fast jeder hier kannte, und noch einige mehr. Das Restaurant war indessen gut gefüllt und Noi, Nobbi und die anderen Leute vom Restaurant hatten alle Hände voll zu tun, um die Gäste mit Essen und Getränken zu versorgen.

Duan hatte leichte Zahnschmerzen und auf Nobbi´s Empfehlung bekämpfte er diese mit Mekong, Thomas unterstützte ihn dabei. Die Stimmung ähnelte mehr einer großen Party von Weltenbummlern als der eines normalen Restaurantbetriebes. Es war immer noch sehr heiß, die Gäste waren in ausgelassener Stimmung. Jeder hatte eine interessante Geschichte zu erzählen. Nobbi war in seinem Element. Dies war einer dieser Abende, von denen er den ganzen Rest des Jahres zehrte. Für diese einzigartige Stimmung ertrug er die anstrengende Regenzeit und die vielen Entbehrungen, die in dieser Form nur diese heimatlosen, unruhigen Geister in der Fremde erfuhren. Für die wenigen Expats in und um Nong Khai herum, wie auch für die Durchreisenden auf dem Weg nach Laos, war Nobbi eine Institution. Hier konnte man Erfahrungen und Neuigkeiten austauschen, von dem Wissen der anderen profitieren. Hier spielte es keine Rolle, welcher Nationalität man angehörte oder welche Gründe einen hierher verschlagen hatten.

*

Florian Grünzel saß auf seinem Platz im Zug und sein Kopf lehnte an der Fensterscheibe. Seine Blicke schweiften in die Ferne. Noch nie hatte er die Landschaft Thailands so bewusst wahrgenommen. Er fühlte sich an seine Kindheit erinnert, wo er manchmal stundenlang Bilder aus Büchern betrachtet hatte und seine Augen jedes Detail abtasteten, um ja nichts zu übersehen. Es waren die Bildbände seiner Mutter, die in ihrer Jugend viele Reisen unternommen hatte und lebendig davon erzählen konnte.

»Vom Bilderanglotzen lernt der Junge auch nicht lesen!«, hatte sein Vater lakonisch bemerkt.

Florian hatte in ganz früher Jugend häufig Fernweh gehabt, verbunden mit sehr fantasievollen Vorstellungen über fremde Länder. Seine wirklichen Reisen begannen allerdings erst zu einer Zeit, als er schon nicht mehr in der Lage war den Zauber und den Reiz fremder Kulturen wahrzunehmen. Jetzt machte es überhaupt keinen Unterschied mehr, wo er sich befand; er war überall ein nicht gern gesehener Fremder.

Wie in seiner Kindheit begann Florian, die an ihm vorbeigleitenden Bilder bis in die Details zu betrachten. Er entdeckte die Schönheit kleiner Dörfer, der weiten Ebenen mit den Mustern der Reisfelder. Er beobachtete, wie vermummte Frauen mit großen Strohhüten den Reis ernteten. In langen Reihen, tief gebeugt, schnitten sie die Halme in der sengenden Hitze mit einfachen Sicheln und flochten sie zu Bündeln. Er sah Bauern, die wie vor Urzeiten mit Ochsengespannen die kleinen Felder pflügten. Das alles hatte er auf früheren Reisen durch das Land schon Hunderte mal gesehen, aber es war nie in sein Bewusstsein vorgedrungen. Er war stets so dermaßen auf sich selbst fokussiert gewesen, dass er von dem Land und von den Menschen nichts, aber auch gar nichts, wahrgenommen hatte.

Was er da jetzt sah, und was er nun plötzlich in der Lage war zu empfinden, machte ihn glücklich und traurig zur gleichen Zeit.

»Ich könnte eigentlich alles anders machen als bisher«, dachte Florian. »Ich muss mein Leben so oder so ändern und etwas Neues anfangen. Dahin, wo ich bisher überall war, kann ich nicht mehr zurückkehren. Wenn ich es wirklich nach Laos schaffen würde, könnte ich ganz neu anfangen.«

Gedankenverloren betrachtete er weiter die Landschaft. Er sah eine Straße, auf der ein Auto fuhr. Für eine ganze Weile sah es so aus, als wenn Auto und Eisenbahn sich ganz langsam näherkamen. Der Zug ließ seine Pfeife ertönen. Er fuhr in eine ganz lang gezogene, sanfte Linkskurve, die Waggons neigten sich kaum merklich. Die Lokomotive pfiff erneut. Einmal, zweimal, dreimal. Florian suchte nach dem Auto. Es war aus seinem Blickfeld verschwunden. Er stand auf, um den Kopf durch die obere, offen stehende Fensterhälfte zu stecken und sah nach vorne. Die Lokomotive war hinter der Biegung verschwunden, aber das Auto konnte er jetzt wieder sehen. Es bewegte sich langsam aber unaufhörlich weiter in Richtung der Gleise. Der Fahrer musste doch irgendwann einmal anhalten! Die Zugpfeife hörte nun nicht mehr auf zu tuten, dann quietschten die Bremsen und der Zug bremste stark ab. Als das Auto schon fast wieder aus Florians Blickfeld verschwunden war, gab es einen heftigen Ruck und er sah, wie das Fahrzeug zurückgeschleudert wurde und neben der Straße landete. Der Zug brauchte eine Ewigkeit, bis er endlich zum Stehen kam. Im Vorbeifahren konnte Florian sehen, dass es ein silberfarbener BMW war.

Der Zug stand schließlich still und viele Menschen sprangen heraus und eilten zu dem verunglückten Fahrzeug. Florian stand weiter an seinem geöffneten Fenster und sah dem Geschehen aus einiger Entfernung zu. Ein weiteres Auto näherte sich und hielt neben der Unfallstelle. Der Lockführer und ein weiterer Bahnbediensteter eilten zu dem

Fahrzeug; ein paar Soldaten und ein Polizist sprangen aus dem Zug. Es hallten Rufe, Menschen rannten hin und her. Aber was war mit den Insassen? Warum wurden sie nicht in das andere Auto gesetzt und ins nächste Krankenhaus gebracht?

»Farang!« hörte Florian, immer wieder: »Farang!« Es musste ein Ausländer gewesen sein, der dort verunglückt war. Von weitem hörte man eine Polizeisirene und dann näherte sich ein rot-weißer Pick-up mit blinkenden, blitzenden Lichtern. Einige Polizisten sprangen heraus und sprachen mit den Menschen, die eine dichte Traube um das Unglücksfahrzeug gebildet hatten. Formalitäten wurden erledigt.

Es dauerte mehr als eine dreiviertel Stunde, bis sich der Zug langsam wieder in Bewegung setzte. Die Fahrgäste waren zurück zu ihren Plätzen gegangen und schnatterten aufgeregt durcheinander. Der Mann, der Florian gegenübergesessen hatte kam auch zurück und sagte in ernstem Ton zu Florian:

»Farang! Man die!«

Florian nickte bedauernd. Ein paar Minuten später kam ein ganz alter Mann in einer verschlissenen Eisenbahner-Uniform in das Abteil und ging zielstrebig auf Florian zu. Er drückte ihm einen Zettel in die Hand und redete aufgeregt auf ihn ein. Florian erkannte eine nichtssagende Zahlenreihe auf dem Stück Papier. Vielleicht eine Telefonnummer? Hilflos blickte er in die Runde.

»Telephone?«, fragte er den Mann. Doch der nahm ihm den Zettel wieder ab, redete weiter auf Florian ein, deutete immer wieder auf die Zahlen und gab ihm dann den Papierfetzen erneut in die Hand. Florian verstand nichts und hatte auch keine

215

Vorstellung, was der Mann von ihm wollte. Er nickte hilflos und sah dem Alten nach, als der das Abteil verließ.

»Do you speak english?«, fragte er den Mann gegenüber, aber der schüttelte nur den Kopf. Nach langem Zögern stand Florian auf und ging langsam durch die Waggons. Immer wieder fragte er Fahrgäste:

»Do you speak english?«, aber sie keiner der Passagiere verstand ihn. Schließlich wurde er von einem Jungen an die Schulter geklopft. Er zeigte in die entgegengesetzte Richtung und sagte:

»Speak english!«

Der Junge ging voraus bis zu einer Sitzreihe, in der eine junge Thailänderin saß, die sehr klein und sehr elegant gekleidet war. Sie konnte tatsächlich gut verständlich Englisch sprechen, wusste aber mit der Nummer auf dem Papier auch nichts anzufangen. Nun suchten sie gemeinsam alle Waggons nach dem alten Bahnbediensteten ab, den sie schließlich im Gepäckwagen fanden. Die junge Frau sprach den Eisenbahner an und zeigte ihm den Zettel. Der redete eine ganze Weile aufgeregt, die Frau hörte aufmerksam zu. Dann übersetzte sie für Florian: Die Nummer auf dem Zettel war die Autonummer des verunglückten Wagens. Der alte Mann wollte, dass Florian sich ein Lotterie-Los mit eben dieser Nummer kaufte, da das Glück des verstorbenen Fahrers, der genau wie Florian ein Farang war, nun herrenlos in diesem Leben umherirrte und einen neuen Besitzer suchte.

Florian war fassungslos und entsetzt. Wie konnte man so denken? Eben war ein Mensch auf schreckliche Weise ums Leben gekommen und dieser alte Mann dachte nur daran, dass dessen Glück jetzt für andere Bewerber zur Verfügung stand! Er gab den Zettel zurück; damit wollte er nichts zu tun haben.

*

In Nobbi´s Restaurant war die Stimmung auf dem Höhepunkt angelangt, als zwei Männer das Lokal betraten. Es waren Nils und Chai, die braun gebrannt und fröhlich grinsend Thomas entgegen gingen.

»Wie habt ihr das denn geschafft?«, fragte Thomas zur Begrüßung.

»Wir haben uns ein Boot gemietet und sind einfach über den Fluss gefahren!«, antwortete Nils verschmitzt.

»Und was ist mit Visum und so weiter?«

»Wir dürfen uns nicht erwischen lassen und müssen nachher wieder zurückfahren«, sagte Nils. »Der Bootsbesitzer wartet in der Nähe der Brücke auf uns.«

Sie setzten sich an einen Tisch und Thomas berichtete ausführlich, was ihm alles widerfahren war. Chai wollte genau wissen, was der Hotelpage Bom gesagt hatte. Dann zückte er sein Mobiltelefon und ging zum Telefonieren auf die Straße, wo der Lärm aus dem Restaurant nicht mehr so störend war.

Nach ein paar Minuten kam er zurück und erzählte, was er soeben von Khun Bom erfahren hatte. Alle hörten gespannt zu, denn sie wussten, dass sie jetzt wahrscheinlich die Auflösung von Thomas Geschichte erfahren würden.

Die Polizei in Bangkok war bereits einen Tag, nachdem sie Thomas Zimmer durchsucht hatte, erneut im Hotel aufgetaucht und hatte dessen Gepäck zurückgebracht. Der Hotelmanager hatte keine Ahnung, worum es ging, da ihn Bom nicht informiert hatte. Die Polizisten baten den Manager, die Sachen für den Gast aufzubewahren, bis der sie wieder abholen würde. Im Übrigen würde gegen den Hotelgast nichts vorliegen und er könne sich ungehindert im Lande bewegen. Khun Bom hatte danach einige Mühe, seinem Chef eine plausible Erklärung für diese Geschichte zu liefern, hatte dann aber versprochen, sich um alles zu kümmern. Danach hatte er alles versucht, Thomas Handy-Nummer in Erfahrung zu bringen, um den dann über die erfreuliche Wendung in Kenntnis zu setzen. Er hatte die Nummer schließlich, über den Umweg über Thomas Reisebüro, von dessen Firma in Deutschland erfahren. Aber leider war Thomas nie ans Telefon gegangen. Khun Bom machte sich Sorgen und schwere Vorwürfe, wusste aber nicht weiter. Er fühlte sich persönlich verantwortlich für den Schlamassel, in den er Thomas mit seiner Gutmütigkeit gebracht hatte. Wie glücklich und erleichtert war er nun, als Chai ihm erklärte, dass es Thomas ausgezeichnet gehen würde, und dass er ihm sicherlich nicht böse wäre.

Riesen-Applaus! Alle freuten sich mit Thomas. Der spendierte eine große Lokalrunde, worauf es sich einige andere Gäste nicht nehmen ließen, seinem Beispiel zu folgen.

Ein Gast saß etwas abseits und schwieg. Es war Khun Duan, der immer noch leichte Zahnschmerzen hatte und der nun überhaupt nicht wusste, ob und in welcher Form seine Abmachung mit Thomas noch galt.

218

Am nächsten Morgen saßen Thomas und Duan schon wieder in Nobbi's Restaurant. Noi hatte ihnen ein ausgiebiges Frühstück versprochen, und sie hatte sich natürlich auch daran gehalten. Nobbi selbst musste sich noch von der schweren Arbeit des vorherigen Abends erholen. Die beiden genossen ihre Henkersmahlzeit und bedankten sich herzlich dafür bei Noi. Dann verabschiedeten sie sich und hinterließen Grüße an Nobbi und all die neu gewonnenen Freunde hier in Nong Khai. Thomas versprach so bald wie möglich zurückzukommen und sich dann mehr Zeit für die schöne Mekong-Stadt mit ihren freundlichen Bewohnern zu nehmen.

Mit gemischten Gefühlen stiegen sie in ein Tuk-Tuk und fuhren zur Friendship-Bridge. Nach drei weiteren Stunden, und nach unendlichen bürokratischen Zeremonien, hatten sie die Brücke passiert und waren mit einem Chicken-Bus, einem Pick-up, auf dessen Ladefläche zwei Bänke montiert waren, auf denen die Fahrgäste wie die ›Hühner auf der Stange‹ saßen, nach Vientiane gefahren. Dort verbrachten sie noch drei wunderschöne Tage zu viert mit Chai und Nils und flogen anschließend gemeinsam mit Thai Airways nach Bangkok.

Thomas und Duan waren in dieser kurzen Zeit richtige Freunde geworden. Als sie sich schweren Herzens voneinander verabschieden mussten, stand für Thomas fest, dass sie sich sehr bald wiedersehen würden.

Epilog

Wie ging es weiter? Was hat Khun Duan seiner Familie, seinen Kollegen, seinem Chef berichtet? Was haben die drei Reisenden anschließend auf der Halbinsel Phuket gemacht? Was hat Thomas noch alles erlebt, und was ist eigentlich aus Florian Grünzel geworden?

Jede Geschichte muss einmal ein Ende haben, doch es können bis dahin fast nie alle Fragen erschöpfend beantwortet sein.

Was Florian Grünzel betrifft, so gibt es tatsächlich noch etwas nachzutragen. Es wird erzählt, dass ein blond gefärbter, heruntergekommener Mann den Maenam Kong, also den Mekong, wie er in Thailand genannt wird, in der Nähe von Nong Khai bei Nacht durchschwommen hat. Er war zunächst mit ganz ruhigen Zügen immer weiter in den breiten Fluss hineingeschwommen, bis er in die Nähe der Fahrwasser-Rinne kam. An dieser Stelle ist der Fluss bis zu zwölf Meter tief und dort hat er eine sehr starke Strömung. Der Mann wurde mehr als sieben Kilometer flussabwärts getrieben und verlor vor Erschöpfung das Bewusstsein. Wäre sein Körper nicht gegen die Bordwand eines Fischerbootes angeschwemmt worden, welches am Flussufer vertäut lag, und wäre der darin schlafende Fischer nicht durch das dumpfe Geräusch wach geworden, wäre er wahrscheinlich von den Flussgeistern verschlungen und nie wieder freigegeben worden. Aber so hievte ihn der Fischer aus dem dunklen Nass und rettete ihm das Leben. Er holte Hilfe aus dem nahe gelegenen buddhistischen Tempel-Kloster, wohin man den unglücklichen Farang brachte und gesund pflegte. Dort in dem Kloster soll er angeblich noch heute leben. Er soll seine Lebensart völlig geändert haben. Er soll ein wertvolles Mitglied der Klostergemeinde und ein wertvolles Mitglied der Menschheit geworden sein. Er soll dort hinter den Mauern des Klosters ein freies und glückliches Dasein führen.

Anmerkungen

Fast alle Personen und Handlungen in diesem Roman sind frei erfunden. Es gibt wenige Ausnahmen, bei denen ich dann jedoch auch die Namen nicht verändert, und das Einverständnis Betroffener eingeholt habe. So ist Nobbi´s Restaurant keine Erfindung, und auch Nobbi selbst und dessen Frau Noi gibt es tatsächlich. Seine sprichwörtliche Kochkunst ist ebenso wenig erdacht wie auch die tolle Atmosphäre, die ich dort zusammen mit meiner Frau erleben durfte. Die in diesem Buch beschriebene Geschichte ist dort allerdings nie passiert. Im Herbst 2006 haben Noi und Nobbi Nong Khai verlassen und sich eine neue Existenz in Surin aufgebaut.

Es ist indessen mehr als zehn Jahre her, dass ich mit dem Manuskript zu meinem Erstlingswerk begonnen hatte. In dieser Zeit hat sich Thailand sehr stark verändert. Der neue Airport Suvarnabhumi ist bereits seit vielen Jahren in Betrieb. Neben dem Grenzübergang *Chong Maek* nach Laos, der längst für Touristen freigegeben wurde, gibt es viele weitere Übergänge und neu gebaute Brücken über den Mekong.
Die Sukhumvit-Road ist in Teilen zu »Arab-Town«, in anderen Abschnitten zu »Little Moskow« geworden, die Kao-Sarn-Road von einer quirrlig-schrillen Backpacker-Straße zu einem ganzen Stadtviertel mutiert, welches sich der Kommerzsucht der heutigen Backpackergeneration grell und lautstark angepasst hat.
Vieles, was in meinem Roman beschrieben wird,

gibt es indessen nicht mehr, anderes ist hinzuge-
kommen. Thailand hat sich von einem
Schwellenland zu einem starken Tigerstaat
gewandelt. Gerade Bangkok hat sich in ständig
wachsendem Tempo zu einer Weltmetropole
entwickelt, aber auch in der Provinz begegnet man
den Folgen der Moderne und des wirtschaftlichen
Erfolgs auf Schritt und Tritt. Nicht alles davon
gefällt uns europäischen Gästen und nicht jede zivi-
lisatorische Errungenschaft wird die Menschen
glücklich machen und ihr Leben nachhaltig positiv
beeinflussen. Doch müssen wir uns damit abfinden,
dass sich auch der arme Isaan-Bauer ein Moped und
einen bunten Fernseher wünscht, dass er sich
Erleichterung bei seiner schweren körperlichen
Arbeit verschaffen möchte. Dann gibt es die roman-
tischen Bilder von Ochsen, die den hölzernen Pflug
durch Reisfelder ziehen halt nur noch auf Postkar-
ten zu bewundern, während sich der Farmer über
seinen chinesischen Diesel-Traktor freut. Die sprichwörtliche Freundlichkeit, die guten Umgangsfor-
men und der Respekt allen Lebewesen und allen
Dingen gegenüber, weichen leider allmählich westlichen Sitten und Gebräuchen. Der Tourismus hat
das Land wohlhabend gemacht, die Touristen hingegen haben das Volk kulturell verarmen lassen.
Verheißungsvoll zeichnen sich, insbesondere bei
jungen Leuten aus der wachsenden gehobenen
Mittelschicht, gegenläufige Entwicklungen und ein
Besinnen auf die traditionellen Wurzeln dieser
einzigartigen Kultur ab.
Wie wird sich uns das gute alte Königreich Thailand
wohl in weiteren zehn Jahren zeigen?

Action Map »Tod am Mekong«

Hier können Sie die Orte der Handlungen verfolgen.

Weitere Bücher von Andreas Tietjen

Dorf Guerilla

»Eigentlich wollte ich nur für ein Wochenende zurück in meine alte niedersächsische Heimat reisen, um der Hochzeit meines Bruders beizuwohnen. Seit Jahren war ich nicht mehr dort gewesen. Es war brütend heiß in Deutschland, in meiner Berliner Wohnung fast unerträglich stickig, und der nagelneue Alpha Sportwagen sollte seine erste längere Ausfahrt bekommen. Doch dann kam alles ganz anders. Allmählich – zunächst in kleinen Schritten. Anfangs bemerkte ich, dass die Straßen völlig kaputt waren, bald darauf kam mir das Verhalten einiger Leute, mit denen ich zu tun bekam, äußerst merkwürdig vor. Doch wer denkt gleich an eine Katastrophe, wenn Dinge, wie Stromversorgung, Telefon und Internet nicht in gewohntem Maße zur Verfügung stehen, wenn die Sicherheitsorgane paradoxe Handlungsweisen an den Tag legen? Als dann wirklich Blut floss, als geschossen wurde und ich nicht mehr klar unterscheiden konnte, wer Freund und wer Feind war, da war es auch schon zu spät für einen geordneten Rückzug. Nun saß ich wahrhaftig in der Klemme. Ich war auf die Hilfe völlig durchgedrehter Typen angewiesen und immer tiefer verfing ich mich in einer Art surrealen Endlosschleife.«

Dorf Guerilla
2. Auflage: März 2014 bei Tredition, Hamburg
212 Seiten, broschiert ISBN 978-3-8495-7701-8   12,99 €
Gebundene Ausgabe: ISBN 978-3-8495-7787-2   16,99 €
E-Book: ISBN 978-3-8495-7791-9   7,49 €

Roberts Restaurant
Expats in Thailand

Das Restaurant des deutschen Auswanderers Robert Fendrich wird in der thailändischen Kleinstadt Sisaket zum Anlaufpunkt der in der Umgebung ansässigen Ausländer. Durch die thailändischen Gesetze zur Untätigkeit gezwungen und mit kaum überwindbaren sprachlichen und kulturellen Verständigungsproblemen konfrontiert, bilden sie in der Fremde eine fragile Schicksalsgemeinschaft. Die unterschiedlichen Geschichten dieser »Expats« zeigen dem Leser die Integrationsprobleme von Auswanderern, die ihren Alltag in einem vermeintlichen Paradies fristen.

Die Spanne der Erlebnisse reicht vom langsamen Abstieg des Schweizer Bahnpensionärs Walter in den Alkoholismus, über die Ausflüge des melancholischen Mopedfans Ruud, bis zur lustig-absurden Odyssee des Japaners Kiyoshi.

Dem Leser wird humorvoll und spannend ein Blick hinter die Fassaden eines faszinierenden Landes gewährt, von welchem die meisten Urlauber nur die schönen Strände kennenlernen.

Roberts Restaurant – Expats in Thailand
224 Seiten, broschiert.
2. Auflage 2015 bei Libri BoD Norderstedt
ISBN 978-3-7347-5783-9   8,99 €
Das eBook kostet   4,99 €

Der Käse-Sturm

Andreas Tietjen

Der Käse-Sturm

Umschlag-Entwurf

Immer in den früher Morgenstunden trifft eine Gesellschaft aus verschrobenen Persönlichkeiten in eleganter Kleidung in der surreal wirkenden Kulisse des Hamburger Großmarkts zusammen. Hier können sie der Realität entfliehen, indem sie, inmitten des hektischen Marktbetriebs und umgeben von kulinarischen Köstlichkeiten, eine Selbstdarstellung üben, die mit ihrer realen Existenz nichts gemein hat.

Zufälle bestimmen das Leben des arbeitslosen Astronomen Peter Loetsch. Durch Zufall ist er Schriftsteller geworden, zufällig ist sein erster Roman für kurze Zeit zum Bestseller avanciert und das zufällige Zusammentreffen mit seinem ehemaligen Kommilitonen Ferdinand Rauterberg hat ihm den Zugang zur Manege der eitlen Lebenskünstler um den Käsehändler und Affineur Maximilian Sturm ermöglicht. Einzig Sohn Dennis mit seinen ständigen Eskapaden entlässt den Protagonisten nie ganz aus der Realität.

Der Leser nimmt Teil an dem mühsamen Kampf des Protagonisten um Anerkennung, er wird meinen, alte Freunde wiederzutreffen, und am Ende der Geschichte bedauern, Abschied von diesem illusteren Kreis nehmen zu müssen.

Der Käse-Sturm
Wird voraussichtlich am 15. September 2015 erscheinen. Bitte besuchen Sie meine Homepage, um weitere Infos zu erhalten.

Bangkok Oneway

Umschlag-Entwurf

In der thailändischen Metropole Bangkok treffen drei nicht mehr ganz taufrische Damen aufeinander. Dagmars Ehemann Heinz, ein bankrotter Unternehmer, verschwindet plötzlich, die schrullige, diebische Hermine sucht ihren soziopathischen Sohn Arnim und die pragmatische Reiseleiterin Ute braucht dringend einen neuen Job. Das Auftauchen einer schrecklich zugerichteten Leiche bringt neue Dramatik in deren neu gewonnene, freundschaftliche Koexistenz in fremder Umgebung. Halbherzig betreibt der ausgebrannte Kommissar Jintalar seine Ermittlungen, die von dessen ehrgeizigen Kollegen Rangsit durchkreuzt werden.

Ein Roman, der mehr ist als ein herkömmlicher Krimi: spannend, menschlich, vertraut, lustig. Der Leser wird meinen, die Protagonisten persönlich zu kennen. Ohne dies zu überdehnen, gibt der exotische Handlungsort Einblicke in ein reizvolles Land, welches alljährlich Reiseziel für Millionen von Urlaubern ist.

Bangkok Oneway
Wird voraussichtlich im Laufe des Jahres 2015 erscheinen. Bitte besuchen Sie meine Homepage, um weitere Infos zu erhalten.

www.andreas-tietjen.de
www.facebook.com/andreas.tietjen